中公文庫

よその島

井上荒野

中央公論新社

目次

よその島　5

解説　伊藤ちひろ　375

よその島

1

碇谷芳朗

蕗子《ふきこ》の手はまだじゅうぶんにみずみずしかった。

手の甲はふわりと白く、指はすんなり伸びていて、爪にオパールのようなマニキュアが施されている。美しい手。

だがこれは殺人者の手だ、と碇谷芳朗《いかりやよしろう》は思った。

その妻の手が、今、芳朗からハンドバッグを受け取る。ありがとう、と蕗子は言った。ショートカットを褪《あ》せた藁《わら》色に染めていて、小さなマーガレットの花のピアス――イギリス製のアンティークで、先月の彼女の七十歳の誕生日に、芳朗が贈ったもの――をつけている。留め具の具合を直す間、芳朗が彼女のバッグを預かっていた。

「来ちゃったね」

と野呂晴夫《のろはるお》が言った。野呂は蕗子と同じ七十歳で、ミステリー小説家だ。横幅が蕗子の三倍はゆうにある。

「来ちゃったわね」

と蕗子が野呂を真似た。三人は今、飛行場から乗ったタクシーを降りたところで、これから住むことになる一軒家を見上げていた。古屋を買い、芳朗と野呂（と、いささか気の毒だった工務店の担当者）とでああでもないこうでもないとひねくり回して、リノベーションした家だ。西側の道路の向こうには海がある。ここは島だった。

「さあ、中へ入ろう」

芳朗は言った。これは自分が言うべき科白《せりふ》だろうと思ったのだ。この島のこの家を見つけてきたのは野呂だったが、そもそもの移住計画の発案者は僕だったのだから。

鉄の門扉から玄関のアプローチまでは広い庭があった。これもこの家を気に入った理由のひとつだ。今は雑草の野原然としているが、蕗子が嬉々として情熱を注いで美しい庭にするだろう。

たとえ殺人者でも、僕は妻を愛している。芳朗は自分のその気持ちをあらためて確認した。

ドアを開けようとして一瞬、動揺した。ポケットに入っているはずの鍵が見つからなかった。

ったからだ。どこかで落としたのか。蕗子も野呂もスペアキーを持っているから、とりあえずそれを借りようと芳朗は思った。だがそれを口に出す前に、ドアは向こう側から開いた。

「お疲れさまでした。お待ちしてました」

若い女だった。三十前後くらいか（七十六歳の芳朗にとっては、じゅうぶんすぎるほど若い）。目がクリッとした、愛らしい顔立ちをしている。真っ黒な髪をポニーテールにまとめて、鮮やかなグリーンのエプロンを着けている。

知っている、と芳朗は思った。この女と初対面であることは間違いない。でも僕は、この女を知っている気がする。

「やあ」

と芳朗の後ろから野呂が言った。

「仙崎《せんざき》みゆかさんね。これから、どうぞよろしくお願いします」

蕗子が微笑《ほほえ》んだ。

「あなた、住み込みの家政婦さんよ。こんなに可愛らしい方だとは思ってなかったんでしょう」

「ああ……うん。そう。そうなんだ。どうぞ、よろしく」

芳朗は慌てて荷物を持ち替えて、空いた右手を差し出した。その手を仙崎みゆかがちょっと握って、すぐ放す。この女を知っている気がすることは、本人にはもちろん、誰にも話さないほうがいい、と芳朗はなぜか思った。

「みゆかと呼んでください。お疲れになったでしょう? リビングへどうぞ。コーヒーを淹《い》れましたから」

一階にはみゆかが使う個室と浴室と洗面室、それに広々としたリビングとひと続きになったダイニングがあった。この家のためにオーダーした、深紅に近い臙脂《えんじ》色の革張りのソファだけがすでに据えられている。三人はそこに座った。壁面に大きくとった窓から、庭と海とが見える。海の色は黄色っぽい青だった。今日の晴天を映しているのか、五月半ばという季節の色か。

ソファ以外のほとんどの家財道具は、船便で明日着く予定になっていたから、みゆかは自前の道具でコーヒーを淹れていた。そして喜ばしいことに、そのコーヒー——食器は大人数ぶんは持ってきていないのだろう、不揃いのカップで供された——はおいしかった。芳朗も蕗子も野呂もコーヒーの味にはうるさい。というより、食べることへの情熱が並外れていて、それが夫婦とひとり者での共同生活がうまくいきそうに思える理由のひとつでもあった。

「みゆかさんは、レストランのシェフだったのよね」

　島に着いてから一本めの煙草《たばこ》に火を点《つ》けながら、蕗子がみゆかについての知識を披露した。

「レストランもシェフもちょっと大げさですけど。友人の店を手伝っていたんです。そこに野呂さんがよくいらしてくださっていて」

「このひとの料理は本物だよ」

　野呂が請け合った。

「野呂さんが言うことだから信用してるわ。私もお料理はしますけど、この歳になるといつでも元気はつらつというわけにはいかないから。気まぐれに、やったりやらなかったりしますけど、その辺はお互い、暮らしていくうちに要領がわかってくると思います」

　蕗子の言葉に、そうですね、とみゆかは頷《うなず》いた。ソファには掛けず、テーブルの向こうにひとりだけ突っ立っている。話が長くなるなら、座ってもらったほうがいいだろう。もっとこの女について知りたい気持ちもある。芳朗が声をかけようとしたとき、ダイニングのほうからパタパタと足音がして、男の子があらわれた。

　ランドセルを背負っている。背丈が小さいので、ランドセルに抱えこまれているように見える。六歳くらいか。クリクリした目。太い眉。

「こんにちは！」

子供は大きな声で挨拶した。息子です、とみゆかが言った。

「港西小学校一年一組、仙崎宙太《ちゅうた》です！」

子供は再び、口を一生懸命動かしてそう言った。元気がいいのねえと蕗子が言い、一組
か、と野呂が妙なところに反応した。

「私の名前は碇谷蕗子。蕗子さんでも蕗ちゃんでも、おばあさんでも、好きなように呼んでちょうだい」

「じゃあ蕗ちゃんと呼びます」

と宙太が応じたのでみんなは笑った。

「俺は野呂晴夫」

「野呂さんは、ショウセツカですね」

「そうだよ、小説家なんて言葉、よく知ってるな」

元小説家だけどね、と野呂は付け足し、野呂さんたら、と蕗子がたしなめた。

「僕は碇谷芳朗です」

自分の番が回ってきたので芳朗も自己紹介した。

「碇谷さんは、えーと、古いものを売ってる人」

「うん、その通り」

もうほとんど売ってはいないけどね、と付け加えるのはやめておいた。おそらく母親から教えられたことを、一生懸命覚えたに違いない子供を混乱させても仕方がない。おりこうさんなのね、と蕗子が感心してみせた。

夫婦に子供はいなかった。だからもちろん、孫もいない。人生の終盤にきて、思いがけずこんな小さな生きものと同じ屋根の下に暮らすことになったわけだ。大歓迎というわけでもないが、面白いこともあるかもしれない。なにより、妻は愉《たの》しむだろう。

そう考えながら芳朗は、あらためて宙太を見た。子供は、臆さずまっすぐに見返してくる。こちら同様、自分とは別種の生きもののように感じているのかもしれない。

あれは青い乳母車だった。

ちょうどこの島の海のような青だ。そして浜辺はたまご色で、海は紺で、空はうすい水色だった。九州の島。無人の島。蕗子とふたり、船を雇って渡ったのだった。二時間後に迎えに来てほしいと頼むと、二時間ね、と船頭はうす笑いを浮かべた。

船が行ってしまったあとで、あれは僕らがここで何かすると思っていたんだねと芳朗が言って、蕗子はくすくす笑った。やはり五月で、ふたりは結婚したばかりで、蕗子は砂の色を濃くしたような黄色い袖なしのワンピースに、黒いカーディガンを羽織っていた。

ふたりは海岸をただ歩いた。手も繋《つな》がなかった。繋がなくても繋がっている感触があった。ほとんど何も喋《しゃべ》らなかった。前日、山の上の展望台から見下ろした無数の島のどれにでも、船を雇えば渡れると知って、ふたりとも行ってみたくなった。それだけの理由で、海と浜辺と森しかない島をさくさくと歩いていた。

実際のところ、船頭が考えていたようなことをするつもりはなかったにせよ、それをしている感触すらあった。無人島にいるふたりは完全にふたりきりだったが、あの頃は、雑踏の中にいても、騒がしい一杯飲み屋のカウンターで並んでいても、完全にふたりきりであるように感じていた。

「あ」

と蕗子が突然、声を上げた。それから彼女は駆け出した。芳朗は慌ててあとを追った。百メートルほど先に見えていた黒っぽい小さな岩みたいなものが、近づくにつれ人工物のかたちになっていった。乳母車だとわかると、一瞬、気持ちが怯《ひる》んだ。こんなところにそんなものがぽつんとあるなんて異様だからだ。待て、と蕗子を呼び止めたが、妻はもうそれを覗《のぞ》き込んでいた。きっと叫びだすだろう。芳朗はそう思ったが、蕗子はただ途方に暮れたような顔で彼のほうを振り返った。

芳朗は追いついて、自分も覗き込んだ。たしかに空っぽだった。歪《ゆが》んだ車輪の上に青いカンバス地のベッドが載っていて、ベッドの中には半分ほど砂が溜《た》まっていた。それはそうだ。こんなところに乳母車があるとすれば、空っぽに決まっている。誰かが捨てていったのだろう。何をこわがっていたのだろう。芳朗はそう思ったが、不安はなぜか消えなかった。

「空っぽよ」

「古いものを売ってる」店は、西荻窪の片隅にあった。

父親の代からの骨董屋だったが、見習いとして仕事を手伝うようになった二十代半ばから、ほぼ五十年間芳朗はそこで商いをしていた。

島へ来るときに店はたたんだ。売却したのはマンションだけで、店はしばらくの間は倉庫として使うつもりだ。これからは原則的に仕入れはせず、在庫をインターネットで捌《さば》くだけにしようと思っている。この数年で体力と気力がガクンと落ちた。もうそろそろ休んでもいいだろう。早晩退屈になるかもしれないが、そうなったらそのとき考えればいい。そうなる前にお迎えが来るかもしれない。

野呂晴夫は、もともと店の客だった。ひと月に一、二度、ふらりとあらわれ、筋のいい買いものをしてくれるので、言葉を交《か》わすようになり、同じマンションの住人だと知ったのはそのあとだった。家に招いたり蕗子と三人で外に食事に出かけたりするようになり、親交が深まった。小説家というのは偏屈で扱いにくい人間だというイメージを芳朗はずっと持っていて、実際のところ野呂は偏屈で扱いにくい男ではあるのだが、それでも妙に気があう部分があり、一緒にいると愉しいことのほうが多い。

若い頃に離婚して以来ずっとひとり暮らしであるということを知り、じゃあ老後は僕ら夫婦と一緒に共同生活というのはどうかな、と冗談で言っていたのがだんだん冗談ではなくなった。マンションの老朽化の問題があったし、子供がいないこと、移動の自由がきく職業であることなど、共通点も多かった。物件の情報を集めたり現地に見に行ったり、内装や部屋割りを考えたりすることは、三人にとって新しい遊びみたいなものだったが、いずれ誰かがストップをかけるだろうとお互いに思いながら、気がついたらこの島にいた、というわけだった。

いや——。芳朗は思い直す。僕が先導したのかもしれない。島という選択肢を野呂が持ってきたときに、僕の中で移住が現実味を帯びたのではなかったか。老後という意味ではなく、殺人者の逃亡先として。

コーヒーを飲み終わり幾つかの打ち合わせをして、今は二階の居室にいる。

建物はもともとジグザグな造りになっていて、どの部屋にも庭側と海側に面した窓が切ってある。奥のやや広めのほうが碇谷夫婦、庭に近いほうが野呂の部屋で、ふたつの部屋は広いテラスで繋がっている。カーテン——家具より先にメーカーから届いた——は、褪せた感じの水色で、鮮やかなグリーンとどちらにしようか蕗子とさんざん迷ったが、やはりこの色で正解だったなと芳朗は思う。

腕時計をたしかめて、まだ午後四時をまわったばかりだと知って、芳朗はすこし驚く。外はまだじゅうぶんにあかるいのだから、では何時だと思っていたのかと聞かれれば困るのだが。島へ着いてから時間そのほかの感覚が少々くるっているようだ。

蕗子は寝ている。ベッド——東京で使っていた二台——はまだ届いていないので、みゆかが用意しておいてくれた貸し布団を床に敷いて横になっている。奇妙な眺めだ。まだ家具がほとんど何もないがらんとした板張りの部屋に、スーツケースふたつ、ひと組だけ延べられた布団、薄い上掛けから肩を出して横向きの姿勢で、静かに寝息を立てている妻。

蕗子が昼寝をするのはめずらしい。「お疲れになったでしょう」とさっきみゆかは言ったが、東京からこの島までは、ローカルな飛行場からプロペラ機に乗れば三十分とかからずに着いてしまうのだから、疲れる暇もなかったというのが実際のところだ。しかしやっぱり、疲れたのだろう。移動に時間はかからないにしても距離はあるし、海を越えてきたのだから。体はくたびれなくても気持ちの負担は大きいだろう。島での暮らしは未知数だ。未知数を楽しもうということで三人の意思は一致していたはずだが、それにしても——何が起きても（あるいは、何も起きなくても）戻る家はもうないのだから。戻らない、という決心が三人の中でいちばん固いのは蕗子かもしれない。その固さも、彼女を疲れさせているだろう。

芳朗はテラスに面した窓辺にいた——というのはそこに椅子が一脚だけ置いてあったからだった。きっとこれもみゆかが気を利かせてくれたのだろう。青いペイントがところどころ剝《は》げかけた古いキッチンチェアで、これが彼女の持ちものだとしたら、料理の腕前だけじゃなくて生活のセンスも気が合いそうだと思う。

そういうことは大事だ。いいひとを選んでくれたということで、野呂に感謝するべきなのだろう——野呂は男でみゆかは女だし、みゆかの登場はまったく唐突なことだったから、あらぬ勘ぐりもないではなかったのだが。

知っている。

みゆかのことを考えると、またその感覚が戻ってきて、するともう久しく思い出すことのなかった、三十年以上前の夜がよみがえってきた。

たとえば手摺《てす》りだ。あのマンションの鉄製の手摺りはラベンダー色で、ラッパを吹く天使のモチーフが連続模様になっていた。はっきり言って悪趣味だったが、あの部屋にはよく似合っていた——あの部屋で自分がしていたことを考えれば、という意味で。その手摺りを、あの夜、きつく握りしめていた女の指。手が小さい女だった。赤ん坊の手、とよくからかったものだった。ぷっくりしてやわらかい、孵化《ふか》したばかりの魚を思わせもしたその指には、あの夜、青いマニキュアが塗ってあった。子供っぽい手をすこしでも大人っぽく見せたくて、そういう色のマニキュアを塗る女だった。

おかしなものだと芳朗は思う。三十年ぶりによみがえってきたことではなく、あんな重大な出来事を、もう何年も忘れていたということを。いや、忘れていたわけではなく、思い出さないようにしていたのだ。妻との間では、忘れることが暗黙の了解になっていた。だから心の奥底にしまって、鍵をかけていた。その鍵が開いたのだ——島へ来たはずみで。安心した、ということもあるのだろう。殺人現場から遠く離れて。そうだ、蕗子のこの眠りは安堵の眠りでもあるのだろう。

芳朗は海に視線を移し、すぐにまた妻を見た。今は仰向けになっていて、あまりにも端正に眠っているから、どこか遺体じみている。

縁起でもない連想だ。蕗子を守ってやれるのは自分しかいないとわかっていながら、死ぬのなら妻より先に逝きたいとひそかに願っている。蕗子に先に死なれてそのあと数年、いや数ヶ月でも、彼女なしで生きるなど、考えただけでぞっとする。ああ、蕗子を愛していると芳朗は思う。こんなにも愛《いと》しい女を、裏切ったことがあるなんて信じられない。

蕗子の目が開いた。不審そうに芳朗を見、それから恐る恐る辺りを見渡して、ようやく自分がどこで目を覚ましたか理解したようだった。

「今何時？」

蕗子は身を起こすとそう聞いた。四時半だと芳朗は答えた。

「散歩に行ってくるわ」

そう言って、妻は立ち上がる。布団に入る前にスーツケースを開けて着替えたので、シャツを長くしたような形の、膝下までの寝巻きという姿で。洗面室に姿を消し、服を着て戻ってくる。さっきまで着ていた、ゆったりしたチノパンツに紺色の長袖シャツ。

「一緒に行こうか」

芳朗は聞いた。

「大丈夫。すぐそこの浜を歩いてみるだけだから」

蕗子はハンドバッグの中から煙草とライターと携帯灰皿を取り出すと、パンツのポケットに入れた。

「心配なら窓から見てて」

妻が出ていったあとのドアをしばらく芳朗は見つめていた。「一緒に行こうか」ではなく「一緒に行こう」と言えばよかったのだと後悔しながら。

散歩にしても買い物にしても、蕗子が自分をひとり残して出かけるとき、それきりもう二度と会えないような気持ちになってしまうのは、ひとには言えない、どうしようもない芳朗の癖だった。

碇谷蕗子

砂は白くて、頼りないほど軽かった。

細かい砂粒が歩くほどにスニーカーの中に入り込んで、蕗子はとうとうそれを脱いでしまった。片方ずつ左右の手で持って、やじろべえみたいにバランスをとりながら、波打ち際まで降りていった。

誰もいなかった。この浜は海水浴場に指定されているが、シーズン中もそれほど賑《にぎ》やかにはなりません、と不動産屋が言っていた。飛行機や船でわざわざ渡ってくるひとたちの大半の目的はダイビングやシュノーケリングで、彼らは岩場のほうへ行ったり、船を雇って沖へ出たりするらしい。

行く手で浜はカーブして崖に消え、崖の向こうには港が見えた。あそこには小さな町がある。

引越し前に蕗子がこの島へ来たのは一度きりだったが、そのときに寄ったのがたぶんあの町で——方向音痴なのでいささか覚束《おぼつか》ない——、うらぶれた感じのレストランで、醤油に漬けた刺身が載った丼を食べた(予想より断然おいしくてびっくりした。それを食べるのがはじめてではなかったらしい夫と野呂さんが、蕗子の反応にニヤニヤしていた)。背後にも崖があり、大きな出っぱりなので、その向こうは見えない。何があるか見に行ってみようか。

それで、蕗子は方向転換して来た道を戻りはじめた。自分たちの家が見え、二階のテラスと窓が見えた。

あの窓の向こうに夫は立っているだろうか。窓の中は暗くて人影が判別できなかったが、蕗子は手を振った。窓は開かない。こちらから見えていると思って、夫は窓の向こうで手を振り返しているのかもしれない。あるいは、あそこにはいないのかもしれない。

蕗子は立ち止まってしばらく手を振っていた。こんなことははじめてではない。芳朗と結婚してから私はいつも、そこにいるのかいないのかわからない彼に向かって手を振り続けてきたようなものだ、と蕗子は思った。

歩き出しながら、煙草を吸った。一日に十本程度吸う。やめてほしいと芳朗が思っていることは知っているし、その気になればさして苦労せずやめられそうでもあるのだが、やめようとは思わない。やめるのは自分に対する裏切りであるような気がする。何かを誓って禁煙するひとがいるのなら、何かを誓って吸い続ける者がいたっていいだろう。煙草を吸うようになったのはあのときからだった。

吸い込んだ煙を吐き出すと、自分が微《かす》かに動揺していることがわかった。なぜだろう——島に来たから？　とうとう、来てしまったから？　これまで、家を買ったり引っ越しの準備をしたりしている間、実際的な作業をしながらどこか現実離れした気分があったが、いよいよすべてが本当のことになったから？

いや、そうではないだろうと蕗子は思う。たとえここが日本ではない、とんでもない南の果ての島だって——まさにそういう島にいるような感じがするのだが——、私は臆したりはしないだろう。都会だろうが田舎だろうが、便利だろうが不便だろうが、コンクリートだろうがジャングルだろうが、私はあっさり順応してしまうだろう。自分は図太い女だと蕗子は思っている。あるいは「どうでもいいこと」がひとよりも多いのだ。そうでなければ、どうして今まで生きてこられただろう。

ではこの不安はなんだろう？

芳朗だ、と蕗子は思った。

さっき彼が、テラスまで出てこなかったこと。そうだ、いつもの彼ならばああいうとき、必ずテラスまで出てきて手を振るのではなかったか。

それにあの表情。そう、彼はおかしな顔で私を見ていた。私が昼寝から目を覚ましたとき。眠っている私を、ずっとあの顔で見ていたのだろうか。あんな彼の表情はこれまで見たことがなかった。ずるい顔、嘘をついている顔、ばれやしないかとおどおどしている顔、後悔している顔は、いくらでも見てきたけれど。

蕗子は二本めの煙草に火を点けた。そんなふうに続けざまに吸うことはめずらしかった。やはり島へ来たせいだろうか——こんな気分になるのは。ここからはもう、どこにも行かないだろう。さらにどこかへ行くお金はもうないし、人生の残り時間も少ないのだから。

ずっと逃げ続けてきた気がしているが、それはどこにいても、まだ逃げる先が考えられたからかもしれない。でも、ここにはもうない。ここが行き止まりだ。そのことが芳朗や私を動揺させているのかもしれない。

青いマニキュアの手が浮かんできた。思い出すのは久しぶりのことだった。でもそれがいつでも頭の片隅にあることはわかっていた。頭の隅の、不安定な高い場所に押し込められているが、ちょっと揺らせば落ちてくる。

子供みたいな小さな手。あの女は体つきも小さかった。玄関の三和土《たたき》に向こう向きに揃えて置いてあったハイヒールは、人形の靴みたいだった――ハイブランドの、高価なものに違いなかったけれど。

青いマニキュアの爪を女はしきりにいじっていた――泣いている間じゅう。女の涙に、私はちっとも心を動かされなかった。女は気持ちよさそうに泣いていたから。でも、今思い返せば哀れに感じる。あの女は若くて可愛らしくて、愚にもつかないことを言い募りながら顔を涙でぐしゃぐしゃにしているときでさえ、たぶん本人が思っていた通りにコケティッシュな魅力に溢《あふ》れていたけれど、自分が数時間後に死んでしまうことには気づいていなかったのだから。

浜は崖の前で途切れていて、崖の向こうへ行くには岩場をよじ登るしかなさそうだった。近づくまで気づかなかったが、岩場の浅いところで小さな子供がふたり、遊んでいた。せいぜい四、五歳くらいだろうか。どちらも女の子で、お揃いの赤い服を着ている。

子供たちは蕗子をじっと見上げた。

「こんにちは」

蕗子は微笑んでみた。こういうときいつも、自分の顔の上に自分ではない誰かの笑顔が、シールみたいに貼りついている心地になる。子供を授かることはとうとうなかった。母親になることをあきらめたとき、子供がいなくたって不幸になるわけじゃないと自分に言い聞かせすぎたせいで、自分が子供を好きかきらいか、今ではよくわからない。とりわけ、これほど小さい子には臆してしまう。なんだか得体の知れない動物みたいで。

子供たちは黙っていた。それから顔を見合わせ、目配せすると――間違いなくそうした、と蕗子は思った――、それまでしていたことに戻った。

子供たちが持っている小さなバケツも赤で、その中には蟹が二匹入っていた。ひとりの子がスコップで岩の窪《くぼ》みに溜まった水をすくって、バケツの中に入れはじめた。もうひとりは蟹を一匹摘《つま》み上げて、窪みの中に置いた。逃げればいいのに蟹はしばらく動かなかった。それからスコップを持った子供が蟹の上に水をかけると、するすると岩の隙間に消えていった。

蕗子は辺りを見回した。この子たちの親はどこにいるのだろう。波は穏やかだとはいえ、水辺に子供たちを放っておくなんて。

「おうちのひとは？」

今度は子供たちは、目配せすらせず蕗子を無視した。

「お母さんかお父さんは？　どこにいるの？」

ひとりの子が浜辺の向こうを指差し、もうひとりが海のほうを指差して、すぐにその手を浜辺のほうへ向け直した。蕗子たちの家がある通りには、ほかにも何軒かの家が並んでいる。その辺りの子なのだろうか。窓のひとつから親が見守っているということか。それにしたって、何かあってから家を飛び出してきても間に合わないだろう。

「おうちに帰らないの？」

ほとんど意味のない質問だと思いながら蕗子はそう言った。案の定、子供たちはもう反応しなかった。まるでこの子たちが二匹の赤い蟹みたいだ。突然、蕗子は疲れてしまった。私にはどうしようもない。ふたりの手を引きずってこの岩場から連れ出すなどできそうもない。それに、子供の手を摑《つか》んだとたんに、どこかの家から親が血相を変えて走り出してきそうな気もした。そんなのはごめんだ。

子供たちに向かって、というより、彼女たちを押しやるように手を振って、蕗子は来た道を戻りはじめた。しばらく歩いてから振り返ってみると、子供たちの姿はもう見えなかった。まさか波にさらわれたわけではないだろう。来たときにもそうだったように、岩の陰に潜んでいるのだろう。まったく蟹みたいな子供たちだ。蕗子はそう考えることにした。

あれは乳母車ではないのか。

蕗子はそう思う。でも、すぐに違うとわかった。人間だった。うずくまっていたものが立ち上がり、こちらに向かって走ってきた。青いパーカに半ズボンという出で立ちの男。

「あの、すみません」

蕗子は男を呼び止めた。男はさして意外でもなさそうに、その場でランニングを続けながら「はい？」と応じた。遠目には青年に見えたが、それほど若くもない男だった。

「あの、そちらへ行くなら、ちょっと見てやってくれませんか。あっちの岩場で……小さい子がふたり遊んでいるんです。危なっかしくて」

「はい」

と男は頷いたが、蕗子が言いたいことを理解しているとは思えなかった。

「私……越して来たばかりで、勝手がわからなくて。どこの子かも、わからなくて。お願いできます？　あの……」

「はい、はい」

男はあいかわらずわかっているようないないような、しかし幾分煩《うるさ》そうな表情になって、手をひらひらと振った。

「越してきたって……こないだまでトッカントッカン工事してた、あそこの家？」

頭を上下させながら男は背後を指さす。まだその場で走り続けているのだ。

「ええ」

「どんなひとたちが来るのかと思っていましたよ。なんか、芸術家の集団なんでしょう」

「それはどうかしら……」

蕗子はちょっと笑う。そういう噂になっているのか。

「老人の集団であることは間違いないけれど」

「はい、はい」

またこの反応。見ればわかるとでも言いたいのか。それにしてもこのひとは、延々その場駆け足を続けながら、よくまあ息も切らさずに喋っていられるものだわと蕗子は思う。

「あの家はもともと芸術家の別荘だったんですよ」

「そうなんですか」

「ときどきふらりと出てきて、インスピレーションをくれるかもしれませんよ」

蕗子は曖昧に微笑んだ。前の持ち主は亡くなって、そのあと長い間放置されていた家だと聞いている。そのことを知らずに言っているのか、それともゴーストが出ると脅かしているのか。

「落ち着いたらご近所の方にご挨拶にうかがいます」

男が「近所の方」かどうかはわからなかったが、話を打ち切るために蕗子は言った。こうしている間にも、子供たちが海に落ちてしまうかもしれない、という不安に不意に捉われながら。

「はい、はい」

男はまたその返事をして、駆け出していった。蕗子がぼんやりその後ろ姿を眺めていると、しばらく走ってからまたさっきのように蹲《うずくま》った。あれは、靴の紐《ひも》でも直しているのか。その姿勢になると男の姿はやっぱり乳母車に似て見えた。そんなにほどけやすい紐を、なぜさっき立ち止まっているときには直さなかったのか。男はまるで蕗子に見せるために蹲っているように思われた。あるいはゴーストというなら、彼がそうなのではないか、という気がした。

もう戻ろう、と思いながら、蕗子は砂の上に腰を下ろした。

ここなら家から見える。芳朗に心配させることもないだろう。もっとも、私がひとりで砂浜にぽつんと座っている理由を、彼は案じるかもしれないけれど。

煙草に火を点ける（あきらかにここへ来てから吸いすぎだ）。煙を吐き出しながら、乳母車のことを思い出す。

青い乳母車。

あれは新婚旅行で九州へ行ったときに見つけたのだった。

「新婚旅行」なんて言いかたを芳朗はきらっていて、ただの旅行だと言い張っていたけれど、結婚して最初の長い旅――それまでの数回の短い「婚前旅行」（この言いかたは芳朗のお気に入りだった）のように、旅先で会う誰彼に「兄妹です」と言い訳しないですんだ最初の旅――だったのだから、新婚旅行に違いなかった。

船で渡った無人島の浜に、それはあった。船に乗るときはわくわくしていたのだが、上陸すると少しこわくなった。二時間後に迎えに来ると言った船頭が、もしも自分たちのことを忘れてしまったり、忘れなくても意地悪で迎えに来なかったら、と思ったのだ。そうしたらアダムとイブみたいにここで暮らせばいいさ、と芳朗は笑っていた。まったく無駄な心配だ、と言いたかったのだろう。

あとになってよく思い返したものだった――本当にそうなってしまえばよかったのにと。あのまま無人島に取り残されて、ふたりきりで生きていければよかったのに、と。映画館がなくてもおいしいイタリアンがなくても、毒虫に刺されたというだけでもしかしたら死んでしまうことになっても、生きている間は、あの日の甘やかな空気だけをずっと呼吸することができたのに、と。

そう、空気は甘かった。文字通り吸い込むと甘い味がして、何度でもそれをたしかめたくて、口を大きく開けた——ちょうど今日会ったあの子、宙太が喋るときみたいに。私はすっかりはしゃいでいる、これじゃまるで「新婚旅行」だわ、とあの日、心の中で苦笑していたものだったが、実際には、不安を紛らわせるためだったのかもしれない。そうだ、島に取り残される不安も、本当はべつの、得体《えたい》の知れない灰色の予感から誘発されたものだったに違いない。

乳母車は最初、さっきとは逆に、青い服を着たひとが蹲っているように見えた。遭難者だ。どこかで溺れたひとが打ち上げられている。そんなばかげた考えが浮かんだのだった。そうして走った。そんな発作的な行動もやっぱり自分らしくなかった。

間も無くそれが遭難者ではなく乳母車だとわかった。青い乳母車。見ないほうがいい、と思ったけれど、もう遅かった。中に入っていたのは赤ん坊ではなくて砂だった。追いついてきた芳朗に向かって、私はほっとした顔をしてみせようと思ったけれど、あまりうまくいかなかった。

見なければよかったと、今でも思う。たぶんあのとき、呪いをかけられたのだ。あの島に行かなければよかった。あの乳母車を見つけなければよかった。そうすれば、私たちは子供を授かることができたかもしれない。

こんな考えはもちろん、夫には伝えられないけれど。

蕗子は携帯灰皿で煙草を消した。

あらためて海を見る。ずっと見ていたけれど、実質的に見えてはいなかった。きれいな色だと思った。きれいなことや、楽しいことや、おいしいことを考えるようにしよう。今日の私は、おかしなことばかり考えすぎている。

こちらに向かって走ってくる子供がいて、それは宙太だった。蕗子が気づいたことがわかると、速度を速めた。「転がるように」とよく言うけれど、小さな手足が今にももつれて、コロリと転がりそうだ。蕗子は立ち上がって、子供を迎えに行った。

「よる、ごはん、どう、します、かって。おかあ、さん、が」

息を切らしながら宙太は言う。それを聞くために全速力で駆けてきたのか。蕗子は微笑む。子供のことはよくわからないが、おもしろく思えないことはない。

「一緒に帰りましょう」

蕗子は宙太の手を取った。信じられないくらいやわらかく、熱い手。

野呂晴夫

今夜の夕食はみゆかが作ることになったようだ。

さっき碇谷夫人がキッチンへ入っていき、しばらくしてから戻ってきた。今はソファの、野呂の斜め向かいに体を沈めて、野呂がスーツケースに入れて持ってきたプロセッコを飲んでいる。

赤い服を着た双子がいたとか、青い服の男が走ってきたとか、そんな話をしている。食前酒を飲みながら、いちおう三人で談笑している体《てい》だが、実質的には夫人は自分の夫だけに向かって一生懸命喋っている──というのは碇谷が、昼寝のときの夢の続きでも見たんじゃないのか、という反応だからだ。

もちろん、彼は本当にそう思っているわけではない。妻をからかっているだけなのだ。碇谷夫婦とは付き合いが長いから、野呂にはそれがわかる。碇谷は、妻が一生懸命説明する様子がかわいくてからかっているのだし、碇谷夫人のほうも、それがわかっていて夫の希望通りにふるまっているようなところがある。ようするに、勝手にしろと言うしかないが、似合いの夫婦であることは間違いないと野呂は思う。ほっそりとした美女と、カマドウマみたいな小男という取り合わせの妙も含めて。

「とてもおいしいわね、これ」

野呂の視線に気がついたのか、碇谷夫人がそう言ってグラスを掲げてみせた。そりゃあよかったと野呂は答えて、その発泡酒の素性について少々説明した。「少々」というところがみそで、必要以上に詳しくすると碇谷夫婦は上の空になってしまうことも、もう知っていた。

「今夜のぶんを荷物に入れてくるとは気がきくな」

碇谷が言った。

「明日にはケースで着くよ。赤も白も泡も、いいのを見繕ってあるから」

「すばらしいな」

「野呂さんと一緒に暮らせて、私たち幸せね」

野呂は苦笑する。無邪気な夫婦だ——とくに碇谷夫人の、夫以外の人間に対するときにふっとあらわれる無防備さがおもしろい。その無防備さはいっそ無関心と言うべきかもしれないもので、彼女は気遣いと気配りのひとだが、そのこととは矛盾しない形でそういう部分がある。

この夫婦は、この世界に存在する人間が彼らふたりきりで必要十分みたいなところがある、と野呂は思う。だからこそ俺は彼らとなら一緒に暮らせる、と思ったのかもしれない。

「野呂さんはさっきまで、何をしてたの？」

碇谷夫人が聞いた。

「同じだよ、昼寝して、ちょっと散歩してた」

野呂は嘘を吐《つ》いた。実際には、キッチンでみゆかと話していたのだった。彼女の部屋ではなくキッチンにしたのは、もし誰かに見られた場合でも、料理の相談をしていたとかなんとか、言い訳ができるだろうと考えたからだった。そんな用心を、みゆかは不思議がっていたが……。とにかく、島へ来る前にも取り決めていたことをあらためて確認し合った。野呂が心配していたのは宙太のことだった。大丈夫、あの子には何も言っていません、とみゆかは言った。

みゆかとは「西荻窪の居酒屋で知り合った」と碇谷夫妻には話してあるが、実際には少し違う。ワインの品揃えが良くて気の利いた料理を出す洋風居酒屋は西荻窪に実在するが、その店の料理人だったみゆかと、そこに通ううちに知り合ったのではなく、みゆかが働いているということを知って、その店を訪れたのだった。

月に二、三度の割合で、最初はただのひとり客として通った。私を観察してたんですね、と後になってみゆかから言われて、まあその通りだと野呂は認めた。といっても、みゆかはたいていの場合カウンターの奥で料理に専念していて、接客はほとんどしていなかったのだから、みゆか本人よりもみゆかの料理から知り得たことのほうが多い気がするが。つまりそれは旨かった。旨い料理を作る女だったから、俺は彼女に話しかけることができたのだと野呂は思う。

そのみゆかが、最初の一皿を運んでくる。小ぶりの蕎麦猪口《そばちょこ》四つに、鮮やかなグリーンのポタージュみたいなものが入っている。

「グリーンピースのすり流しです」

コーヒーテーブルの上に置かれたものを、野呂は飲んだ。旨い。旨いな、おいしいわ、と碇谷夫妻も口々に言う。

「かつおのお出汁《だし》なのね」

「そう……あと、豆乳も少し入ってるんですよ」

みゆかは料理について説明する。ワインのときよりも碇谷夫人は熱心なので、材料の豆についても話が及ぶ。この島で採れる野菜について、生産者について。野菜はどこで買うのがいちばんいいか。

「この器も素敵ね」

「ここへ来るときにかなり処分してきたんですけど、どうしても手放せないものもありますね」

それはたとえばどんなものだ、と野呂は聞きたかったが、みゆかは話を切り上げてキッチンへ戻っていった。彼女はセンスいいよねと碇谷が言い、部屋に置いてあったという椅子の話をする——青いペンキが所々剝げかけたキッチンチェアだとか。そういうものは自分の部屋にはなかった、と野呂は思う。

「俺のとこには何もなかったな」

つい、口にも出してしまった。

「置いてあったというか、何かに使って戻すのを忘れてたんじゃないかな」

碇谷が言い、

「使うなら持って行っていいわよ」

と碇谷夫人も言った。いや……と野呂は慌てる。これでは俺はまるで、ほしがり屋の子供みたいだ。しかし実際のところ、野呂はその椅子を、自分のものにしたいとまでは言わないにせよ「見たい」と思っているのだった。

「ばたばたと決めてしまったけど、野呂さんを信用してよかったわ」

と碇谷夫人が言った。もともと料理は自分たちでするつもりだったし、家政婦を雇うことも考えていなかった。だが移住当初はそれでやっていけるにしても、体力や気力は年々衰えてくるだろう。東京のマンションではなく離島暮らしなのだ。必要に迫られてから探しても、自分たちの条件に適《かな》うようなひとはおいそれと見つからないだろう。

――というようなことを、ようするに野呂がふたりに力説したのだった。みゆかを知ったあとで。

「考えてたんだけど――」

と、碇谷夫人が言った。

「みゆかさんと宙太くんも、私たちと一緒にお食事したらいいんじゃない？」

「いや、かえって気を遣わせるんじゃないかな。どう思う？」

碇谷が野呂に聞いた。

「うん、そう言ってたよ。普段は親子だけで食事したほうがいいと思うって」

「あら。いつの間にそんな話したの？」

碇谷夫人に邪気なく聞かれ、野呂は慌てる。

「ここの仕事を頼んだときに、そういう相談もしたんだよ」

みゆかが次の皿を運んできた。グリルしたアスパラガスや長芋に手製のソースを添えたものと、カルパッチョは鯵《あじ》だろう。山椒《さんしょう》の花が散らしてあります、という説明がある。

「次は白にしますか、赤にしますか」

白ということになる。泡、赤、白と野呂は三本スーツケースに入れてきた——みゆかも何本か東京から取り寄せてくれていたということをさっき知ったが。

「レストランに来たみたいね」

碇谷夫人がまた無邪気な感想を漏らすと、

「今日はスペシャルです。島生活のオープニングですから」

とみゆかは言った。

「じつはちょっと疑ってたんだ——君の隠し子じゃないのかって」

みゆかがキッチンへ去ると、碇谷が声を潜めてそう言った。ニヤニヤ笑っているから、冗談のつもりだろう。

「ということは、もう疑ってないわけか」

と野呂は応じた。

「君には全然似てないしなあ」

いや、カマをかけているのか。それなら付き合ってやろうと決めて、野呂もニヤニヤ笑いながら鯵をつまむ。山椒の花の香りがいい。

「恋人じゃなくて娘だと疑われるのは心外だな」

「洒落《しゃれ》てるわね、これ」

と碇谷夫人もカルパッチョの感想を述べてから、そうよね、と同意した。

「娘だったら、野呂さんは隠したりしないわよね。むしろ自慢するわよね」

「その通り。恋人だとしても、自慢するよ」

野呂は言った。それはどうかしら、と碇谷夫人が言う。

「だって、娘みたいに若い女性を恋人にするなんて、いかにも小説家っていう感じで、恥ずかしいじゃない？」

なるほど、と野呂は笑いながら碇谷のグラスにプロセッコを注《つ》いだ。碇谷の酒の減りかたはいつもより遅く、そういえば口数もちょっと少ないな、と野呂は思う。やはり疲れたのか。碇谷は野呂よりも六歳上だったが、老人になると実質的な年齢の差が大きくなるような気がする。犬や猫みたいに、ひとによっては一年で六、七歳も老いの坂を転がり落ちたりするのだろう。碇谷はそこまでではないが、今日はちょっと老《ふ》けこんで見える。

碇谷に何か声をかけようと思ったとき、足音がして宙太があらわれた。白ワインのボトルを大事そうに捧《ささ》げ持っている。こいつの足音は耳につくな、と野呂は感じる。走っても歩いても、子供の足音というものには独特の響きがある。それを可愛らしいと思う者のほうが多いのだろうが、自分の場合はどうにも落ち着かなくなるなと野呂は思う。

「おつつぎしますか？」

と宙太が聞いたので三人は笑った。俺がおつぎするよと野呂は言って、子供からワインボトルを受け取った。宙太は野呂をじっと見た。なんだ、なんで見るんだ。からかわれたことを怒っているのか？　野呂は目をそらしてしまう。

宙太か。

立ち去る子供の足音に再び心を揺らされながら、誤算だったと野呂は認める。宙太のことは誤算だった。もちろん、みゆかに宙太という子供がいることは知っていた。みゆかを島に呼ぶなら、子供とも同じ家に暮らすことになるのは了解していた。了解していたが、俺は何か肝心な部分を理解していなかった。いつもそうなんだ。肝心な部分で俺は失敗する。宙太がいやだというわけではないが。あいつがいなければよかったのに、とも思っていない。ただ俺は困っている、それはたしかだ。

メインは浅蜊《あさり》と豚肉とトマトを軽く煮込んだ料理だった。ポルトガル料理をアレンジしたものらしい。外食の愉しみが少なくなることが、島暮らしの懸念事項のひとつだったが、みゆかの料理でかなりカバーできそうだ。夜の外出は減るかもしれないが、探せば島にも面白い店の一軒や二軒あるかもしれない。それに、面白くない店でも面白くなる、という場合もあるだろう——この三人なら。

自分が碇谷夫婦にある部分、依存していると言っていい状態であることに、野呂はあらためて気がつく。いつの間にかそうなっていた。知り合ったばかりの頃は、ちょっと頼りない老夫婦に、自分のほうが付き合ってやっているつもりだったのだが。

島へ来るのも自分ひとりだけだったらマイナス要素のほうが多かったが、店選び同様に、このふたりと一緒ならマイナスも面白かろうと思えたのだった。そもそも老後に誰かと共同生活することを選んだというのが、われながら不思議なのだが、相手がこの夫婦でなければそんなことは考えもしなかっただろう。そうして、俺が望んでいるのは老後の安定などではなく、もしかしたら老後の崩壊なのかもしれない。赤の他人と共同生活をすることにしたのも移住先によりにもよって島を選んだのも、俺が老後になげやりだからで、なげやりの道連れに碇谷夫婦を選んだ、ということなのかもしれない。

「おかわりは?」

と碇谷夫人が言った。野呂は夫人から大皿を回してもらい、自分の皿にクスクスを注ぎ足した。これに浅蜊と豚の煮込みをかけて食べると旨い。

「後悔してるんじゃないのか」

碇谷に、そう言ってみる。夫人がよそってくれたクスクスの皿の中を、何か大事なものが埋まっているかのようにじっと見下ろしていた碇谷は、ぱっと顔を上げた。

「いや、していない」

妙にきっぱりとした返事がある。

「もう東京に帰りたいと思ってるんじゃないのか」

野呂はなおもそう聞いてみる。

「帰りたくたって、もう帰れないわよ」

碇谷夫人が答えた。

「そこがいいんじゃないの」

「うん、そこがいい」

「そうだな」

碇谷と野呂は順番に頷いた。

2

碇谷芳朗

島に来てから十日余りが過ぎた。船便で届いた家財道具の開梱と設置も終わり、どうやら暮らせるようになってきた。薄曇りの午前十一時、碇谷芳朗は机――ベッドとともに東京の家から運んできた、父親譲りの両袖机――の前に座り、パソコンのディスプレイを睨《にら》みつける。

ネットも繋がるようになり、ホームページにアップしている商品に、細かいものだが幾つか注文が入っている。それで各商品の下に「ご売約」や「お取り置き」の赤い表示を出したいのだが、どうしてもそれができない。自分のホームページを自分で編集できないという事態に陥っているのだった。

芳朗は机をバンと一回両手で叩くと、立ち上がった。テラスに出ていた蕗子が部屋に入ってくる。すとんとした形の山吹色の麻のワンピースがよく似合っている。そんな服持ってたっけ？　と聞きたいが聞かないことにする。よくそう聞いて、この前どこそこへ行ったときにも着ていたじゃないのと呆《あき》れられる。

「どうしたの？」

と聞く妻の顔は不安げだった。机を叩く音がちょっと大きすぎたのかもしれない。ネットの調子がおかしいということを芳朗は説明した。

「でもメールは受信できるんでしょう？　パソコンのせいかしら」

パソコンは移住を機に新しくして、セッティングは問題なく終わっていたが、そうかもしれないな、と芳朗は答えた。

「うっかり自分で設定を変えてしまったのかもしれないな」

「サポートセンターのひとに聞いてみたら？」

芳朗は微笑した。蕗子はパソコンでネットサーフィンやメールの送受信くらいのことはするが、そのシステム自体についての知識は赤ん坊同然だ。「サポートセンターのひと」というのは彼女にとってはこの分野の全能の神みたいなものらしいが、どこの、何をサポートするひとなのかわかってやしないのだ。

何もわかっていないのに一生懸命役に立ちそうなことを言おうとしている妻が可笑《おか》しく

て、芳朗は少し気持ちが晴れた。晴れたことで、ホームページの更新ができないことくらいで自分がひどく苛立《いらだ》っていたことに気がついた。

「電話してみるよ」

と芳朗が言うと、蕗子は安心したようにテラスに戻って行った。

ガーデンテーブルの上に煙草と読みかけの本がある。あかしたことはないが、妻の喫煙癖と同じくらいかもしかしたらそれ以上に、彼女の読書癖を芳朗は憂えていた。本を読んでいる間の蕗子は、ひとりで勝手に旅に出ているような感じがするからだ。これまではいつも戻ってきた。しかしいつか、戻ってこなくなるんじゃないかという不安がある。

芳朗は実際にサポートセンターに電話をかけた。実際のところ、この場合はどこのサポートセンターにかけるべきかわからなかったのだが、とりあえずホームページを置いているサーバーにかけてみた。しかしたいていのサポートセンターがそうであるように、電話は繫がらなかった。「ただいま大変混み合っております、恐れ入りますがこのままお待ちいただくか、時間を置いておかけなおしください」というやつだ。芳朗はさっさと受話器を置いた――正直なところ「サポートセンターのひと」と話さずにすんでほっとしながら。

「ちょっと外を歩いてくるよ、肩が凝ったから」

テラスに向かって窓の内側から声をかけると、蕗子はもの憂く顔を上げて頷いた。ほら、もう「あっち側」へ行ってしまっている。問題は解決したのかとか、解決していないのに散歩に行くのかとか聞かれないのはまったくありがたいことなのに、見捨てられたような気持ちになるなんて、俺も勝手なものだなと芳朗は思う。

この島に来てから買った、パナマハットを被《かぶ》って芳朗は部屋を出た。隣の野呂の部屋はドアが開け放たれていて、ひょいと覗いてみたが本人はいなかった。

気に入るものが見つかるまでの間に合わせに買ったという安っぽいパイプベッド――通信販売で注文したらしいが、組み立て前のパーツを段ボールから取り出した時点で、気の毒なくらいがっかりしていた――と、こちらは船便で東京から運んできた、変わったデザインの籐《とう》製のイージーチェア――デンマークの有名デザイナーのビンテージだと自慢していた――しか置いていない、がらんとした部屋だ。

小説家のくせに仕事机は持ってこなかったのかと聞いたら、だから言っただろう、もう小説を書くのはやめたんだよと野呂は言った。不機嫌な口調だったから、芳朗は「そうか」と頷くにとどめたが、あれは本気だったのか。

野呂晴夫は売れない小説家ではない。読書家の蕗子が好んで読むのは翻訳小説で、結婚以来、芳朗の読書は彼女に追随していたから、知り合うまで野呂の小説を読んだことはなかったのだが、それでもその名前くらいは知っていた。知り合ってからウィキペディアで調べてみたら、幾つかの大きな文学賞をとっているし、そのような文学賞の選考委員を務めていたこともある。

刊行された小説は、数えてみなかったが百作を超えているのではないか。幾つかのシリーズものがあって、熱心な、信者と言っていいほどのファンがいるようだ（そういう読者を称して「ノロラー」とかいうらしい）。ただ、最後の刊行が去年の一月で、その書名を検索してみると「三年ぶりの新作！」という惹句《じゃっく》がついているから、この何年かは寡作だったのだろう。次第に燃料が切れてきて、もう補充する気持ちもない、ということだろうか。それを言うなら僕だってそうだが、野呂は六歳も歳下なのだし、創作者が――とりわけ野呂のような男が――創作することから足を洗う、ということは可能なのだろうか、と芳朗は思う。

金の心配がないのはたしかだが。そもそもが、気に入った品物があるとほとんど値段をたしかめもせずに購入を即決する太客《ふときゃく》だったわけだし、昔書いたシリーズものは今も定期的に重版されていて、印税が入ってくるという話もしていたし。それに、島内のカルチャーセンターの講師というような話も来ていたようだ。今日は、それで出かけているのかもしれない。

表に出ると門のところで、みゆかが隣家の夫人――四十がらみのふわふわと太ったひとで、何といったか、そうだ子安《こやす》さんだ——と立ち話していた。ふたりの間には、薄紫色の花穂がついた植物の大きな花束がある。子安さんが持ってきたのかもしれない。

「やあ、きれいですね」

芳朗は帽子をひょいと上げ、挨拶代わりにそう言った。

「うちの庭で咲いたんですよ。あんまりきれいだから、自慢したくて持ってきたの」

オホホホと、子安夫人は笑う。数日前に挨拶に回ったときに、夫婦ともに会い、気のいいひとたちだという印象を持っている。

「あとでお部屋にお持ちしますね」

みゆかが言い、芳朗は頷いて、歩き出した。右足の次は左足を前に出すのだといちいち考えながら歩くような、奇妙な気分がしばらく続く。みゆかと相対するといつでもそうなるのだった。宙太にはそうならない。知っている、という感覚だけでなく、みゆかには何か、彼女のほうからこちらへ向かってくるものを感じる。なんなのかはわからないのだが。

空気は潮の香りが濃かった。濃いときとそうでもないときがあるのは、湿度の関係だろうか。雨が降るのかもしれない。気温はさほど高くない。

熱帯のような印象を勝手に持っていたが、この島は「海洋性気候」だそうで、夏は涼しく、冬は暖かいらしい。不動産屋はそのことを強調していた。最近の東京の夏はとんでもなく暑くなりますからね、ご高齢のかたには島のほうが案外暮らしやすいと思いますよ、と。事実だから言って悪いとは思わなかったのだろう。もちろんいいとも。芳朗は思う。ただ、いつの間に自分は「ご高齢のかた」なんてものになったんだと、ちょっとびっくりするだけだ。

本当に、いつの間だろう。浜辺には降りず、浜に沿った道を町のほうへ歩きながら芳朗は不意に、理不尽だという思いに捉われる。蕗子を自転車の後ろに乗せて、坂道をグングン登っていったのは、ついこの前のことのようなのに。

感傷ではなく実感だったので、地面がくらりと揺れるような感じがする。背中に押しつけられた蕗子の顔の感触が、今、そうされているかのようによみがえってくるのに。蕗子は芳朗の肩甲骨の間にすっぽりと顔を埋めて、息をふうふう吐いてふざけた。芳朗のシャツと蕗子の顔の間に、蕗子の息が熱く溜まった。あれはもう四十年近く前のことなのか？　いや、四十年どころではない、四十五、六年だ。それだけの月日が経ったというのか？

経ったのだ、と芳朗は思う。月日が無情に流れたから、殺人が起き、その結果――そうだその結果だ、と芳朗は再確認する――今ここにいるんじゃないか。過去を思い出すとき、ついあのことの周囲をぼかそうとしてしまう。思い出したくないから。蕗子のためというよりは自分自身のためもある……。

芳朗は今は町に入っていた。アスファルトの道路がモザイクタイルに変わっていて、足元に雲のような波のような連続模様ができていた。芳朗は過去の出来事を思い出して、その模様のひとつひとつの上に嵌《は》め込みながら歩いていった。

町に人々はぱらぱらといた。平日の午前中という時間帯を考えると、意外な人出に思えた。離島とはいえ、そこに町があればひともいるわけだ。誰もが目的地を携えて、用ありげに歩いているように思われた――目的もなくここにいるのは自分だけであるかのように。

何か動物のようなものが、足元をするりと掠《かす》めていき、「わっ」と芳朗は思わず声を上げた。青い吊りズボンを穿《は》いた小さな男の子がふたり、振り返って芳朗を凝視している。双子のようだ。蕗子が言っていたのはあの子たちのことか――だがこちらはどう見ても男の子だ。双子はあっさり背を向けると、道路のモザイクの模様を「ケンケンパ」しながら遠ざかっていく。目的のない芳朗は、何となくそのあとを付いていった。

夏と冬。陸と海。青と白。ちっぽけなふたつの背中を追っていると、そんな言葉が浮かんできた。なぜだろうと芳朗は考え、それからすぐに、その理由に思い当たって驚いた。子供の名前だ。まだ覚えていたとは。

もうずっとずっと昔のことだ——蕗子との間に子供を持つことがあったら（そしてその場合はふたりだ、となぜか決めつけていた）、そんなふうな、単純明快な名前がいいと考えていた。たとえば女の子だったら、碇谷夏。男の子だったら、夏彦でもいい。弟が生まれたら冬の一文字にして、妹だったら冬子。らちもない夢想は、蕗子にはあかさなかった。気恥ずかしかったのだ。だが、あかさなくてよかった。子供を持つことはできなかったから。芳朗のほうに問題があった。子供を作ろうと決めて三年目に、念のために調べてもらったらそれがわかった。このことも蕗子には言わなかった。がっかりさせるのが——いや、がっかりされるのがこわかったのだ。どのみち蕗子は母親になることにそれほど執着していなかった。それがわかって、芳朗も倣《なら》った。実際のところ、父親になることよりよほど、妻への執着のほうが大きかった——少なくとも、しばらくの間は。

ふっと目をそらしたようだった。その一瞬に双子の姿は見えなくなって、芳朗はビルの前に立っていた。あの子たちはこのビルに入っていったのか。五階建ての古ぼけたビルで、最上階の窓ガラスに見覚えのある社名が掲げられていた。たしかこの会社と契約して、インターネットやテレビや電話を使えるようにしたのではなかったか。ちょうどいい。ホームページのことを聞いてみよう。

ビルにはエレベーターがなかった。芳朗はふうふう言いながら、黴《かび》くさい狭い階段を上っていった。途中で子供たちに追いつくかと思ったが、気配もなかった。ドアは各階の階段の両側にひとつずつあって、会社名らしきものを記したプレートがかかっているものもあれば、何の表示もないものもあったが、そのうちのどれかに吸い込まれていったのだろうか。夢でも見たんじゃないかと蕗子をからかったが、これでは妻を笑えないなと芳朗は思う。

ようやく目的のドアに辿《たど》り着き呼び鈴を押すと、「どうぞー」という呑気《のんき》な声がインターフォンからではなくドアの向こうから聞こえた。何となくおっかなびっくりそれを開けると、ドアに向き合うような位置に事務机が置いてあり、その向こうにいた男が「いらっしゃい」と朗らかに挨拶した。

「こんにちは」

芳朗は会釈を返し、事情を説明した。説明しながら、意識の一部が遊離して、部屋の中を検分した。

入ったときから何か奇妙な感じがあったのだが、それは壁じゅうに貼られたポスターのせいだった。どれも動物の「里親募集中」のポスターだった。犬や猫、それにフェレットやインコや、亀の写真が載ったものまである。会社を挙げて何かそういう活動をしているのか、あるいはこの男の個人的な趣味（?）なのか。

「……さんの家ですよね？」

それまでウンウンと頷きながら聞いていた男が不意に発言し、「え？」と芳朗は聞き返した。

「アサエさんの家ですよね、そちらのお住まいは」

「アサエ？　いや、うちは……」

誰の名前で契約したのだったか。それがなかなか思い出せないのは、アサエという名前に心が捉われてしまったからだ。アサエ。アサエだと？

「アサエみゆかさん。お宅の方じゃないですか？」

「アサエみゆか……」

みゆかのことだと思われた。しかし彼女はアサエなどという苗字ではなかったはずだ。何といったか。仙崎。そうだ、そう名乗ったはずだ。

「仙崎みゆかならうちの者だが」

「ああ、じゃあその方ですよ。アサエは旧姓じゃないかな。たしか契約のとき、書類の都合でそっちを使うとか、そういう話になったように記憶してます」

男は滑らかにそう言った。旧姓。つまり今、名乗っているのは結婚後の姓なのか。みゆかの夫は病死したと聞いている。もともとの名前はアサエみゆか。どうしてそのことを隠していたのだろう。いや、もちろん旧姓など伝える義務はない——通常の場合は。だがみゆかの場合、わざと伝えなかったように思える。案外、これまではアサエみゆかのほうが通称だったのに、僕たちと暮らすことになって急遽《きゅうきょ》、仙崎姓を名乗ることにしたのではないのか。アサエ。なぜならその姓を、僕も蕗子もよく知っているからだ。

「里親、いかがですか」

「えっ」

「どの子もかわいいですよ」

壁のポスターのことか。どうして急に話を変えるんだ。

「あれっ」

男が不意に芳朗の顔をじっと見た。青いワイシャツを着て袖をまくりあげた、女顔の男だった。

「もしかして、碇谷さんですか」

「ええ、碇谷ですが」

さっき名乗っただろうと思いながら芳朗は頷いた。

「碇谷芳朗さんですよね？　古美術商の。テレビに出てた……」

「いや」

芳朗はとっさに首を振った。顔が赤くなるのがわかる。そうだと認めているようなものだ。

「家に帰ってアサエさんに聞いてみるよ。いや、みゆかさんに。ありがとう、それじゃ」

モゴモゴとそれだけ言うと、芳朗は男の前から逃げ出した。

そのまま芳朗はまっすぐに家まで戻った――できるかぎりの早足で、振り返らずに。振り返れば、青い服の男がほかにも何人も引き連れて、ぞろぞろとあとを追いかけてきているのではないか、という気がした。

テレビに出ていたのは三十年以上も前だ――番組自体はマイナーチェンジしながら数年前まで放映されていたようだが、自分のことを覚えている人間とこんなところで会うとは思わなかった。第一、あの男の年格好からして、僕が出演していた頃はまだ生まれていなかったのじゃないか。再放送でもあったのだろうか。テレビのことも忘れたい記憶のひとつだから、そういう情報には極力近づかないようにしているのだが。

家の中には旨そうなカレーの匂いが漂っていた。にんにくと生姜《しょうが》をたっぷり使っていることがわかるこの香りは、妻のカレーだ。キッチンを覗くとやはり蕗子がコンロの前に立っていた。みゆかの姿はない。

「お昼ごはん、ふたりきりだから私が作ったわ。ドライカレーだけど、いい？」

「いいよ。あのひとは？」

あのひと？と眉を寄せる妻に、みゆかさん、と芳朗は言い直す。これまでずっとそう呼んでいたはずだが、すでに違和感がある。

「それならちょっと用足しに行ってきますって。お昼ごはんは自分だけですませるそうよ。私のカレー、味見してほしかったんだけど」

そうか、と芳朗は言った。

「もうできるわよ。あとはゆで卵をむくだけ」

「着替えてくるよ。汗をかいたから」

蕗子がさらに何か言ったが返事をせずに、芳朗は急ぎ足で二階に上がった。みゆかがキッチンにおらず「ちょっと用足しに」行ったのなら、二階の自分たちの部屋にいるのではないかという気がしたのだ。

もちろん、みゆかはいなかった――芳朗たちの部屋にも、あいかわらずドアが開きっぱなしになっている野呂の部屋にも。あたりまえだ、と芳朗は自分に言う。いないことがわかればそれが当然だと思える。ただ、両方の部屋には花が活《い》けてあった。さっき子安さんが持ってきた紫色の花だ。

野呂の部屋にはイージーチェアの傍の床の上に、芳朗たちの部屋は寝室の、蕗子のベッドの側《そば》のナイトテーブルの上に、それぞれ大ぶりのガラス瓶に活けて置かれていた。置き場所が野呂の部屋と自分たちの部屋とで違うのはたまたまだろうか。芳朗はなんとなしに花の匂いを嗅いでみたり、花茎をいじってみたりした。それからふっと思いついて、机のパソコンの前に座った。

さっきまで四苦八苦していた、ホームページの編集をあらためて試してみる。どうということもなく、更新できた。なんとなくそんな気がしていた。さっき、古ビルの青い服の男は何の解決策も講じなかった。トラブルを起こしたのも修復したのも、みゆかがやったことだという気がする――なんのためにかはまだわからないが。

「あなた、できたわよ」

蕗子に呼ばれ、芳朗は部屋を出た。階段の途中で、着替えたいという理由で二階に上がったのだったと思い出した。もういちど階段を上がる気にはならず、仕方ない、花を見てぼんやりしてしまった、とでも言おうと考える。

実際のところ、着替えたくなっていたが。「汗をかいたから」とさっき妻に言ったのは嘘だったが、今は本当に、うっすらといやな汗をかいていた。

碇谷蕗子

ドライカレーには、たっぷりのにんにくと生姜と玉ねぎ、それにトマトを入れる。それが蕗子の作りかただ。

肉は何でもいいのだが、最近は年齢のせいか、鶏肉で作るのがあっさりして気に入っている。今日のカレーも、冷凍庫に入っていた鶏もも肉を叩いて入れた。もちろん、みゆかに確認してから——夜に使う予定だったりしたら申し訳ないからだ。それで、もう何年も昔の、義母とのことを思い出したりもした。

結婚してから十六年間、芳朗の生家で暮らしていた。長く肝臓を患っていた義父は十年目に亡くなり、その二年後に義母は脳梗塞を起こしたから、元気な彼女との同居は実質十二年だったけれど、もちろん、その十二年を「あっという間だった」などとは言えない。たとえば食事の支度は複雑な領域だった。いつ、義母と蕗子のどちらが作るか。何を作るか。ルールを設けるのを義母がいやがったから、蕗子はいつもそのことを考えていなければならなかった。

たまに芳朗とふたりきりで食事できるときは気が楽だったが、買い置きの食材を使うことには慎重になった。冷蔵庫の鶏肉、今日のお昼に使ってもいいですか、お義母《かあ》さん？　そんなのいちいち聞かないで好きなように使ってちょうだいと義母はいつも答えたけれど、いつも言葉通りではないことも学習していた。義母にいちいちそれを聞かなくてもいい状況になったとき、自分が感じた解放感に、少々バツが悪くなったものだった。

「パソコン、直った？」

蕗子は夫に聞いた。ダイニングテーブルで向かい合って食べている。ドライカレーのほかにはささげのサラダを作った。茹《ゆ》で卵とらっきょうを合わせたタルタルソースを添えてある。

この古いビーチ材のファーマーズテーブルは、もともと野呂の持ちものだった。ひとり暮らしだった野呂が使っていたのに六人はゆうに掛けられる大きさがあって、夫婦ふたりきりで向かい合っているとどうにも心もとない感じがする。

「直った」

芳朗は短く答える。蕗子はしばらく待ったが、続く言葉はなかった。顔も上げず、黙々とドライカレーを口に運んでいる。

「何種類入ってると思う？」

蕗子は質問を変えてみることにした。え？　とようやく夫は顔を上げた。

「お野菜。このカレーの中に、何種類入ってると思う？」

「さあ……」

芳朗は首を傾《かし》げた。やっぱりおかしい、と蕗子は思う。いつもの夫なら、関心はないにせよ考えてみるふりくらいはするはずだからだ。それに着替えると言っていたのに、さっきと同じシャツのままだし。

きっとパソコンが直ったというのは嘘なんだわ、と推測する。にっちもさっちもいかなくなって、頭の半分がまだそちら側なのだろう。動物はからだの具合が悪くなってもぎりぎりまでその素振りを見せないという話があるけれど、芳朗も本当に困っているときや悩んでいるとき、それを私に隠すようなところがある。動物は外敵に弱みを見せないためにそうするのだろうけれど、このひとも同じかしら。

「にんにく、生姜、玉ねぎ、トマト、セロリ、人参、ささげ、椎茸」

蕗子は指を折って自分で数えた。

「八種類ね」

「なるほど」

気がなさそうに芳朗は頷いた。ふっと、いやな予感が蕗子を捉えた。パソコンが理由ではないのかもしれない。こういう気分には覚えがあった。義母が倒れる少し前のことだ。

あるときから芳朗は四六時中、蕗子の前でこんなふうに上の空になった。あのときと同じことが起ころうとしているのか。

　芳朗は再び、私を捨てようとしているのだろうか。


　蕗子が芳朗と出会ったのは、二十四歳のときだった。その頃蕗子は、西荻窪の隣町の男子高校で、現代国語の教師をしていた。

　どのようにして調べたのか、蕗子の二十四歳の誕生日に、ある男子生徒が贈り物をくれた。とても美しいルビーのブローチだったが、十六歳の子供——と、当時の蕗子は彼らを見なしていた。もちろん今の自分からすれば、あの頃の自分自身も子供に思えるけれど——に買えるような値段のものではなかった。それが本物の宝石であることや、値段まで蕗子が知り得ていたのは、休みの日などにときどき覗いてみる骨董品の店で、そのブローチを見たことがあったからだった（ついでに言えば、男子生徒は休日に蕗子のアパートの周囲をうろついて、その店にいる蕗子を目撃したわけだった）。

　それで、蕗子はその男子生徒に問い質《ただ》した。それから彼を連れ、ブローチを携えて「骨董いかりや」を訪れ、芳朗と知り合ったのだった。店にはそぐわない学生服の少年がひょっこり入ってきて店内をうろうろして立ち去ったあとに、イギリスビンテージのルビーのブローチが消えていたことはすでにあきらかになっていて、芳朗の父親はなかなか怒りを収めてくれなかったのだが、それを宥《なだ》めて、「厳重注意」ですませてくれたのが、芳朗だった。ブローチは結局、それから数ヶ月後に、芳朗が蕗子にプレゼントしてくれた――男子生徒とばったり会う危険のない場所でしか、蕗子は決してそれを身に付けなかったけれど。

そのブローチを、蕗子は小箱から取り出す。新婚時代はあらたまった外出のときなどによく付けていたが、いつしかしまい込んだままになっていた。服の好みも変わっていくし、ビンテージやアンティークのアクセサリーは若い――ビンテージではない――顔や体のほうが映える、という事情もあったろう。

島へ来ることが決まって持っていくものを取捨選択したときに、クローゼットや納戸の奥から発掘されたものもある。このブローチもそのひとつだ。蕗子はブローチをジュエリーボックスに移す。ここには普段使いのアクセサリーを入れている。これからはまた、ときどきこれを胸に飾ろう。かしこまらずにバッヂみたいにつけてみよう。

蕗子は今、寝室にいて、野呂と共有の廊下の納戸から持ってきた段ボールの中身を整理しているところだった。居室は低い飾り棚でゆるく仕切られていて、その棚の向こう側で、芳朗が机の上のパソコンに向かっている。キーボードを叩く音が断続的に聞こえてくる。

その音は蕗子を落ち着かせた。捨てようとしているだなんて。こんなところまで来て、この先何が起きるというのだろう。芳朗を買いかぶりすぎというものだ。

やっぱりパソコンの問題にすぎないのだろう（そしてたぶん、もううまくいきはじめているのだろう）。あるいは芳朗も、たんに何かを思い出しただけなのだろう。私がブローチを見て回想したように。そう——出来事からどれほどの時間とどれほどの距離を離れても、過去はいつだって自分の中にあるのだ。

蕗子はルビーのブローチをあらためてじっと見た。百年以上の時を経ても、石の輝きはまだ失われていない。その輝きにちくりと傷つけられるようだった。過去はいつだって自分の中にある、でも過去は絶対に取り戻せない。その「絶対に」という事実を、理不尽に感じた。ひとの一生というものが、そんな理不尽でできあがっているなんて。

蕗子はある通夜のことを思い出した。見知らぬひとから電話があって、ある男性の死を知らされた。名前を聞いてもすぐには思い出せなかったが、あの男子生徒が死んだのだった。知らせてきたのは彼の妻となったひとだった。

そのとき蕗子は三十六歳で、彼は二十八歳だった。そんな若い歳にがんになって、あっという間に死んだらしい。その短い闘病期間に、自分が死んだら先生に知らせてほしいと、彼は何度も妻に念を押した。妻からそう聞いて、蕗子は京王沿線の斎場まで出かけていった。

　たくさんのひとが来ていて、たくさんのひとが泣いていた。ブローチの事件があったあと、少年だった彼は蕗子を避けるようになったが、同時にそれまでよりも社交的になっていったことを蕗子は記憶していた。元来気立てが良くて、ひとに好かれる子だったのだと、読経と啜《すす》り泣きとに霧雨のように包み込まれている間、思い出していた。あのときから十二年が経っている。その間に自分に起きたことを思えば、彼にもいろんなことがあっただろう。いいことばかりではなかっただろうが、いずれにしてもこんなに早く人生が断ち切られてしまっていいわけはない。これもこの世の理不尽のひとつだ、と考えていた。

　彼の妻とは式のあとで話した。奥に用意されている通夜ぶるまいの席に行く気になれず、でも、このまま辞してもいいのだろうかと迷いながらロビーに佇《たたず》んでいるとき、声をかけられたのだった。正面からじっと蕗子を見つめながら近づいてくるひとがいて、遺族席にいた彼の妻ではないか、と気づくのと同時に、その女性が「橋川先生でいらっしゃいますか」と呼びかけた。はい、橋川です、と蕗子は旧姓を名乗った。来てくださってありがとうございます、と彼の妻は言った。

　長話にはならなかった。儀礼的な挨拶を交わしたあと、蕗子も彼の妻も、よけいなことは一切喋らなかったから。病気のこととか彼の来し方とかを、蕗子が尋ねれば妻は答えたのかもしれない。でも蕗子は聞かなかった。考えていたのは、自分がどうして呼ばれたのだろうということで、女性が喋ったのもそのことだけだった。

「あれが私たちの娘です」

彼の妻は蕗子の後方を指差した。振り返ると、三歳くらいの子供が老女に抱かれているのが見えた。

蕗子は言葉を探しながら頷いた。女の子の幼さにあらためて胸が痛んだが、彼の妻が伝えようとしているのはべつのことであるとわかったから。そうして、彼女はそれを言った。

「蕗子というんです。あなたと、同じ名前です」

これまでずっと「先生」と呼ばれていたのが、そのときはじめて「あなた」になった。

蕗子は今こそ何を言えばいいのかわからなくなった。彼は、子供に私の名前をつけたのだ。そして彼の妻は、そのことを知っている。いつ、知ったのだろう。彼が自分の死期を悟って、葬式に私を呼べといったときだろうか。彼が私を呼ばせたのは娘の名前を知らせるためだったのか。

「私は、知らなかったんです、何も……」

蕗子の疑問に答えるように彼の妻は言った。

「彼はどこからそんな名前を思いついたのか、ちょっと不思議でしたけれど、賛成しました。いい名前だと思ったから」

そして今はどう思っているのだろう、自分の娘の名前のことを。蕗子はそう考えながら頷いた。それこそ子供みたいに、表情を堅くして、ただ頷くことしかできなかった。

「でも、来ていただいてよかったです」

最後に彼の妻はそう言った。それが夫の希望でしたから、と。

蕗子はその夜、芳朗には「教え子が亡くなったから」とだけ説明して、喪服を着て家を出ていた。けれども家に帰り着くと、すべてを芳朗に話してしまった。この出来事について、どう受け取るべきなのかよくわからなくて、考えすぎて体が重かった。有り体に言えば、つらかった。芳朗に打ち明けてしまえば少しは軽く、楽になるのではないかと思ったのだ。

それは、女冥利に尽きる話だね。

芳朗はそう言った。皮肉っぽい言いかただった。怒っていたのだ。怒ったの？と聞いたら、怒るようなことじゃないだろう、と答えたが、あきらかに怒っていた。

芳朗はどちらに怒っていたのだろう？　自分の妻を忘れなかった男にか、そのことを自分に伝えた妻に対してか？　そういえばあのことがはじまったのは、それから間もなくだった。芳朗に打ち明けなければ、あのことは起きなかったのか。それとも、もうあのことが起きることになっていたから、芳朗は怒ったのかもしれない。

いずれにしても、考えても詮無《せんな》いことだ。出来事は起こるべくして起きる。心の平安のためには、そう考えるのがいちばんいいのかもしれない。

芳朗と出会ったことも。

あの女が死んだことだってそうだ。

蕗子は段ボールを部屋の脇に寄せて、立ち上がった。

片付けはほとんど捗《はかど》っていない。ダンボールの中にはまだあれこれと詰め込まれたままで、そういう段ボールが納戸の中にいくつもある。

案外、死ぬまでそのままかもしれないわね。

そんなふうに考える。のろのろと片付けているうちに、そのときがやってくるかもしれない。私が先に死んでも芳朗が先に死んでも、残されたほうは、もう納戸の段ボールを開けてみようなんて気にはならないのではないか。ということはあれらの箱のいくつかは、詰め込まれたときのまま朽《く》ちていく運命なのかもしれない。

「町まで行ってくるわ」

芳朗に声をかける。パソコンのモニターを食い入るように見つめていた芳朗は、はっとしたように振り返った。

「買い物？」

「買うものはあまりないんだけど、町を探検したくて。頭の中に地図を作っておきたいの。

本屋も探したいし」

「本屋はないよ、あの町には」

「うんと探せばあるかもしれないでしょう」

「そういう考えかたはなかったな」

芳朗はそう言って、取ってつけたように少し笑った。

「一緒に探しに行く？」

蕗子はそう聞いてみた。芳朗は少し考えるそぶりを見せてから「いや」と言った。

「今日中にやってしまいたいことがあるんだ」

「わかったわ。あまり根を詰めないようにね」

「うん」

蕗子は部屋を出た。ことさらに音を立てるようにして階段を下り、玄関のドアを開けたが、外には出ずにそっと閉めて、今度は足音を忍ばせて二階に戻った。

蕗子がこんな真似をするとは、芳朗は夢にも考えていないだろう。だから気づかれる心配はほとんどしなかった。蕗子は心の中で失礼を詫《わ》びながら、野呂の部屋に入り込み、極力音を立てないようにゆっくりゆっくり窓を開けて、テラスへ出た。

海沿いの道を、車が一台走っていくのを見下ろす。幸い浜にも道にも人影はない。みゆかがそろそろ帰ってくるかもしれないが、仕方がない。私のこんな姿を見つけても、さっきは何をしてたんですかなどと聞いたりはしないだろう、と蕗子は考える。みゆかというひとはそういうところはわきまえているように思える。

テラスを伝って、じりじりと自分たちの部屋へ近づく。「今日中にやってしまいたいことがある」と言っていたくせに、机の前に芳朗はいなかった。やっぱり、おかしい。私が一緒に外出しようと誘って、彼が断ることはめずらしいのだ。蕗子はもう一枚の、寝室の窓のほうへ移動した。壁に体を貼りつけて——そんな姿の自分がひとにどう見えるか想像すると、恥ずかしくて気が遠くなりそうだが——、首だけ伸ばして、寝室を覗く。芳朗はベッドサイドに置かれたサルビアを眺めていた。

花を愛《め》でているという感じはしない。何かを検分している。ぐるぐる、周りを移動しながら、花器の中を覗き込んだり、しゃがみこんでサイドテーブルを下から見上げたりしている。

それから芳朗は、ベッドにすとんと腰を掛けた。携帯電話を取り出す。蕗子はハッとした。きっと私に電話するのだろうと思ったのだ。ここで携帯電話が鳴り出したら、気づかれてしまう。

けれども蕗子のワンピースのポケットの中で電話は鳴らなかった。芳朗は蕗子ではない誰かに向かって喋りはじめた。もしもし、僕だけど。例のこと、もう一度確認しておこう。午前十一時に岩場。うん、北のほうだよ、間違えないで。うん、それじゃあ……。

野呂晴夫

やめよう、と野呂は思った。

エッセイ教室の講師の依頼は、まずは島への移住が決まって、必要な相手にそれを知らせたとき、編集者経由で舞い込んだのだった。そのときには即座に断り、それから島へ来て、やってみてもいいかなという気持ちにほんの少し傾いていたのだが、今あらためて、やっぱり断ろう、と野呂は考えていた。

エッセイ教室は、ほかの幾つかのカルチャー講座同様に、島のコミュニティーセンター内で行われる。今、野呂がいるのは、同じ建物の半地下にある食堂だった。イームズもどきの椅子とテーブルで小ぎれいにまとめられている。ちょうど昼時だがぽつぽつと座っている客はほとんど職員だと思われ、野呂の向かい側にも、カルチャー講座担当者の蕨田《わらびだ》がいる。

「天下の野呂先生に、どうして小説教室ではなくてエッセイ教室をお願いするのか。そこですよね。そこはやっぱりご説明の必要がありますよね」

蕨田は三十そこそこに見える眼鏡の優男《やさおとこ》だったが、テレビの司会者みたいに節をつけて喋った。

「以前はやってたんですよ、小説教室。でも生徒さんに小説を書いてもらっても、結局はエッセイみたいになっちゃうんです。ほら、自分史。私小説。どうしてもそういうのばっかりになってしまって、それならいっそエッセイ教室のほうがいいじゃないかという、ね、そういう流れがありまして」

野呂と蕨田の前には、それぞれランチプレートが置かれている。昼食のメニューは「コロッケプレート」と「ドライカレープレート」の二種類しかなく、ふたりともドライカレーを選んでいる。

「自分史と私小説は違うけどね」

スパイスが効きすぎていて線香を食べているような気分になってくるドライカレーを、なんとか減らそうと苦労しながら、野呂は言った。そもそも最近の流行《はや》りか何か知らないが、この種の「ワンプレートランチ」というものがきらいだった。ドライカレーと同じ皿にミックスリーフが盛りつけてあるから、野菜が生温くなっているし、その横にアイスクリームみたいに型で抜かれたおからが添えられているセンスにも同意できない。

「ええ、ええ、もちろん。専門的に言えばそうなんですけど、それはおいといていただいて」

ね？というふうに蕨田は野呂に微笑みかけると、皿の上のものをスプーンで掻《か》き寄せた。カレーと野菜とおからを全部混ぜて食べていて、こいつとはあまり付き合いたくない、という思いを野呂はいっそう強くする。「専門的」に言わなくても違うよ、という言葉はどうにか飲み込む。

「野呂先生の小説教室。これはもう、小説家志望のひとにとっては、夢みたいなお教室です。しかしその一方で、尻込みしてしまう方もいらっしゃると思うんですよね。あの野呂先生に、自分が書いたものを添削されるわけですからね。どれほど厳しいことを言われるのかと。お金払って扱《こ》きおろされるなんてやっぱりいやだわと。いやいや、的を射たご批評であっても、扱きおろされたと感じてしまうんですよ。素人は。その点、エッセイ教室ならば、いくらか敷居が下がると申しましょうか……」

蕨田はぺらぺらと喋り続けながら、合間にごたまぜになったものをザクザクと口の中へ片付けていく（これはある種の特技だなと野呂は感じ入る）。エッセイ教室だろうが小説教室だろうが野呂はどちらでもよかった。どちらにしても、ここへ来てこの男に会ったらやる気が失《う》せた、というだけの話だ。

「申し訳ないけど……」

どうにかカレーを食べ終わると（野菜とおからは残した）、野呂は切り出した。

「そういえば、野呂先生のお作品が、また映画になるんですよね」

野呂の言葉が聞こえなかったのか、聞き流すことにしたのか、蕨田はいきなり話題を変えた。ああ、そうだよと野呂は仕方なく答える。

「この島でもロケをするらしいよ」

「マジですか。すばらしい。これは幸先いいです。吉報です」

「いや、だから……」

「先生、私、壮大な夢がございまして」

蕨田は身を乗り出した。目がキラキラしている。これもこいつの特技だろうか。

「私たちのエッセイ教室から生まれたエッセイ作品の映画化。そうです、それが私の夢なんです。一作で足りなければ、ふたつ、みっつと繋げて、連作で。生徒さんは皆さん、この島の住人ですから、エッセイの舞台は当然、この島になるわけです。ロケ、そうロケも、ここで。できれば私も、エキストラで出していただきたいと、そこまで考えているんです」

それは無理だろう、という言葉を再び野呂は飲み込んだ。早く会話を打ち切りたかったのだ。

昔の自分なら、「おまえバカじゃないのか」とゲラゲラ笑いながら席を立ったかもしれない。そうしなかったのは、この男のせいか、島に来たせいか、歳のせいか、あるいはみゆかのせいか、宙太のせいか。たぶんその全部のせいだろう、と野呂は思った。

教室は広くて、椅子は小さかった。いちばん後ろの席に野呂は座っていた。先生、こちら、こちらです、と蕨田に促されたので、講師を断るための事務的な手続きをする部屋に案内されるのかと思ったのだが、入ってみたらエッセイ教室の会場だった。

まずは様子だけでもご覧になって。ね？　佐藤先生の講義もいくらか参考になるかと。ね？　いや参考にならないところが、参考になるかもしれないと、私などは思っているのですが。ここだけの話ですよ……。耳元に口を寄せてそんなことを囁《ささや》く蕨田を追い払いたい一心で、わかったわかったと座ってしまった。佐藤先生というのは現講師で、今月いっぱいでやめることがすでに決まっているらしい。野呂が引き受ければ彼の後釜になるわけだ。引き受けなかったらどうなるのだろうということは、野呂は考えないことにした。

前方の受講者——こういう講座にはめずらしく、女性と男性が同数くらいだ——の何人かがちらちらと振り返ったが、野呂にとくに関心を持った者はいないようだった。俺の顔はここでは知られていないのだろうし、もしかしたら野呂晴夫という小説家を知っている者もいないのかもしれない、と野呂は思った。俺に教わることが「小説家志望のひとにとっては、夢みたいなお教室です」と蕨田は言っていたが、「小説家志望のひと」はそもそもここにはいないんじゃないのか。

チャイムらしきオルゴールのようなメロディが流れ、前方のドアから講師が入ってきた。六月なのに厚ぼったいスーツをぴったりと着込んだ禿頭《とくとう》の小男だ（ちなみに野呂の今日の出《い》で立《た》ちはアロハシャツにチノパンツである）。「元」だか「現」だか、蕨田の話をちゃんと聞いていなかったが、大学教授だということだった。

「はじめましょうか。先週の課題は〝怒り〟でしたね。提出していただいた作品の中から、今回は三編選んであります。まずそれを発表いたしますね」

そのとき野呂のすぐ後ろのドア——さっき野呂が蕨田から押し込まれたドア——が開いて、女がひとり入ってきた。なぜ女とわかったかというと、彼女は野呂の横に座ったからだ。横と言っても、細長い机と対になった四人掛けのベンチの、野呂からふたつ置いた端だった。たぶんそこがドアからいちばん近い席だったからだろう。

遅刻したことにひどく気が咎《とが》めている様子の女が、慌ただしく腰を下ろすと、ベンチが僅《わず》かに跳ねた。野呂が顔を向けると、女は同じベンチに野呂がいることにはじめて気づいたかのように、目を見開いて会釈した。野呂よりはうんと歳下だろうが若くはない、地味な顔立ちの女だった。黒い直毛を肩まで伸ばして、水色のシャツにデニムという、行儀のいい少年みたいな格好をしている。

女はすぐに顔を正面に戻すと、講師を見つめた。折しも彼が選んだ最初のエッセイを発表するところだった。

「……さん、『僕が眠れない理由』」

そういう慣《な》らいになっているのか、作者と思われる男性が立ち上がりぺこりとお辞儀をし、拍手が起きる。

「……さん、『怒りのレッスン』」

今度は五十がらみの女性。また拍手。

「……さん、『怒りの埠頭《ふとう》』。はは、これはうまい洒落ですね」

まばらな笑い声。みゆかと同じくらいの年頃の女性が立ち上がり、ガッツポーズをしてみせる。拍手。

またベンチが弾《はず》んだ。身を乗り出していた横の女が、元の姿勢に戻ったのだ。野呂はこっそりとその横顔を窺《うかが》った。気が抜けたような顔をしている。自分のエッセイが講師に選ばれることは、少なくともこの女にとっては大きな意味があるのだろう。

「いつも言っていますが、順不同ですよ。まず最初は『怒りのレッスン』からいきましょうかね。これは講義を進める都合上です、そのほうがわかりやすいと思うのでね」

カルチャー講座の講師というのは、こんなふうにいちいち受講生に気を遣わなければならないのかと、野呂はまた新たに一段階、講師を引き受ける気持ちを失った。

作者があらためて立ち上がり、自作の朗読をはじめた。

「今回のテーマに、私は困ってしまった。というのも、私は『怒る』ということがほとんどない人間だからだ。……」

ああなるほど、それで「怒りのレッスン」か。もうわかった。小説でもエッセイでも、つまらんものっていうのは大抵、最初の何行かで中身がわかっちまうんだよな、と野呂は断じながら、立ち上がって教室を出ていくタイミングを計っていた。

「あの」

野呂は声のほうを見た。隣の女がこちらを見ている。化粧気のない顔。でも口紅だけはつけてるんだな、となぜか思う。微かにベージュがかったあかるいピンク色の口紅だ。

「あの……ごらんになりますか、一緒に？　よろしければ……」

女が野呂のほうへ寄せているのは、エッセイのコピーらしい。提出作品は、あらかじめ受講者全員に配られているのだろう。今、朗読されているエッセイを、文字でも追いますか、とこのひとは言っているわけだと野呂は思う。たぶん俺が、所在無げな様子に見えるのだろう——実際、所在ないわけだが。

「ありがとう」

と野呂が応《こた》えたのは、どちらかといえば辞退の意味合いだったのだが、女はベンチの仕切りひとつぶん野呂のほうへ移動してきた。仕方なく野呂も女のほうへ少し寄った。女は、ふたりで等分に見ることができる位置に、ホチキスで束ねた印刷物を置いた。

「……自分で言うのもなんだが、心が広い、とよく言われる。人間、五十一年も生きてくれば、納得いかない出来事や、おかしなことを言ったりやったりするひとに遭遇することは少なくない。たとえば、歯医者の会計で、いつまでたっても名前を呼ばれない、と思っていたら、事務の人のミスで忘れられていたとか。あと、よくあるのが、私が独身であるせいで、あれこれ勘ぐったり、お節介なことを言ってくる人たち。そんなときでも私は……」

野呂はだんだん妙な気分になってきた。朗読は聞こえているしテキストの文字も見えているが、意味は入ってこない。文字を追おうとしている視線の先に、印刷物の端にかかった女の指先が見える。小さな丸い爪。女の顔を見まいと意識しすぎているせいで、首が痛い。

こんなことが前にもあった。

野呂は思い出した。大学一年、十九の頃だ。英文講読の授業で、テキストはユージン・オニールの『楡《にれ》の木陰の欲望』だった。あのときは遅刻したのは俺だった。旧校舎の、こよりもずっと狭くてボロい教室の、楡ではなく欅《けやき》の大木の枝ぶりが見える窓際の席。慌ただしく席に着き鞄《かばん》からペーパーバックを取り出そうとして、入っていないことに気づいた。前夜、下宿の布団に寝転がりながら予習していて、そのまま置いてきてしまったのだ。まいったなと思いながらキョロキョロしていたら、隣の列に座っていた女子学生が「見る?」というふうに本を俺に向けた。それで、俺は席を移動して、彼女の隣に座ったのだ。

俺は真面目な学生だった。翌年からは学生運動の闘士になっていたから、つかの間のことではあったが。単語の訳や個人的なメモをびっしり書き込んだペーパーバックを忘れてきたことが悔しかったが、その女学生のペーパーバックも、2Hの鉛筆を使ったと思しき薄い色の小さな文字の書き込みで埋まっていた。刺繍《ししゅう》みたいだな、と思ったことを覚《おぼ》えている。涼子《りょうこ》。彼女の名前を知ったのはそのときだったか、そのあとだったか。記憶の中のその名前は、のちに何度も呼びかけるようになったときとはべつの名前のように感じられる。その後、結婚したが、あっという間に別れてしまった女。

拍手が起きた。朗読が終わったらしい。野呂はぼんやり教室を見渡した。隣の女もテキストから顔を上げて、何かを待ち構えるかのようにまっすぐに講師のほうを向いている。姿勢のいい女だな、と野呂は思う。それに横顔の線がきれいだ。

「はい、ありがとうございます。それではまず、皆さんの感想を聞きましょうかね。いかがでしたか？　遠慮せず、でも批判じゃなくて批評でね」

最後のは彼の決まり文句だろうか。何人かの受講者がさっと手を挙げた。隣の女はどうするだろうと野呂は幾分期待したが、女は感想を発表する気はないようだった。

講師が指名した順に、野呂には批評でも批判でもなく、「重箱の隅をつついている」としか思えない意見が披露された。どこそこのパラグラフの主語がわかりづらいとか、どこそこのセンテンスに指示語が五つも入っているとか、そういうことだ。

最後の発言者──「怒りの埠頭」の作者である若い女──が、「〝怒ることがほとんどない人間だ〟って書いてありますけど、私の印象だと、……さんはけっこう怒る人だと思うんですよね。だから最初から、全然気持ちが入っていかないっていうか、絵空事だなあ、と思いながら読んでしまいました」とぶち上げたのは少し面白かった。つまり、この意見を、講師がどんなふうに料理するのかと興味が湧いて。

「僕の感想は、いつものように三作全部読んでもらってから言いますけどね」

講師は言った。

「〝怒り〟っていうのは、個人的なものだからね。他人には怒っているように見えても、本人は怒っているつもりはない。そういうこともあると思うんですよね。とりあえず〝絵空事〟に対してはそういう弁明をしておきます」

ああ、つまらん。つまらんなあ。野呂はがっかりする。俺なら、作者が嘘を書いているという前提で話をして、創作というものの本性を教えてやるのに。

横の女は熱心にメモを取っている。野呂は思わず「メモする必要ないよ」と呟いてしまった。あとから気がついたのだが、女に向かって「ありがとう」の次に発した言葉がそれだった。

女はきょとんとした顔で野呂を見た。そんな表情になると服装だけではなく女そのものが少年ぽく見えた。

「なぜ?」

「なぜって……」

野呂は自分が動揺しているのを感じた。女の質問に答えられないからではなく、女の表情や、「どうして?」でも「なんで?」でもなく「なぜ?」という聞きかたとか、その発声とかトーンとか、それにつられて自分が「なぜって……」などという自分の日頃のボキャブラリーにはそぐわない応答をしてしまったことに、心が揺れていた。

それから野呂はようやく、自分たちが注目されていることとかに気づいた。まず、講師が話をやめてこちらを見ているし、その視線に促されたのか、少なくない数の受講者が振り返っている。女も気づいたようで、この状況の答えを求めるように野呂を見た。

「名前が知りたい」

あろうことか野呂の口から出たのはそれだった。

「え？」

と女は、またさっきのきょとんとした顔になり、野呂の心もまた揺れた。

「あなたの名前。俺は野呂」

「私は諸田《もろた》小夜《さよ》です」

「諸田小夜」

野呂は我知らず繰り返すと、立ち上がった。そして教室から逃げ出したが、建物から出たときには、エッセイ教室の講師を引き受けることを決めていた。

3

碇谷芳朗

午前十時半、芳朗は外出の理由を考えた。島暮らしの困難のひとつだ。東京にいた頃は毎日店に出ていたから、それ自体が口実になったし、日曜祝日とか町を上げてフェアをやっている期間とか、よほど忙しいときでもなければ蕗子は店に来なかったから、店から出かけることも容易だった。といってもこの三十数年は、疚《やま》しい外出などなかったが。

今だって、疚しいことをしに行くわけではない。だが、すべてを蕗子に話すのは、事態がもう少しはっきりしてからのほうがいい、と芳朗は考えている。だからひとりで出かけたほうがいい。

蕗子は階下のリビングにいた。ソファに体を沈めて、例によって本を読んでいる。今日は朝から雨模様で、お気に入りのテラスに出られないからだろう。

「パソコンのことで、ちょっと出かけてくるよ」

結局、そういう理由にした。昨日は「散歩」と言ったのだが、蕗子がついてきてしまい、目的地に行けなかった。

「また？　まだ何か調子が悪いの？」

蕗子はそう聞いたが、とくに訝《いぶか》しんでいるふうでもない。頭の大部分はまだ本に捉われているのだろう。妻に嘘を吐《つ》くなら、本を読んでいるときにかぎるなと芳朗は思った。

「ちょっとね。どうも勝手が違うから、じっくり教わってきたいんだ」

「がんばって」

町に「サポートセンターのひと」がいると蕗子は思っていて、その場所には近づく気はないらしい。

芳朗はほっとしながら、玄関へ向かおうとした。そのとき蕗子の前のテーブルに、マグカップが置かれていることに気がついた。中に入っているのはカフェオレのようだ。

「それ、みゆかさんが作ったのか？」

「いいえ、私よ。どうして？」

「いや……そのカップにカフェオレはよく合うね」

芳朗はごまかして、じゃあ行ってくるよと妻に背を向けた。リビングに入る前に、みゆかが一階のどこにもいないことはたしかめてあった。もう残り半分になっていたあのカフェオレを作ったのがみゆかではないなら、少なくとも十分以上前に家を出ているはずだ。実際には、それを知りたかったのだった。それに——この考えを認めることは恐ろしいが——みゆかが蕗子や、芳朗のためだけに作った飲食物を果たしてこれまで通りに摂取してもいいのか、という問題もある。

芳朗は浜に出ると窓を振り仰ぎ、蕗子に見られていないことを確認してから——さっきの妻の様子からすれば無用な心配ではあったが、念のためだ——、町とは反対方向に歩き出した。

疚しくはない。それでも、似たような感情が歩くにつれ募ってきた。いや、これは記憶だと芳朗は思う。蕗子を裏切ってはいないにしても、今、自分が女に会いにいっていることは間違いないのだから。

あの頃、芳朗は四十代のはじめだった。もう若くないと思っていたが、今からすれば若い盛りと言ってもいいほどだ。肉体の衰えの兆《きざ》しに抗《あらが》って、あらゆる欲望が亢進《こうしん》していた時期だった。

誘いはいつも女からだった。彼女のほうが忙しかったからだ。当時は携帯電話など普及していなかったから、店に電話をかけてきた。「一時間くらいお時間ありますか？」とか「あと二十分くらいで吉祥寺に行けるんですけど」とか、さもなくば「今夜いらっしゃいませんか？」と言うこともあった（女は芳朗に対して、最初から最後まで敬語を使った）。よっぽどのことがなければ、芳朗はいそいそ出かけていった。急ぐあまりに帽子とサングラスを忘れたことに気がついて、舌打ちしながら戻ったことも何回かあった。女と会うときでなくても、そのふたつは必需品だった――あの頃、芳朗はちょっとした有名人だったから。短い逢瀬《おうせ》のときは吉祥寺のホテルで。女に時間があるときには東中野の女のマンションで。いずれにしても、女に会うまで芳朗はいつも気が急《せ》いていた。というのは、女と会っているときの自分を別人のように感じていて、会ってしまいさえすれば疚しさも自己嫌悪も霧散したからだ。会う日、女と会って彼女に触れる瞬間までは、まだこちら側――蕗子の側――にいたから、自分が最低最悪の男に思えた。だから一刻も早く女に会いたかった。

霧雨の粒が大きくなってきたので、芳朗は持ってきた傘をさした。一昨年の誕生日に蕗子が買ってくれた、凝った持ち手の、藍色の地にグレイと水色の刷毛《はけ》で掃いたような模様が散っている洒落た傘だ。芳朗は慌てるのがいやなので雨が降りそうなときにはたいてい傘を持って出かけるが、結局雨が降らなかったり途中で止《や》んだりすると、かなりの確率で傘をどこかに忘れてきてしまう。今回はずいぶん長持ちしているわね、と蕗子にほめられている。

そういえばそのうちの一本は、女と会った日になくしたのだった。やっぱりその年の誕生日に蕗子から送られた傘だった（傘を買うのって好きなのよ、とは妻の弁だ）。臙脂色《えんじいろ》に水色の石の持ち手が付いた傘。あれも素敵な傘だったな、と芳朗は思い返す。気に入っていたのになくしてしまった。女のマンションに忘れたとばかり思っていたのに、そこにもなかった。たぶん、女の家に向かうタクシーの中に置いてきてしまったのだろう。行き先が女の家でなければ、タクシー会社に連絡して探してもらえたのだが。運転手は後部座席のあの傘に気がついただろうか。それとも次に乗った客が、自分のものにしただろうか。そんなふうに考えていると、あの傘は傘以上の意味を持ちはじめる。若さ、過去、裏切り、後悔。今、この世のどこかに、あの傘はまだ存在しているのだろうか。

岩場に着くと、芳朗は待った。こんなふうにひとりでここへ来るのは三回目だが、今日こそみゆかはあらわれる気がした。

寝室のサイドテーブルの下に、盗聴器が仕掛けられていたのだ。みゆかが活けた花に何か違和感を覚えて、周辺を調べていたら見つけた。ある同業者が、古物とともにその種のものを扱っていたことがあり――商売というよりは趣味のようだったが――いくつか見たことがあったので、すぐにそれとわかった。サイドテーブルは東京のマンションで使っていたものだ。それに仕込んであるのだから、みゆかか野呂がやったと考えるのが自然だ。野呂がそんな真似をする理由などないから、みゆかということになる。

それであの日、わざと盗聴器のそばで電話をかけてみたのだった。ちょうど蕗子が出かけたタイミングだったから、蕗子にかけたふりをしたが、実際には通話ボタンは押さなかった。家の中ではできない話をするために、蕗子と北の岩場で落ち合う相談をしているふうに装った。もしもみゆかが盗聴しているのなら、探りにくるか、何らかの行動を起こすのではないかと考えたのだ。

あるいは、あれが偽の電話だということにみゆかが気づいたという可能性もある――その上で、自分へのメッセージと受け取る、ということもあるのではないか。実際、芳朗にはそのつもりもあった――僕は盗聴に気づいている、目的は何だ、言いたいことがあったら面と向かって言えばいいと、みゆかに伝えたいという気持ちがあった。

偽の電話の翌日、電話で口にした午前十一時を目指して、芳朗は岩場へ向かった。みゆかはその少し前に市場へ行くと言って家を出ていたから、きっと岩場へ来ているだろうと確信していたのだが、空振りに終わった。次の日も同じ時間に岩場へ行った。電話ではあえて日付を特定しなかったからだ。その次の日には蕗子が一緒だったから、岩場へは行けなかった。そして今日になる。みゆかはやはり来ない。警戒されたか。話し合いが拒否されたということか……。

ばかげた行為だと自覚しつつ、芳朗は岩場の隅々を捜索した。みゆかか、みゆかに繋がる何か——たとえば、こうした場所でも機能する盗聴器のようなもの——が岩陰に潜んでいるのではないかという疑いが捨て切れなかったのだ。しかし見つかったのは小魚と蟹とヤドカリと、ふたつの小さな赤いバケツ——それは潮の溜まりの中にぷかぷか浮いていて、一瞬ぎょっとさせられた——だけだった。

その結果、ズボンの裾を濡らし、両掌《てのひら》に掻き傷を作って、芳朗は岩場を後にした。雨足が強くなってきたから、ズボンにかんしては蕗子への言い訳は立つだろう。掻き傷が見つかってしまったら、足を滑らせて近くの木に縋《すが》りついたとでも言えばいい。自分が妻への言い訳ばかり考えていることを理不尽に思いながら——なぜならこうした行動は蕗子のためだし、そもそも蕗子がしたことに起因しているからだ——家の近くまで来ると、派手な花模様の傘が近づいてきた。

「こんにちは！」

傘が傾けられて、隣家の子安夫人が顔を出した。

「やあ、どうも」

子安夫人の満面の笑顔に気後れしながら、芳朗も挨拶を返した。

「降ってきましたわね。どちらへお出かけでしたの？」

芳朗は少々当惑した。隣人にそれを知らせる義務があるだろうか。

「あら、ごめんなさい。余計なお世話ですわね」

芳朗の表情を読んだのか、子安夫人はそう言った。口調も表情もあいかわらず朗らかだ。

「お恥ずかしいわ、ミーハー丸出しで」

「ミーハー？」

「有名人でいらっしゃるから、碇谷さん。びっくりしましたわ。どこかでお見かけしたお顔だと思ってたんですけど、テレビの、あの番組に出ていた方だったなんて」

「いやいや……勘弁してください」

芳朗は本心からそう言って、傘の中に身を縮こめた。

夫人はどうして知ったのだろう？　そのことに思い至ったのは、家の中に入ってからだった。ひょっこり思い出したという感じではなかった。あの青い服の男が触れ回っているのだろうか。それとも、みゆかか。

『お宝発掘！　トレジャーハンターズ』というのが、その番組の名称だった。

放映開始から約三年、四十一歳から四十三歳までの間、芳朗は「トレジャーハンター」

の一員として、毎週出演していた。

素人が自分の家にある「お宝」を持ってスタジオにやってくる。その真贋《しんがん》、価値を判定するのがトレジャーハンターの役目だった。芳朗の担当は主に西洋骨董だったが、陶磁器や掛け軸、玩具など専門分野ごとにハンターがいて、毎回五人がスタジオに設営されたブースに座った。

もともとは父親に来た出演依頼だった。ほとんど考えることすらせずに父親は断り、それは当時すでに彼が患っていたせいというよりは、彼の性質や商売に対する考えかたによるものだったわけだが、どのみち番組の収録がはじまる前に、彼は亡くなってしまった。それで、あらためて芳朗に話が来たのだった。父親のときには黙っていた母親が、このときには熱心に出演を勧めた。店の名前を世間に広く知ってもらうということが、これからは必要だと（それはまったく、父親が生きていたら唾棄《だき》するに違いない意見だった）。蕗子は反対した。あなたには向いていないと思うわ、と妻は言った。きっとあなたはいやな思いをたくさんするわ、と。

芳朗自身は、やってみたかった。人生に退屈していたからだ。蕗子との暮らしには何の不満もなかったが、このまま毎日同じことを繰り返しながら歳をとっていくのかと考えたら、体がしぼんでいくようだった。いやな思いをすることになっても、そこに変化があるなら今よりマシだと思えた。
その気持ちは蕗子にはあかせなかった。自分が否定されたように彼女は感じるだろうと思ったからだ。だから母親の意見に乗っかって、商売のためだということにした。でも、蕗子には僕の本当の気持ちがわかっていただろうと今は思う。あなたがそうしたいのなら、そうすればいいわ、と蕗子は言った。

結果的に、テレビ出演ということにかぎっていえば、芳朗はたいしていやな思いはしなかった。自分でも意外だったが、「向いて」いたのだ。

じつのところ収録中の芳朗には、自分を面白く見せようとか、受けのいいことを言おうとかいう気持ちはなかった。収録前の打ち合わせの段階で、テレビ業界というものにうんざりしてしまい、やる気が根こそぎ削《そ》がれてしまった。収録中、終始不機嫌な顔をして、愛想のひとつも言わなかったのは、さっさとお役御免になりたかったからだった。

ところがそこがテレビの奇妙さで、そんな芳朗の態度が視聴者に面白がられることになった。もともと根っから不機嫌な人間ではないわけで、ほかのトレジャーハンターの判定を聞きながらつい頷いたり、あきらかに二束三文のガラクタにしか見えない「お宝」の値打ちを無邪気に信じている依頼人の言に思わず苦笑したりしているところを、カメラが巧妙に拾ったことも大きいだろう。それでいいとわかると余裕が出てきて、笑顔が増え、気の利いたことも言えるようになった。そんな変化を司会者がからかって、さらに人気が出た。人気が出れば大事にされる。その時点でいやな思いよりもいい思いのほうが多くなった。そうして芳朗は、ようするに、いい気になったのだった。

世界は一気に広がった。友人、知人、そうだと自称する人が加速度的に増えていった。芳朗から話しかけられるのを、誰もが待ち望んでいるかのようだった。もちろん、見知らぬひとたちからも声をかけられた。何を喋っても感心され、でなければ面白がられた。今思い返せば浮かんでくるのは、番組名が入った子供用のビニールプールにオモチャをたくさん浮かべて、バチャバチャやっている阿呆《あほ》づらの自分の姿だ。そのことを当時の自分に教えてやっても、だからどうした、と呆《ほう》けたように笑い返すかもしれないが。

それから情事がはじまった。

あの女と関係する前に、幾多の情事があった。

いい気になっているところに、簡単に手に入る女が入れ替わり立ち替わりあらわれるという状況だったから、この件にかんしては自分を弁護したい気持ちもある。あの頃の自分にとっては、新しい文明みたいなものだったのだと芳朗は思う。女たちの多くは三十代で、ときどき二十代、二十歳そこそこの女もひとりいた。たいていは、連れて行かれた盛り場で知り合って、その日のうちにそういうことになった。

関係は短ければ一回で終わり、長くてもひと月だった。芳朗が連絡しなければそれきりになったから、むしろ女たちのほうに芳朗への執着がなかったのだろう。あの女たちは、結局のところタクシー券や会食や盛り場での夜遊び同様に、テレビ局の接待の一部だったのかもしれないと、今は思う。

それからあの女があらわれた——というより浮上した。

収録の日、出演者には漏れなくメイクアップが施される。男女にかかわらず、髪を整えられるだけでなく顔にあれこれ塗りたくられると知って、初回は逃げ出したくなったものだが、そのことにもすぐに慣れた。出演者ごとに専任のヘアメイク係がいて、芳朗の担当になったのは、三十歳になったばかりの、すんなりと痩せた、一重瞼《まぶた》の笹の葉みたいなかたちをした目の女性だった。それがあの女だった。

鏡の前に座らされるとき、芳朗はいつでも目を閉じていた(化粧される自分の姿など、直視できるものではない)。彼女の指が芳朗の顔の上を這《は》いまわり、髪を掻き上げたり撫《な》でつけたりし、それから彼女は「はい」というきっぱりした声をかけて、芳朗の顔を両手で挟んでまっすぐにし、メイクが終わったことを知らせる。そこで芳朗は目を開けて、血色が良くなり、目の下の隈《くま》が消えた自分の顔——彼女の両手に包まれた顔——を見、彼女を見る。そのときにいつからか、何かが通じ合うようになったのだった。

これは恋だ、と芳朗は思った。どのみち蕗子を裏切ることになるのなら、恋と呼べるものがせめてひとつくらいは必要だったから、そう思うことにしたのか、本当に――少なくともある時期までは――恋だったのか、今となってはわからない。そもそも、これが恋でこれは恋じゃないというような判定を、誰ができると言うのだろう。自分の心を疑わなければ恋、疑えば恋ではないということか。いずれにしても女との関係は一年あまり続いた。最後の数ヶ月は泥沼だったが、ある日ぷつりと終わりになった。蕗子が彼女を殺したからだ。

女の苗字は浅江だった。下の名前は覚えていない。というのは、現場の誰彼が彼女のことを「浅江さん、浅江さん」と呼んでいたので、最初それを名前だと勘違いしていたときのまま、芳朗も彼女をずっとそう呼んでいたからだ。

女には子供がいた。同じマンション内に住む母親がいつも面倒を見ていたが、芳朗が女を訪ねて行くと、女の部屋にいることもあった。三、四歳くらいだったろうか。女の子だった。名前はやっぱり覚えていない。会う機会はそれほどなかったし、女の子供と親密になることは、女とそうなることの何十倍も蕗子への裏切りになると思っていたからだ。

だがあの日、そうだ、女の部屋には子供がいた。芳朗は思い出した。蕗子は子供を見てしまった。そのことも女を手にかけるきっかけになったのだろう。そうして、たぶん子供も見ていたはずだ――僕と蕗子を。

背後で何かが崩れ落ちたような気配があって、芳朗はぎょっとして振り返った。何も落ちてはいなかった。ただ雨が勢いを増しただけだった。土砂降り、いわゆるゲリラ豪雨と言っていい降りかただ。

玄関のドアの上方に、明り取りの窓が切ってあり、そのガラスを流れ落ちる雨が見えた。ドアは鉄製でこちら側は濃い青に塗ってある。土間は広くて、両端をいくつもの観葉植物の鉢が縁取っている。ドアの色は三人で相談して決めたし、観葉植物は蕗子が運び込んだものだと知っている。しかしその光景を芳朗はなぜか、はじめて見るような、不気味なもののように感じた。

「大丈夫でしたか」

声に、もう一度ぎょっとして向き直る。目の前にみゆかが立っていた。芳朗は言葉が出てこなかった。大丈夫って何がだ。何のことを聞いているんだ。岩場へ行って、何も見つからなくて、大丈夫でしたか、ということか。

「雨。痛いくらい降るんですよ、こっちは」

「ああ……」

雨のことを答えればよかったのか。しかし「痛いくらい降る」という言いかたに何か含みを感じてしまう。

「君は、家にいたのか」

「強く降り出す前に帰ってきました」

芳朗はあらためてみゆかを観察する。鮮やかなグリーンのTシャツは濡れていないが、きっと帰ってからすぐに着替えたのだろう。黒いサロンエプロンが下半身を踝《くるぶし》のすぐ上まで覆っていて、そこから素足が覗いているが、足の甲が微かに泥で汚れている。どこへ行ってたんだ、と聞くのはおかしいだろうか。

「君のご両親は、どこにいるんだい」

べつの質問にしてみる。みゆかはちょっと驚いたように笑った。

「どうしたんですか、突然」

「いや……いろいろ聞いてないことがあるなと思ってさ」

「全部言わないとだめですか」

「そんなことはないさ、もちろん」

「よかった」

みゆかの笑みが深くなる。「にやり」と言っていい笑いかただと芳朗は思う。みゆかはもう、わかっているのかもしれない。芳朗が気づいているということを。いや、むしろ芳朗が気づくのを待っていたのだろう。

「お昼ご飯、蕗子さんがペリメニを作ってくださるそうですよ。私は見学です。久しぶりだから全部おひとりでやってみたいんですって」

「うん、いいね」

芳朗は頷くと、みゆかの横をすり抜けた。みゆかに背を向けると、今にも何か投げつけられたりなすりつけられたりされそうで、背中がぞくぞくした。

リビングに蕗子の姿はなかった。二階に上がると、寝室の床の上に本やスクラップ帳などを広げて座り込んでいた。

「今日のお昼はペリメニを作るわよ」

芳朗を見上げて、蕗子は開口一番言った。ペリメニ。その単語がみゆかの口から出、蕗子の口から出ると、なんだか呪文みたいに聞こえてくる。

「ペリメニ、忘れてたでしょう。昔はよく作っていたのに」

芳朗の反応を促す口調になって蕗子は言う。ペリメニ。三度聞いて、ようやく芳朗はその料理のことを実質的に思い出した。ロシアふうの餃子で、帽子型に作り、バターソースやサワークリームを添えて食べるのだ。たしかにしばらく食べていなかった。東京のマンションのテーブルで、蕗子手製のペリメニを食べているときの光景が、幸福と満足の光に輝きながらよみがえった。あのときだってこの妻は殺人者だったのだ。だがそれがなんだというんだ。

「大事な話があるんだ」

芳朗は蕗子のそばに跪《ひざまず》いた。蕗子は眉をひそめて、僅かに後ずさる。芳朗は蕗子の両肩に手をかけて引き寄せた。

「みゆかの結婚前の名前は浅江みゆかだ。あの女の娘なんだよ。間違いない。この家に入り込んだ目的はまだわからない。だがたぶん、復讐だと思う」

「復讐……?」

蕗子が囁くように聞き返す。声が少し震えている。

「みゆかは知ってるんだよ、母親は自殺したんじゃなくて殺されたんだっていうことを。そしてたぶん、蕗子が殺したということもわかっているんだ」

蕗子の両手が芳朗の膝に置かれた。それからその目が大きく見開かれた。

碇谷蕗子

蕗子は東京の生まれだ。裏手を玉川上水が流れる、小金井の一軒家で幼少期を過ごした。

借家で、小さな家だったけれど、庭が広くて、大きなすずかけの木があった。木は隣家との境にかけてほかに何本か生えていて、蕗子はそこを森だと思っていた。早春、森の木の根元に咲く黄色い水仙を見つけにいくのが楽しみだった。

向かいの家に、同じ年頃の兄妹が住んでいた。ひとつ違いずつくらいで、当時三、四歳だった蕗子がいちばん年下だったのだろう。いつも三人で遊んでいた。その町のあちこちで遊んだかのような記憶があるが、年齢を考えれば、お互いの家や庭を行き来していたという程度なのだろう。それっぽっちの行動半径でも、当時の蕗子には十分すぎる広さと複雑さがあったはずだ。

蕗子は「三番大将」だった。向かいの家のオサムちゃんが一番大将で、妹のクニちゃんが二番大将。そんな呼称は大人たちが面白がって言いはじめたのかもしれない。三人の小さな大将たち。蕗子は、自分が三番大将であることが不満だった。なぜなら何をするにもその順番が適用されて、自分がいちばん最後になってしまうからだ。

あたしはいつになったら二番大将になれるの。それで、あるときクニちゃんにそう聞いた。知らない。クニちゃんはぷんと怒った様子で、そう言った。どうしてクニちゃんが怒るのか子供の蕗子にはわからなかったが、今ならわかる。一番大将も二番大将も絶対的なものだったのだ。一番大将はオサムちゃんのもので、二番大将はクニちゃんのもの。蕗子は永遠に三番大将でいなければならなかったのだ。

芳朗があの女に夢中だった頃、このことをよく思い出した。芳朗が一番大将だとすれば、女が二番大将で、私が三番大将なのだろうと。そんなふうに考えると少し笑えた。女——蕗子が女にはじめて会ったのは、彼女が死んだ日だったから、それまで女の姿形は完全な空想だった。その女は真っ黒な髪を腰まで伸ばして、真っ黒いアイシャドウで目を隈取《くまど》っていた——に向かって、「私はいつ二番大将になれるの？」と自分が聞いているところを想像したりした。蕗子が知りたかったのは女の答えではなくて、芳朗の答えだったのだけれど。


芳朗と連れ立って階段を降りると、玄関にみゆかがいた。観葉植物を表に出そうとしているらしい。

「やっと晴れましたね。このひとたちも、たまには日にあててあげようと思って」

みゆかはニッコリと笑って言う。蕗子も微笑み返した。芳朗がうまくやれているかは推《お》して知るべしだが、仕方がない。

「お出かけですか？」

みゆかが蕗子の鞄に目を留める。なるべく小さくまとめたのだが、一泊するとなればいつもの小さなトートバッグというわけにもいかなかった。

「ちょっと本土へ戻るの」

自分が無意識に「戻る」という言葉を使ったことに蕗子は気づいた。戻る——でもどこへ？　元いた場所はもうないのに。

「向こうに置いてきた用事があるの。うっかりしてたのよ。すぐに済ませて、明日には戻るわ」

「おふたりで？」

「いいえ、私ひとり。夫は、空港までの付き添い。私ひとりじゃタクシーに乗れないと思ってるのよ」

みゆかは笑った。私はちょっと喋りすぎているだろうか、と蕗子は思う。でも、これまでの自分だったらどんなふうに喋るのか、今はもうよくわからない。

通りへ出ると、二階で呼んだタクシーがちょうど来たところだった。蕗子は夫とともに後部座席に収まった。車が走り出し、カーブを曲がると、蕗子の体は芳朗の体にもたれかかった。そのあと、蕗子はずっとそのままでいた——夫の体と触れ合っている部分より、肩や腰の隙間で触れずにいる部分の空間を意識しながら。

「大丈夫だよ」

と芳朗が囁いた。ええ、と蕗子は頷いた。

「やっぱり、僕も一緒に行こうか」

矛盾した言葉を芳朗は続ける。

「だめ。おかしいわ、そんなの」

短くそれだけ言ったのは、運転手の耳を意識したからだった。芳朗にもそれがわかった様子で口を閉ざした。「本土ですか？」と運転手が言った。

ふたりで顔を見合わせて、結局「そうです」と蕗子が答えた。

「飛行機なら三十分ですからね。近いですよね」

「ええ」

「飛行場へ行くお客さんに、いつもそう言ってるんですけどね。そのわりに自分は一度も行ったことがないんだよね」

「そうなんですか」

蕗子はそっと首を動かして、メーターのそばに掲示された乗務員証を見た。声だけだと四十代にも五十代にも聞こえるが、顔写真はもっと若い。

「プロペラ機はね、ふつうの飛行機よりずっと低いところを飛ぶんですよ。だから下界がけっこうしっかり見えるんですよね。車も、歩いてる人間も。それを聞いたらこわくなっちゃってね。飛行機乗る気にならないんですよ」

「こわいひとはこわいんでしょうね」

面倒になってきて蕗子は適当に答えた。

「お客さんは、そういうの平気ですか」

「今のところは」

空港――見るたびに、ヘルスセンターとかクアハウスといったものを連想してしまう建物――の待合所には、ぱらぱらとひとがいた。朝一番の便を予約してあった。並んで椅子に腰を下ろすと「チケットもうひとりぶん、今からでも買えるだろう」と芳朗はまた言った。

「予定を変えたら、みゆかさんが警戒するわ」

タクシーの中では言えなかったことを蕗子は言った。

「ひとりで行こうがふたりで行こうが同じことだろう」

芳朗はひそひそと言った――まるでここにも、みゆかのスパイが潜んでいるかもしれないとでもいうように。

「こっちで話しましょう」

蕗子は芳朗を促して窓のほうへ行った。ここなら他人に聞かれる心配がない。窓からはアプローチの花壇が見え、引っ越しの日に見たカンナに似た赤い花の代わりに、ティッシュペーパーを丸めたようなふわふわした白い花が咲いていた。

「あのね、私、昨日ずっと考えていたの。みゆかさんの目的は、復讐じゃないと思うのよ」

蕗子は自分自身にたしかめるように、ゆっくりと喋った。芳朗からみゆかの正体について聞かされてから、夜あまり眠れず、実際にその間、ずっと考えていたのだった。

「復讐じゃないとすれば、なんなんだ？」

「観察。母親が殺されたかどうか、彼女はまだ確信してないはずよ。だってそうでしょう？　あのとき彼女はまだ何もわからない小さな子供だったんですもの。ただ、そのあと周りのひとたちからいろいろ聞いたり、自分が覚えていることを寄せ集めたりして、疑いを持った、ということはあるかもしれない。本当のことが、彼女は知りたいんだと思うわ」

「言えるはずもないよ、本当のことなんて」

「そうよ、だから黙っているの。何も気づいていないふりをするのよ、彼女のほうから何か言い出すまで」

「今更そんなことができると思うか？」

「彼女ははっきり名乗ったわけじゃないでしょう。まだ試しているのかもしれないし、迷いもあるんでしょう。だから私たちは、平気でいるのよ。疚しいことがなければ、何十年も経ってあのひとのことを思い出したりもしない。みゆかさんと結びつけて考えたりもしない。そうでしょう？　そういうふりをするの」

「しかし……一緒の家で四六時中顔を突き合わせている相手なんだぞ」

「じゃあどうするの？　みゆかさんのことも殺してしまう？」

芳朗は頰を叩かれたような顔になった。仕方がない、と蕗子は思う。こんな言葉は使いたくないが、とにかく夫を説得しなければ。

「……それに、みゆかさんがあのひとの娘だとはまだ決まってないわ。浅江という苗字はそれほどめずらしいわけじゃないでしょう」

「決まってるよ。苗字を知ったのは偶然だが、それ以前からおかしいと思ってたんだから。だいいち、顔が似てるじゃないか」

「そうね。たぶんそうなんでしょう。でもたしかめてみなければ」

芳朗は不承不承頷いた。つまりそれが、蕗子がこれから単身本土へ渡る理由だった。見計らったように搭乗案内のアナウンスが流れてきた。

「何かわかったらすぐに電話しますから。くれぐれも……」

「ああ、これまで通りにふるまうよ」

見知らぬ場所に置いてきぼりにされるような子供みたいな顔で、芳朗は頷いた。

操縦士を入れて二十人が定員だと教わったプロペラ機に、乗客は半数ほどだった。この飛行機に乗るときには体重を申告しなければならず、その数字によって座席が指定される。蕗子はひとりで翼の前の窓際に座らされた。どういう塩梅《あんばい》なのか、移住の日の島行きの便では、芳朗とふたり並んで最後尾の席だった。そのことには何か意味があるのだろうか、と考えてみる。ひとりぶんの重さとふたりぶんの重さ。ふたりになることで、ひとりとひとりを合わせたぶんよりも何かが増えたり、あるいは減ったりするということが起こるのかもしれない。

乗り込む前、タラップの前で待っているとき、展望デッキに芳朗がいるのが見えた。蕗子を見送るためにそこにいたはずなのに、飛行機のほうは見ておらず、蕗子が手を振ってもなかなか気がつかなかった。

今、座席からはデッキは見えない。だが芳朗は、まだあそこにいるような気がした。さっきと同じ体勢で、手すりに上半身を預けて、今は飛行機のほうを見つめているのかもしれない――じっと見ていれば、機体の壁が透けて、妻の姿があらわれる、とでもいうように。そんな夫の姿を思い浮かべていると涙が出そうになった。だめよ。蕗子は自分をいましめる。ひと晩、島を離れるだけなのに、まるで今生《こんじょう》の別れみたいな気持ちになっているなんて。

頼りなげに回りはじめたプロペラがようやく勢いを得て——というのが、毎回このプロペラ機に乗るときの蕗子の印象だ——、機は離陸した。飛行時間は三十分とかからない。あっという間に海の上に出て、漁船の航跡を追ううちに、再び陸地が見えてくる。タクシー運転手の言葉が頭に残っていて、蕗子はいつになく下界を凝視した。たしかに彼が言った通り、地上の人間のひとりひとりまでかなりはっきり見えるのだ。年齢まではわからないにしても、男か女かくらいは判別できる。蟻《あり》のように小さな人間が、道路やグラウンドやビルのエントランスをじわじわと移動していく。

あの男は、あの女は、どこから来て、どこへ行こうとしているのだろう、と蕗子は考えた。あれらの男と女のひとりひとりが、やってきた場所とこれから行く場所とをもれなく携えているというのは、途方もないことに思えた。「こわいひとはこわいんでしょうね」という、さっき運転手に向かって言った自分の言葉を思い出した。

飛行機がローカルな飛行場に到着すると、蕗子は客待ちしていたタクシーに乗り込んで、市内のビジネスホテルに向かった。そこで有吉欽弥《ありよしきんや》と待ち合わせしていた。

有吉は蕗子の小学校の同級生だ。小学校のクラス会はこれまでに、十八歳のときに一回、三十七歳のときに一回、誰かの気まぐれによって開催されたが、そのどちらにも蕗子と有吉は出席していて、三十七歳のとき以来、暑中見舞いと年賀状のやりとりをしている。それらのハガキに記されている彼のメールアドレスに、蕗子は一昨日、はじめてメールを送信したのだった。

タクシーがホテルの前に止まると、すぐに近づいてきたのが有吉だった——というより、近づいてきたから有吉だとわかった。三十代の終わりに会ったときには、百八十センチ以上ある長身が、がっちりした肉付きと姿勢の良さでなお巨大に見えるような男だったのが、今はふたまわりも縮んでしまったように見えた。蕗子は驚きと失望を顔に出さないように努めた。もちろん有吉のほうも、同様の努力をしているはずだ。

「やあ……」

と有吉は両手を広げて——外国人のようなオーバーなジェスチャーは昔のままだった——、語尾をそのまま「はっははは」という笑いにした。そう、笑うのがいちばんいいのかもしれない、三十年あまりの歳月というものに対しては。

「来てくださってありがとう」

蕗子も笑いながら言った。

「嬉しいよ。また会えるなんて思ってなかったから……」

チェックインして部屋に鞄を置くと、蕗子はハンドバッグひとつ持って、有吉が待っているロビーにとって返した。このホテルを予約してくれたのは有吉だった。有吉のことを思い出し、年賀状を読み返したときにあらためて気づいたのだが、現在の彼の住まいは、島からの飛行機が着くこの町なのだ。定年後非常勤で勤めることになった病院は、駅にして三つ先の町にあるとのことだった。

ビルの地下にある、洒落た喫茶店に有吉は蕗子を案内した。広くて静かで、客もあまりいない。この町に住んでいてもこの店を知っているひとは少ないよ、と有吉は自慢してから、次の言葉を促すように蕗子を見た。「相談したいことがある」と有吉へのメールに書いていたが、その中身はまだ伝えていなかった。

蕗子はなかなか本題に入ることができなかった。島へ移住したことや――それは年賀状で伝えてあったが――島での暮らし、野呂のことなどをぐずぐずと話していた。それらのことは、結局はみゆかのことに繋がっていくしかなかったのだが。とうとうそれを口にしたときには声が震えた。口に出した瞬間に、自分をごまかすことがもうできなくなってしまうだろうことがわかっていたから。

「なるほど」

と有吉は頷いた。それからいくつか質問をした。そして自分の考えを述べて、また質問をした。

有吉に相談したのは間違っていなかった。予想をはるかに超えて助けになってくれた。途中、蕗子は少なからぬ量のメモを取り、有吉は何本か電話をかけにいった――店が地下なので、彼はその度に地上に出なければならなかったのだが、蕗子にはありがたかった。その間にどうにか平静を保つ努力をすることができたから。喫茶店を出たあとはふたりで数ヵ所の必要な場所を回った。蕗子が有吉と別れてひとりホテルの部屋に戻ったのは午後四時過ぎだった。

スマートフォンが鳴る音で、蕗子は目を覚ました。

一瞬、自分がどこにいるのかわからなくなる。殺風景な白い壁、ブラインドで覆われて外が見えない窓。ホテルのベッドの上だった。麻のパンツにサマーニットという格好のまま、ベッドカバーも外さずに横になり、ほんの十分目を瞑《つぶ》るつもりが、小一時間も眠っていたらしい。

電話は芳朗からだった。結果を心配してかけてきたのだろう。無視する、という考えは誘惑的だったが、結局は出た。もちろん、そうするしかない――このまま行方をくらまして島へは戻らないという選択肢がない以上は。

「ごめんなさい、今ホテルに戻ってきたところなの」

蕗子は嘘を吐いた。眠っていたことを正直に伝えれば、いやなことがあると眠ってしまうという妻の性癖を知っている芳朗に、よけいに気を揉《も》ませてしまうだろうから。実際のところ、まだまだ眠っていたい気分ではあるのだが——。

「何かわかったか」

「ええ。やっぱりそうだった。みゆかさんは、あのひとの娘だったわ」

「たしかか。西荻の店には行ったのか」

「行きました。あのひとの昔の知り合いだと嘘を吐いたの。あのひとを探しているって。あのひとのプロフィールを詳しく説明したら、それはここにいた浅江みゆかの母親だって、お店のひとたちははっきり言ったわ」

「そうか」

それからしばらく、芳朗が蕗子の言葉を整理しているのであろう間があった。いや、たんに当惑していたのかもしれない。新しい情報は何もなく、とすれば何か新しい良い考えが、降って湧くはずもないのだから。

「……でも、あのひとが死んだことは知らなかったみたい。みゆかさんはそのことは、あまりひとにはあかしていないんでしょう」

ひとつの安心材料として、蕗子はそう言った。

「そうか。今日は何時に着くんだ?」

「え?」

「飛行機。空港まで迎えに行くよ」

「言ったでしょう、今ホテルなのよ。今日はこっちに泊まるわ。島へ行く便はもうないもの」

「そうか」

それ以外の返事を考える努力を、芳朗は放棄してしまったかのようだった。あるいは彼の関心は、今はみゆかやあの女から離れているのかもしれない。蕗子はふとそう考える。私が嘘を吐いていることに、彼は無意識に気づいているのかもしれない。

たとえば有吉のこと——こちらで彼と会うということは、芳朗には言っていなかった。蕗子に届いた年賀状は芳朗も一緒に眺めるから、有吉の名前も、小学校の同級生であったことも知っている。だがもちろん、蕗子がかつて一度だけ、芳朗の妻である身で、有吉と寝たことは知らない。そのひみつの匂いを、電話を通して芳朗は微かに嗅ぎとっているのかもしれない。

「明日いちばんの飛行機で帰ります」

「うん、わかった。迎えに行くよ」

「いいえ……ええ。お願い」

蕗子は言い直して、電話を切った。携帯電話を見下ろしながら、これが夫との何度目の通話になるのだろう、と意味もなく考えた。

すぐにまた電話が鳴り出して、かけてきたのは有吉だった。一緒に夕食を食べる約束をしていた。蕗子は姿見で身なりを整え、ロビーへ降りて行った。

「まあ」

と思わず笑ってしまう。昼間会ったときにはカッターシャツにチノパンツという出で立ちだったのが、今はジャケットを羽織って、ネクタイまで締めていて、きわめつきにピンク色のバラを一本携えていたからだ。

「恐れ入りました」

「どういたしまして」

それじゃ、行きますか。有吉は先に立ってすたすたと歩き出す。もしかしたら腕を貸そうとするかしらと蕗子は予想したのだが、それはなかった。大昔に一度だけそういう関係になった相手との距離の取りかたとしては、これが模範解答なのだろう。ことさら大仰にふるまって、笑いごとにして、体の接触はなしで。小学校六年のとき、有吉が学級委員長だったことを蕗子はあらためて思い出した。大人になってから二度のクラス会で再会したとき、学級委員だったわりには面白いひとね、という感想を蕗子は持って、だからこそ彼と寝ることを思いつきもしたのだけれど。

有吉が連れて行ってくれたのは、線路沿いの小路にあるスペインバルだった。ちゃんと席が予約してあり、鉤型《かぎがた》のカウンターの短い辺に並んで掛けた。蕗子はバラの花をナイフレストの上に置いた。

「乾杯」

よく冷えたカヴァのグラスを掲げて、有吉は言う。「何に?」と蕗子は聞いてみた。

「ああ、ごめん。乾杯は無神経か」

有吉は決まり悪そうな顔になった。

「怒ったわけじゃないの。本当に知りたかったのよ、何に乾杯したのか」

「再会に。これから食べるうまいものに。あわよくばもう一回蕗子さんとできるかもしれない可能性に」

蕗子はグラスを置いてぱちぱちと手を叩いた。

そのあと、巨大なマッシュルームのアヒージョや鰯《いわし》の酢漬けやトルティージャを摘みなから、昼間した話はもうしなかった。小さな店で、カウンターもふたつあるテーブル席も客で埋まっていたから、ひとの耳が気になったし、何より蕗子はもう話したくなかったし、そのことは有吉もわかっていたのだろう。ただ、カヴァのあとで頼んだ白ワインのボトルが三分の二ほど空いたところで、「やっと謎が解けたよ」と有吉は言い出した。

「謎って？」

「あのとき、何で君は僕と……って、ずっと不思議だったんだ。今日、話を聞いて、あの頃の君の状況がわかって、納得したよ」

「ごめんね」

「いや……愛とか欲とか、そういうんじゃないことはあのときからわかっていたから」

「愛とか欲とか」

蕗子はおもわず繰り返した。たしかに、有吉と寝た理由は愛からでも欲からでもなかった。では何だったのだろう？　憎しみだろうか？　芳朗への、あの女への憎しみ。たぶんそうだったのだろう。愛とか欲とか憎しみとか。ひとを動かすものは、このほかに何があるだろう？

たっぷりの玉ねぎと一緒に煮込まれたミートボールの皿が、ふたりの前に置かれた。有吉が取り皿に分けてくれたそれを蕗子は口に運んで、頷いてみせてから、

「あのときのイタリアンはおいしくなかったわね」

と言った。

「そうだっけ？　僕は料理どころじゃなかったからなあ」

「あのレストランは、夫の話にときどき出てくる店だったの。あの頃あのひとは嘘ばかり吐いていたけど、ときどきは本当のことも話したのよね。もちろん、恋人と行ったなんて言わないけど、あれがおいしかった、これが絶品だったって……話せることだけ話して、それが何かの言い訳になるとでも思っていたのよ」

「でも君のご主人は、食通なんだろう」

「あの頃あのひとはくるっていたから、たぶん味覚もどうかなっていたのよ。オッソブーコを食べたの、覚えてる？　甘ったるくて、ひどい味だったじゃない」

「覚えてない、全然」

有吉は苦笑したが、少し不愉快になっているようでもあった。それはそうだろう。あのとき、蕗子は有吉を利用し、今もまたそうしている。有吉に向かって喋りながら、自分の中の芳朗に語りかけているのだから。

あのとき、誘ったのは蕗子のほうだった。卒業後二回目のクラス会で、あらためてふたりだけで会う約束を有吉に取りつけ、イタリアンレストランで食事しながら、あからさまな秋波《しゅうは》を送った。蕗子が有吉と寝たのは、夫がしているような裏切りを自分もしたと、芳朗に告げるためだった。告げて、どうなるか知りたかった。嘆かれるのか、怒鳴られるのか、殴られるのか、謝られるのか、別れることになるのか。いいことが起きる気はしなかったが、今よりはマシだろうと思っていた。結局、告げなかったのだが。

有吉には申し訳なかったが、彼と寝たことで蕗子が得たのは徒労感と自己嫌悪だけだった。夫と同じ持ち物を得ようとして、何かべつのものを手放してしまったかのようでもあった。今考えれば、芳朗と別れたくなかった、ようするにそれだけのことだったのかもしれない。だから告げなかった。そんなときにあの女から電話がかかってきたのだった。

店を出ると、有吉がホテルまで送るというのを蕗子は辞退して――有吉もあっさり引き下がった――ひとり歩いた。まだ十時前で、町は賑やかだった。チェーンの居酒屋の看板がぎらぎらと光っている。バスを待つ列のひとたちはほとんど全員がスマートフォンを眺めている。

蕗子は自分が、もう決めていることに気づいた。

どうしたらいいのか。今朝、飛行機に乗ったときには、そう思っていた。逃げ出したいような気持ちもあった。でも、いつの間にか決めていた。いつだろう？　どうしてだろう？　わからないが、いつだって自分はそうしてきたのだということはわかっていた。

いつだって、たぶん誰だってそうしている。そうするしかないのではないか。どんなに途方に暮れたって、そのままでいることはできない。自分はこのことと渡り合っていくと、決めるしかないのだ。生き続けていくのならば。

野呂晴夫

女神だ。

野呂はそう感じたものだった。大学時代に片恋していた女に、十二年後に再会したときのことだ。夏だった。三浦半島の海辺にいた。ちょうど今、この家のテラスから見える浜の向こうの、カーブしたあたりの岩場によく似た場所だった。

野呂は三十四歳で、すでに小説家として成功しつつあった。その日は新刊のプロモーションのための撮影で、撮影スタッフや編集者とともにそこに来ていた。平日だったし、海水浴客やサーファーたちは寄りつかないエリアだったから、彼女があらわれたのはまったく唐突な感じだった。白地に赤いハイビスカスの模様のワンピース、その辺の土産物屋で売っているような麦わら帽子。アンバランスな出で立ちの女を、その場の全員が作業を中断して注視した。

「野呂くん？」と女が言った。「涼子か」とそれで野呂も言った。本当は彼女が声を発する前から、突然出現した女が涼子であることはわかっていたのだが、あんまりびっくりしたから、現実だと思えなかったのだ。

涼子はそのとき、岩場の向こうの集落にある友人の別荘に滞在していた。早々に退屈してひとり散歩に出かけたら、撮影現場に出くわしたというわけだった。その場では五分も話さなかったが、その間に野呂はどうにか彼女の連絡先を聞き出して、東京に戻ってから電話をかけた。そうして付き合いがはじまって、半年後に結婚した。結婚式はハワイで一回、東京で一回、ばかばかしいほど金をかけ、盛大にやった。それまでは軽蔑していたそんな真似をわざわざしてみたくなるほど、浮かれていたのだ。白いタキシードに銀色の蝶ネクタイという姿の野呂の元へ、白い薔薇の造花をびっしりと縫いつけたウェディングドレスを身に着けた涼子が彼女の父親に手を引かれて近づいてきたとき、ああ、自分は女神を手に入れたのだと、野呂は心底思ったものだった。

今年の花粉症は軽かった。

ほとんど薬を飲まずにすんだ。今年の花粉がとくに少なかったということもないらしいから、治ってきたと考えてもいいのだろう。アレルギーはある日突然発症して、ある日突然治る、と聞いたことがある。コップに一滴ずつ液体が溜まっていき、ある日溢れる。アレルギー発症の仕組みはそういうものだという話もあるが、とすればそれと同じで、一滴ずつ減っていき、ある日コップが空になってアレルギーが消失するということだろうか。その液体とは何なんだ。どうせならそれを教えてくれ。誰かが賢《さか》しげにその話を持ち出すたびに野呂は心中でそう吐き捨てたものだが、自分の結婚生活についても同じことを思う。ハワイで泊まったスイートルームの絨毯《じゅうたん》の色。新居のマンションの壁に掛けた絵――リビングのは野呂が、寝室のは涼子が選んだが、そのどちらか、あるいは両方、あるいはそんなふうにそれぞれが選んだこと。話に熱中すると机の端をトントン叩きはじめる涼子の指。「馬鹿野郎どもだな」という野呂の口癖、それを楽しげに言うときも憎々しげに言うときもあったが、そのいずれか――ある日の一回。

野呂の気に入りのロックグラス、涼子の気に入りのマグカップ。ファクス機の上に掛かっていたカレンダー、そこにそれぞれが書き込んだ文字、涼子が生理日を記した星のマーク、野呂が執筆に集中しなければならない日の枠を塞いだバツのマーク。妊娠を告げた日に涼子が着ていたオレンジ色のTシャツ、涼子が披露した医者の口真似。それを笑ったときの野呂の表情。

最初の一滴と、最後の一滴は何だったのだろう。結婚生活は一年続かなかった。

その日の昼食は久しぶりに三人が揃った。

夜はたいてい揃って食べるが、昼は誰かが出かけていたり食欲がなかったりときにはまだ寝ていたりと、バラバラになることのほうが多い。三人とも老人だからなのか気儘《きまま》だからなのかわからないが、ようするに老人というのは気儘になるしかないのかもしれないな、と野呂は思う。

テーブルの上に並んでいるのは中華ふうの混ぜごはんと玉子スープと胡瓜《きゅうり》の甘酢で、どれも大鉢から取り分けるスタイルになっている。これも、各自が何をどれくらい食べたいかはその日そのときでムラがあるので、みゆかが気配りするようになったのだった。

「紹興酒が飲みたくなるな」

それほど飲みたいわけでもなかったのだが、野呂はテーブルを眺め渡して、そう言った。この三人にはときどきそういう科白が必要で、誰も言わない場合は自分がその役目を引き受けるべきだ、と野呂は思っている。

「野呂さんはこのあとお仕事じゃないんですか」

赤い液体が入った小瓶を持ってきたみゆかが言った。

「少し酒を入れたほうが口がうまく回るんだよ」

「旨かったからな、あの酒は。僕も一杯もらおうかな」

碇谷が言い、

「それは何？」

と碇谷夫人が小瓶を指差した。

「自家製の辣油《ラーユ》です。干し海老や山椒やニンニクなんかあれこれ入れて、作ってみたんです。おいしいですよ。途中でごはんにちょっと混ぜてみても味が変わって……」

「なんだか媚薬《びやく》みたいだな」

野呂が言うと、

「いや、毒薬みたいだ」

と碇谷が言った。

「どっちにしても私は試してみたいわ。それに紹興酒もいただくわ」

碇谷夫人が話をまとめた。みゆかが笑って、酒を取りに行った。

混ぜごはんには、角切りの筍《たけのこ》とピーマン、椎茸、松の実、それに腸詰も入っていた。この腸詰は紹興酒とともに、先日、本土へ渡った碇谷夫人が持って帰ってきたものだ。飛行場があるC町をひとりで夜、歩いているときに台湾料理の店を見つけて、無理を言って土産用に包んでもらったのだそうだ。

「これでもう腸詰は食い切っちまったな」

野呂は言った。たいそう旨い腸詰で、四、五本はあったのだが、夕食一回であらかた平らげてしまったのだ。

「また買ってくるわ」

碇谷夫人が言った。

「三人で食いに行こうよ、今度。蕗子さんも、その店で飲み食いしたわけじゃないんだろう？　腸詰がこれだけ旨いなら、ほかの料理もなんでも旨いぞ、きっと」

「そうね」

碇谷夫人の応答はいつになくそっけない。

「その夜は蕗子さん、何食ったの？」

「え？　ああ……スペイン料理」

「へえ、どこで？　旨かった？　何食ったの？」

詮索する気はなかったのだが、そう言えば何も聞いていないことに気がついたのだった。食べたもののことにかんしては、旨かったにせよ今ひとつだったにせよ、微細に報告するのが碇谷夫人というひとであるのに。

「スペインバルよ……C町で見つけたの。なんだか疲れちゃって、ひとりでささっと済ませたの」

ささっと済ませたあとに町を歩いて、台湾料理の店を見つけたというのは奇妙な気がした。だが、これ以上は聞くのは不躾《ぶしつけ》だろうと野呂は思う。結局のところ、知りたいから聞くのではなく、同居人にいつもと違う様子を見せられると不安になるせいだ。これも老化現象のひとつか。

「あの日はスペイン料理を食べたのか」

今度は碇谷が言った。

「ええ、そう。鰯の酢漬けとか、トルティージャとかね。悪くなかった、おいしかったわ」

碇谷夫人は今日、俺が聞くまでそのことを夫に話さなかったし、碇谷も訊《たず》ねなかったというわけか。野呂がさらに違和感を覚えたとき、バタバタというお馴染《なじ》みの足音がして、宙太があらわれた。学校から帰ってきたのだろう。

「こんにちは！」

この子供はいつ何時《いつ》会っても「こんにちは」と言う。そういうふうに躾けられているのか、子供というのはそういうものなのか、野呂にはわかりようもない。生まれた赤ん坊が喋り出す前に、家族を捨ててしまったから。涼子とも子供とも、それきり会っていない。

「食うか？」

何か言わなければいけない気がして、野呂はそう言ってみた。実際には、宙太とともにテーブルを囲んだりしたら、その間じゅう脂汗をかき続けることになるに違いないのだが。

「もう食ってきました、学校で」

野呂につられておかしな言いかたになったので、三人は笑った。そう言えばこの子は俺たちの前ではずっと敬語――少なくとも本人は敬語のつもりのもの――を使っているな、と野呂は思う。これにかんしては、みゆかがことさら躾けているのではあるまいか。俺たち三人にというより、俺に対して、宙太が必要以上に距離を縮めないようにしているのではないかと、野呂はつい邪推してしまう。

「じゃあ、飲むか？」

くどいぞと思いながら、野呂は紹興酒のグラスを宙太に差し出した。酒だとは思わなかったのか、宙太は受け取り、匂いを嗅いで顔をしかめた。

「野呂さん、コミュニティーセンターで先生をやっているんでしょう？」

グラスを返しながら宙太が言った。

「おう」

なんとなく気圧《けお》されながら野呂は頷く。

「僕の学校の友だちのお母さんが、野呂さんのクラスに行ってるって言っていました」

「えっ」

そのとき瞬時に頭に浮かんだのは諸田小夜のことだった。見た感じ、宙太と同じ年頃の子供の母親としては歳をとりすぎているように思えるが、わからない。まだ彼女のことは何も知らないのだ――そもそも結婚しているのかどうかすら。

「なんて名前のひと？」

宙太は答えた。「お母さん」は諸田小夜ではなかった。野呂はほっとし、ほっとした自分に慌てた。

「評判はどうなんだい」

碇谷が口を挟み、

「何か言ってた？　野呂先生のこと」

と夫人が宙太に「翻訳」した。宙太はしばらく考える様子を見せてから、

「アロハシャツを着てるって」

と言った。碇谷夫妻は笑い、

「そうね。今日も着てるわね」

と碇谷夫人が言った。

今日のアロハシャツの柄は金魚だった。黒地に銀の波模様、そこを赤と金色の写実的な金魚が泳ぎまわっている。

エッセイ教室の講師を引き受けて、今日が二回目の授業だった。一回目はローリングストーンズの「サム・ガールズ」のアルバムジャケットをプリントしたアロハを着ていった。アロハシャツにこだわっているのは、講師を引き受ける気になったことを蕨田に言ったとき——そのときもたまたまアロハを着ていた——、「講義のときはまさかアロハはお召しにならないですよねえ?」と冗談めかして彼に言われたからだった。カチンときたので、通年アロハで通してやろうと決心した(冬になったら——冬まで続くとしてだが——アロハの上にスタジアムジャンパーでも羽織ってやろうと思っている。背中に派手なドラゴンの刺繡かなんか入っているやつだ)。何を隠そう、野呂はビンテージのアロハシャツのコレクターでもある。

講師控え室と教室前方のドアは短い廊下で繋がっていて、その廊下を通るとき、窓から教室内が窺える。窺っていると知れないようにさっと目を動かし、諸田小夜の姿を探した。まだ来ていない。だが、来るだろう。最初に会ったときもそうだったし、前回も彼女は遅れてきた。今日もそうだろう。うん、きっとそうだ。

野呂は教室に入り壇上のマイクのスイッチを入れると「はじめます」と言った。ざわついていた教室内がぴたりと静かになる。蕨田から渡された名簿によれば野呂の講座にあらためて登録した生徒数は二十二人、前回同様、八〜九割は出席しているようだ。

「えー、前回伝えた通り、今日は講評の日です。前回提出してもらったエッセイを、三編選んであります。うまいエッセイっていうよりは俺が教えたいことに役立つエッセイが選ばれたと思ってください。では発表します」

いろいろ考えたが結局、前任講師のシステムを踏襲することにしたのだった。

「朗読は作者ではなく、作者の右隣に座っているひとにお願いします」

思いつきでそう付け足した。そうしたほうが作者は自分のエッセイに客観的になれるだろうし、授業がおもしろくもなるだろう。

「テーマは〝自分について〟でしたね。自己紹介してほしいという意味じゃないってことは、前の先生から伝えてもらっているはずなんだけど、やっぱり自己紹介的な文章が多かったね。じつはすごくむずかしいテーマなんだけど。そんなこんなで、選んだのは……」

野呂は三編のタイトルと作者を読み上げた。諸田小夜の名前はない。そもそも彼女はエッセイを提出していなかった。前回の講義の終わりに、彼女が教壇──そこで野呂がエッセイを受け取っていた──に立ち寄らずに教室を出ていってしまったとき、自分がひどくがっかりしたことを認めざるを得ない。「自分について」というテーマを思いついたのは、もちろん指導上の必要性からではあったが、正直言えば、いちばんの目的は諸田小夜の「自己紹介」だったのかもしれない。

　選んだ最初のエッセイの作者は初老の女性で、その右隣に座っていたのは同じ年頃の男性だった。夫婦だろうか。夫婦でエッセイ教室に参加し、「自分」について書いた文章を読み合っているのだとしたら、こいつはなかなかハードなことだなと野呂は思う。男性は気取った様子でテキストのコピーをめくる。

「ジ・ブ・ン。これがタイトルです。ローマ字でJI、テン、BU、テン、Nという表記です。では読ませていただきます……」

　朗読の間じゅう、野呂はそわそわしていた。今にも諸田小夜が入ってくるのではないかと思ったからだ。しかし三編すべての朗読が終わっても、「そもそもエッセイ教室に通ってまでエッセイを書くことの意味はなんなのか」という話を野呂がし終えても、ドアは開かなかった。結局、その日諸田小夜は来なかった。

「アロハ先生！」

　という声は蕨田だ。無視したい、と野呂は心の底から思うが、そういうわけにもいかず、苦い顔で振り返った。控え室へ戻る廊下の途中で。

「今日もすばらしいアロハシャツですねえ。アロハ先生という渾名《あだな》、すでにあちこちから聞こえてきますよ。親近感。こういう場では、大事ですよね、親近感。先生の深いお考えに思い至らず、先日は無粋なことを申し上げました」

なんと答えればいいのかさっぱりわからず、野呂は黙っていた。

「よろしければこれから、生徒さんたちとお茶でもいかがですか？　何人か、まだ教室に残っていらっしゃいます。わたくしが声をかけますので」

「いや！」

野呂は思わず力を込めて拒否してしまい、慌てて「今日はちょっと用事があるんだ」と言い訳した。

「了解です。ではまたの機会ということで。大作家の先生と親しくお話しできるというのも、この講座のアピールポイントでございますから」

「わかった、わかった」

野呂は控え室に逃げ込んだ。蕨田がついてこないのをたしかめてから、デスクの上に置かれた受講者名簿をめくった。前回渡され、ここに置きっぱなしにしていたものだ。置きっぱなしにしたのは、持ち帰ればきっと諸田小夜の住所や連絡先を調べてしまうだろう、と恐れたからだ。しかし今、野呂はまさにそれを調べていた。

あった。諸田小夜(55)。年齢まで書いてある。五十五歳か。俺の十五歳下か、と野呂は思う。俺が三十のときに中学生だったのか。そんなことまで考える。それから住所を、急いでスマートフォンの地図アプリに打ち込んだ。

「アロハせんせーい」

建物の外に出ると、そこでたむろしていた女性数人のグループから声をかけられた。仕方なく手を振り返し、ついでに「寄り道しないで帰りなさいよ」と付け加えると、キャーッという笑い声が上がった。まったくそのつもりはないのに、アロハ先生のキャラクターができあがりつつあるようだ。駆け出したかったがまた妙な印象を残してしまいそうだったので、できるかぎりの早歩きでその場を離れ、十分に離れてから、地図アプリを開いて行くべき方向をたしかめた。自宅のほうまで戻り、海とは反対方向へ上っていった辺りに諸田小夜の家はあるらしい。

野呂はこそこそと歩いた。自分のしていることについて誰かに聞かれたら、答えようがないからだ。自分自身にも答えられなかった。俺はいったい何をやっているんだ。こんなことをしているのは、今日の授業に諸田小夜が来なかったからだった。それだけはわかっている。心配なのだ。講座をやめてしまったのではないかと。前回、俺の講義をはじめて聞いて、いやになってしまったのではないかと。俺を疎《うと》んじたのではないかと。もう会えないのではないかと。

みゆかや宙太にばったり会ったり、テラスから碇谷夫妻に目撃されたりということを避けるため、大回りの道を選んだ。どこからかチャイムの音が聞こえてくると思ったら、小学校の前に出た。宙太が通っている小学校だということにあらためて気がついた。このすぐ近くに諸田小夜の自宅はあるはずだ。

見つけられずにぐるぐる歩いた末に、校門の向かいの小さな店の前で野呂は足を止めた。ここだ。「文房具　もろた」という小さな看板が出ている。文房具屋だったのか。見かけはよろず屋のような佇まいだ。きっと子供たちは、たいていのものは「もろた」で買うのだろう。そういう店が昔、自分の小学校の近くにもあったことを野呂は思い出した。

そっと覗くと、店内には五、六年生くらいの女の子が三人、きゃあきゃあ騒ぎながら商品を物色中だった。奥にレジがあるようだが、女の子たちがちょろちょろするのでよく見えない。ままよと野呂は踏み込んだ。レジの前には、小さな石みたいな老婆が座っていた。野呂に気づいて目をすがめている。体の大きさも年恰好《かっこう》も、この店にはめずらしい客なのだろう。野呂はたまたま目の前にあったノートを一冊、手に取ると、レジに向かった。

「これをください」

「あなた、緑色がお好きなの？」

「えっ」

野呂は面食らって老婆を見下ろした。さっきは小石のようだと思ったが、近づくとまるめた新聞紙みたいな印象の老婆だ。しかし声には存外に張りがある。

「緑色でしょ、このノート。迷いもせずにお取りになったから、お好きなのかなって思ったの」

「ええと……そうですね。きっとそうなんですね」

「だって隣には赤いノートも黄色いノートもあったでしょ。たいていのひとは迷うのよ」

「そうですか」

「何を書くの？　このノートに」

面白い婆さんだ。野呂は一瞬、小夜のことを忘れて、老婆を愉しませるような返答を考えた。

「お母さん！」

そのとき老婆の後ろから、諸田小夜がぬっとあらわれた。すみませんと言いながら野呂を見上げて、母親の相手をさせられている客が誰だかはじめて気がついたようだった。野呂と小夜は見つめあった。小夜のほうはあきらかに、野呂がここにいる理由を考えていた。

「いやつまり、ノートを探しに来たんだ」

ほとんど考えずに野呂はそう言っていた。

「ノートが必要だったんだ、緑色のノートが」

「あらあらあら」

と言ったのは老婆だった。諸田小夜はあいかわらずぽかんとした顔で黙っていた。奇《く》しくもそのとき、小夜は緑色のTシャツを着ていた。

4

碇谷芳朗

今頃の季節だった、と芳朗は思い出す。

梅雨明けしてすぐの、ばかばかしいほど暑い日だった。晴れわたった真っ青な空の下で、母親は庭にザルを出して梅を干していた。

鮮やかな青と赤。そして母親の肌や服のくすんだ色合い。その取り合わせを今でもよく覚えている。暑いからあんまり精を出すなよ。母親にそう声をかけて、芳朗は店に出かけた。

ずっと肝臓を病んでいた父親は二年前に亡くなっていた。蕗子は当時まだ学校に勤めていた。母親は庭で倒れていたのだが、見つけたのは夜七時過ぎに帰宅した蕗子だった。その日にかぎって誰も訪ねてこず、ヤマボウシや杏《あんず》の木に遮られて外から異変に気付く通行人もいなかったのだ。本来なら芳朗が夕方には戻っているはずだったが、例によってその日は女から連絡があって、彼女のマンションにしけ込んでいた。午後十時近くに帰宅すると、玄関の戸に張り紙が貼ってあり、そこに記されていた病院へ慌てて向かったのだった。母親は命は取りとめたが、左半身の麻痺《まひ》と言語障害が残った。リハビリも受けたが、ほとんど功を奏さないということがあきらかになったとき、蕗子は介護のために教師を辞めた。悩んでいる素振りも見せず、芳朗に相談することもなく、芳朗の印象では、突然、あっさり辞めてしまった。

「何かおかしなふうに考えてるんじゃないのか？」

ある晩、母親を寝かしつけたあとの束《つか》の間、夫婦ふたりきりで過ごしているとき、芳朗はそう聞いてみたことがある。

「おかしなふうって？」

蕗子はかすかに身構える表情で聞き返した。

「お袋がああなったことに理由があるとすれば、僕のせいだ」

「そうなの？」

「いや、つまり……蕗子のせいではないよ」

「それ、まるで私のせいみたいな言いかたね」

「だから、違うよ。蕗子がそう考えているのだとしたら、間違っていると言いたいんだ」

「私のせいだなんて考えてないわ。私のせいであるわけがないじゃない。それとも、私の存在がお義母さんにとってストレスだったということ？」

「違う、違うよ」

芳朗は慌てた――蕗子に誤解させたことというよりは、妻の攻撃的な態度に。そんな妻を見るのははじめてだったし、蕗子は攻撃的になるために、わざと誤解したふりをしているようにすら思えた。

「蕗子が教師を辞めたこと、申し訳ないと思っているんだ。一言相談してくれれば……」

「それはいいの。頃合いだったのよ。お義母さんのためだけじゃないの。辞める理由を探していたのよ」

蕗子はいつもの穏やかな様子を取り戻してそう答えたが、それはどこか、膨らんだ風船から空気が抜けていく様を思い起こさせた。

蕗子が教壇に立つ最後の日の朝、芳朗は妻に内緒で、彼女から少し遅れて学校へ向かった。明日は朝礼で最後の挨拶をしなくちゃならないの。前夜、蕗子が憂鬱そうに呟いていたからだ。その挨拶を聞きたいと思った。突然退職を決意した本当の理由があるとして、生徒に向かってそれをあかしたりはしないだろうが、夫がいないと信じている場所で蕗子が語る言葉の中に、何かを見つけられそうな気がしたのだ。

それは七月の終業式の一日前だった。やっぱりよく晴れた夏空で、朝からじりじりと暑かった。芳朗は学校のフェンスに沿った道をゆっくりと歩いて、角の自動販売機の陰から、朝礼台の上の蕗子の別れの辞を聞いた。それ自体はどうということはなかった——どうということがなさすぎるほどだった。芳朗が知っている妻から発される言葉としては、あまりにも型通りだった。一身上の都合で教師を辞めることにしました。十五年間はかけがえのない日々でした。この学校のことも、みなさんのことも、忘れません。

忘れません、と蕗子が言ったとき、ウォッという動物が鳴くような声が芳朗の耳に届いて、間もなく、それが最後列にいるひとりの少年が発したものだということがわかった。泣いていたのだ——たぶん、ひそかに慕っていた女教師と今日かぎり会えなくなると知って。それをきっかけにして、芳朗はなぜかこれ以上そこにいてはいけないような気分になって、逃げるように学校を後にした。

何もなかった、何もなかった、蕗子は彼女が言った通り、辞めたくて学校を辞めるのだ、と自分に言い聞かせながら駅まで歩いたが、その実心の底で考えていたのは、今はもうこの世にいない少年のことだった。いや、男と言ったほうがいいだろう——蕗子と自分が知り合うきっかけになったあの少年は前年死んだのだが、そのとき彼はもう二十八歳だったのだから。彼は自分の娘に蕗子という名前をつけていた。彼の葬式に、蕗子は参列した。

葬式から帰ってきてから、そのことを芳朗にあかした。

なぜそんなことを思い出すのだろう？　芳朗は自問したが、わからなかった。ただどうやら、今回のことのとあのときのことはどこかで結びついているはずだと、自分が考えているらしいことだけがわかっていた。


島の梅雨も明けた。

といっても今年は空梅雨だったらしく、あまりじめじめした感じはしなかった。ただ突発的に、恐ろしいほどの勢いで降ってきた。「痛いくらい」というみゆかの言いかたを聞いて以来のことだが、雨が降るたびこの世の雨というものの全量が、自分めがけて落ちてくるような心地がした。

今日はもったりとした晴天だ。日差しにも雲ひとつない空の質感にも、なんとなく粘度のようなものがある。朝十時過ぎ。温度はそれほど高くない。

テラスにいる芳朗を、下の道を通る誰かが見上げて、ニコニコしながら港のほうを指差した。なんだ、港に何があるんだ？　どうしてこんなにひとが通っていくんだ？

「何かしら？」

背後で蕗子が言った。いつの間に来ていたんだ、と芳朗は微かにぞくりとする。

「港で何かあるのかな」

「行ってみましょうか」

連れ立って部屋を出た。朝食後、仕事をするつもりで二階に上がってきたのだが、パソコンを開きもせずに気がついたらテラスでぼんやりしていたのだった。好きなときにふらふらと出歩ける身分になったというのは、悲しむべきことなのか、喜ぶべきことなのか。きっとこの先はそのときどきでどちらなのか選びながら生きていくんだろうと芳朗は思う。あいかわらず開けっ放しの隣室を覗き込んだが、野呂の姿はなかった。今日は日曜日でエッセイ教室は休みのはずだから、ふらりと散歩にでも出たのだろうか。

外に出て、ふたりは人波に混じった。この島のどこにこんなに人がいたんだと訝るほどの人出だった。夏の空気の匂いの中で、誰もが愉しげな顔をしていた。港に着くと、船着き場に人集《ひとだか》りができていた。警察官まで出ていて、桟橋に群衆が溢れないように誘導している。

「碇谷せんせーい」

声は前方からで、振り返って手を振っているのは子安夫人だった。こっち、こっち。夫人が飛び跳ねながらいつまでも手招きしているので、芳朗と蕗子は身を竦《すく》めながらどうにか夫人のそばまで行った。

「先生はやめてくださいよ」

芳朗が小声で言うと、

「あらごめんなさい。あたしってえらいひとはみんな先生になっちゃうの」

と子安夫人は屈託がない。

「いったい何がはじまるんですか」

蕗子が聞く。

「知らないでここまで来たんですか」

他人のようにずっと背中を向けていた男がくるりと振り返ったと思ったら、それは子安さんだった。彼もいたのか。これから起きる出来事に心を奪われすぎていて、隣人への挨拶どころではなかったらしい。

「あなたったら。知らないんじゃなくて、呆れてらっしゃるのよ。あたしたちがあんまりミーハーだから。でも、ねえ……あっ、ほら、船！　船が来たわよ！」

子安夫人の、ほとんど雄叫《おたけ》びと言っていい声を合図にしたように、集まっているひとたちが一斉に歓声を上げたり、拍手をしたりしはじめた。近づいてくる船は中型のフェリーで、本土からの便だとわかる。

その甲板からもこちらに向かって手を振っている者がいる。通常見かけるときよりも多くの人間が甲板に出ているようだが、その中にひときわ目立つ男がいて――というのは彼が鮮やかな黄色のシャツを着ていることと、船上のほかの者たちが彼から一定の距離を置いていることによるものだが――、幾分戸惑ったように笑いながら、歓声に応えている。

「誰だ、あれは」

芳朗は蕗子に問いかけたが、

「ショーンですよ、ショーン・ヨギアシ！」

と子安夫人が叫んだ。

そのときには船はもう接岸していて、ショーン！　ショーン！という声があちこちから上がっていた。ショーン・ヨギアシは百八十センチはゆうに超えるに違いない長身と広い胸板の上に、そういう体型とはまったくアンバランスな女顔を乗せた青年だった。口髭《ひげ》が言い訳がましく顔と体を繋《つな》いでいる。トレジャーハンターだった頃の自分を苦々しく思い起こすようになってからは、テレビを観ることを避けていたので疎いのだが、そう言われればどこかで見たことのある顔だし、聞いたことのある名前である気もした。

「何をしに来たの？　あのひとは」

芳朗が聞きたかったことを蕗子が聞いた。再度振り返った子安さんと夫人が、アッハハハハと大仰に笑う。

「何をしに来たんでしょうね、そう言われれば」

「ロケ。ロケだよ」

「何のロケ？」

ショーン・ヨギアシが桟橋に降り立つと、彼に近づこうとするひとたちとそれを止めようとする警察官やショーンの付き人たちとの間で一悶着あった。それから再びショーンの周囲に空間ができ——一瞬、芳朗には彼が異様に孤独に見えた——、群衆の中からひとりだけが代表者のようにショーンのほうへ進み出たが、それは野呂だった。

「ああ、そうなのね。彼は野呂さんなのね」

蕗子が言った。

「えっ？」

芳朗の声に、子安夫婦の声が揃った。

「野呂さんの小説が映画になるって仰っていたじゃない？　この島がロケ地になるって。それで彼は来たのよ。きっと彼が——あの黄色いシャツのひとが野呂さんなのよ。自伝的な小説だもの」

それで芳朗と子安夫婦は、再びぐるりと首を回して、野呂とショーン・ヨギアシのほうを見た。一緒に船に乗ってきたらしいカメラマンの指示で、今ふたりの「野呂」は――ひとりは仏頂面で、ひとりは弱々しく微笑みながら――握手を交わしているところだった。

あの犬。

あの犬に、あの女はかかわっていただろうか？

いや、彼女は無関係だった。メイクルームの鏡の前で、ちらりと話題に出たことはあったかもしれないが。いずれにしてもあの犬の出来事があったときは、まだあの女とは寝ていなかった。お互いの心のうちがどのようなものであったとしても、出演者とメイク係という関係でしかなかった。

テレビ局の何かを記念した二時間ドラマで、犬を数匹使った。長いスパンの歳月が流れる物語だったから、子犬から成犬までを用意する必要があったのだ。収録後、その中の一匹の処遇が問題になった。ほかの犬は元いた場所に返したり、誰かが引き取ったりしたのだが、中途半端に成長したその犬だけ、行き先が決まらなかった。上は、引き取り手がいないなら保健所に連れていけと言っている、誰か飼ってくれるひとはいないか。そういう話が局内を巡って、芳朗にも届いた。芳朗は引き取り手に立候補した。

なぜだろう？　なぜあのとき、犬を飼おうなどと思いついたのだろう？　その「上」の男のことは芳朗も知っていて、いやなやつだという印象を持っていたから、同類ではないことを証明してやりたいという気分はたしかにあった。だがそれよりも、犬、いいんじゃないかという、幾分うかれた気持ちのほうが大きかった。今、自分はテレビ出演というあたらしい世界を得ている。家の中にも何かあたらしいことが必要なのではないかとしばらく前から考えていた。テレビ関係で――仕事というよりは交遊で――休日に家を空けることも多くなった。犬でもいれば、蕗子も慰められるのではないか。

あれはそう――母親が倒れる少し前だった。四月か五月。蕗子に話すと、すぐに賛成してくれた。母親はぐずぐず言っていたが、どうにか説得することができた。そうだ五月だ。鯉のぼりがはためく空のことを覚えている。ＡＤの女性が芳朗の家まで犬を連れて来てくれる約束になっていた。日曜日、昼食のあとで、母親と蕗子と芳朗の三人で待っていた。出発が遅れますという電話があって――ＡＤというのはとにかく雑用にまみれているとすでに知っていたから、驚きはしなかった――、一度入れ替えたお茶も飲み終わり、間延びした空気が漂って、「遅いわねえ」と呟いていた母親も茶の間から出て行ってしまった。待ちわびていたというほど犬に執心していたわけではなかったのだが、犬を受け取るまでは出かけるわけにもいかなかったから、芳朗は所在無く本を読んでいた。あのとき茶の間で隣に座っていた蕗子は、何をしていたのだったか。妻が立ち上がったとき、芳朗は、手洗いか、あらたに薬缶《やかん》を火にかけにでも行くのだろうと思っていた。しばらくして玄関のほうで音がした。犬が来たのなら呼び鈴が鳴るなり、ADの挨拶の声が聞こえるなりするだろうと思いながら待っていたが、何事も起こらなかった。さらにしばらく待ってから、芳朗は腰を上げた。

母親は彼女の居室である六畳間で、裁縫箱を出して縫いものをしていた。犬が来たの？と母親は聞き、蕗子は？と芳朗は聞いた。手洗いにも台所にもいなかったからだ。蕗子さんがどうかしたの？と母親は聞き、いや、と芳朗は言ってその部屋を出た。それから家の中を探しまわって、さっき玄関のほうで聞こえた音は、蕗子が家を出て行ったときのものだったのだと、実際にはその音を耳にしたときから察知していた事実を認めた。

芳朗は表に出た。ちょうどそのとき、ミニバンが停《と》まって、ADが降りてきた。犬は後部座席のケージの中に入っていた。それを降ろそうとするADを止めた。ちょっと……ちょっと待っていてくれ。犬はまだ降ろさないでくれ。すぐに戻るから。芳朗はそう言って、蕗子を探しに出かけた。回覧板でも持って行っているのだろうと考えている一方で、妻とはもう二度と会えないのではないかという得体の知れない不安が膨らんできていた。その不安もじつのところ、ずっと前から――犬を引き取ることに蕗子が賛成したときから芳朗の中にあって、今、とうとう顕在化したのだという気もした。

駅前まで行ってみたが、蕗子の姿はなかった。帰りはべつの道を通った。そう五月。五月だった。はためく鯉のぼりの、生気のない真っ黒な目がいくつも芳朗を見下ろしていた。家に戻り、妻がまだ帰ってきていないということがわかると、芳朗はほとんどパニックになった。

悪いけど帰ってくれとADに言った。犬はどうするんですかと聞かれ、引き取れない、と答えた。今、妻がいないんだ、妻に犬を見せてからでないと、決められない。しどろもどろに、そんなふうに言ったと思う。夏でもないのに汗をだらだら流しながら駅前と自宅を往復してきた男の有様に、ADの娘も何か異常なことが起きていると感じたのだろう、しつこく問い質しはしなかった。

車が走り去ってから一時間あまりが過ぎた頃、蕗子は戻ってきた。手にはブティックの大きな紙袋を下げていた。

「犬は？」

物音に玄関まで飛び出したが、とっさに口がきけず、突っ立っているだけの芳朗に向かって蕗子は聞いた。それどころじゃないから連れて帰ってもらった、いったいどこへ行っていたんだと芳朗は怒声を放った。

「じゃあ、飼わないの？」

蕗子の口調はほっとしているように聞こえた。

「それが望みだったのか。犬を飼いたくないから、姿をくらましてたのか」

蕗子はしばらく、芳朗の言葉を吟味するような表情を見せてから、

「そうね、そうだったのね、きっと」

と言った。今度こそあからさまに嬉しそうな——いっそ勝ち誇ったような笑いを浮かべながら。

「とにかく家に入りなさいよ」

その笑顔に気が抜けたようになって、三和土《たたき》に立ったままの妻を芳朗は促した。

「それは何だ？」

「ワンピース。靴とネックレスも。無駄遣いしちゃったわ」

そのタイミングで母親が部屋から出てきた。彼女もAD同様、何か良からぬことが起きていることを察していて、事態が収束するまで関わり合いを避けていたのだ。ほら、見て。母親の登場を待ちかまえていたように、蕗子は玄関で、袋の中身を広げた。一見してどこがどうなっているかわからないようなデザインの黒いワンピース、アクセサリーというよりは武器みたいに見えるネックレスと靴が次々と取り出されて、廊下に並べられた。芳朗にとっては——おそらく母親にとっても——ぶちまけられた、と感じられた。それらは隣

町のファッションビルのブティックに並んでいる先鋭的な服飾品ではなくて、蕗子の嘔吐《おうと》みたいに見えた。

あのとき蕗子はなにを考えていたのだろう。

それは今もわからなかった。

犬を飼うことを一度は嬉しそうに了承したのに、なぜ当日になっていなくなったのだろう。

その理由が、わかったような気がするときもあった。何年も経って、脈絡もなく、そのことを思い出したという意識もないまま、ああそうだったのか、と思うことがあった。だがそれは一瞬の咳払いか、しゃっくりみたいなもので、すぐに紛れて、なにがわかったのか、わかったと思ったことすら忘れてしまう。

覚えているのは、その後に交わした蕗子との会話だ。数ヶ月後、そう、あれは、母親が倒れた夜のことだった。芳朗が病院に駆けつけると、蕗子は病室の前の廊下にぽつんと立っていた。母親の処置中、病室を追い出されたのだという。それで、ふたりで廊下で待っていた。容体は落ち着いていて、いますぐどうこうという危険はないこと、今後についてあとで担当医から詳しい説明があることなどを蕗子が話し終えると、会話が途切れた。今、来たばかりであるにもかかわらず、芳朗はひどく消耗していた――女との情事の疲れもあったし、そのことに罪悪感を感じてもいたし、もちろんこれからの日々への不安もあって。蕗子への労《いたわ》りの言葉を吐く気力もなくて、ぼんやりしているとき、「あの犬、どうなった？」と蕗子が突然聞いたのだった。

「犬？」

何を言い出したのか最初さっぱりわからなかった。

「あの犬……うちで飼わなかった犬。引き取り手がなければ、殺されてしまうという話じゃなかった？　あの犬、結局どうなったの？」

「なんで今そんな話をするんだ」

「たしかめるべきだとずっと思っていたのよ。でも、聞くのがこわくて」

だから、それをなぜ今聞くんだ。芳朗はそう思ったが口には出さなかった。蕗子も疲れているのだろう、と考えることにした。今は落ち着いているように見えるが、帰宅するなり倒れている義母を見つけて、救急車を呼んだのだから、かなりのストレスがかかっているはずだ、と。

「あの犬は、引き取り手が見つかったはずだよ」

蕗子は芳朗をじっと見た。

「嘘ばっかり」

「嘘じゃないさ。そう……あのとき犬を連れてきた女の子がいただろう。彼女のボーイフレンドだか、知り合いだかが飼うことになったんだ、テレビ局の人間じゃなくて」

「ふうん」

それきり蕗子は黙ってしまった。芳朗の言葉を信じていないのはあきらかだった。だが、嘘ではなかった——たぶん。ADの知り合いというのは出任せだったが、たしか、似たような結末になったはずだ。すくなくとも犬はあのあと保健所に連れて行かれなかったはずだ。そういう話が聞こえてくれば、それなりの衝撃を受けたはずだが、その記憶はない。いや、それとも、知りたくないことだったから耳を塞いでいたのか。聞こえてきたがそれも紛れたのか。

今となってはよくわからない。八十年近く生きてくれば、大事なことでもときに歳月の中に紛れてしまう。あるいは大事なことほど、自ら歳月に埋めてしまう場合もあるのかもしれない。

「蕗子?」

芳朗は辺りを見回した。いつの間にか、傍《そば》にいたはずの妻の姿が見えない。回想に耽《ふけ》ってぼんやりしすぎていたようだ。

「蕗子。おーい」

芳朗は今、ターミナルのほうへじわじわと移動する人波の中にいた。さっきよりもみっしりとひとに囲まれていて、抜け出せない。

「蕗子！　蕗子！」

芳朗は焦った。今度こそ、このまま蕗子に会えなくなるのではないかという気がしたのだ。犬が来た日のように蕗子が消えるのではなく、今度は自分が、この人波にどこかに連れ去られることによって。だいたいこいつらは何者なんだ？　島へ来てからすでに数ヶ月経つのに、知っている顔はひとつもない。蕗子どころか子安夫妻もどこかへ行ってしまった。人波そのものが、さっきとは入れ替わったかのようだ。

一瞬、目眩《めまい》がした。すると自分の左横、さっきまでは子安夫人がいたはずの場所に、子供たちがいることに気がついた。少々太めの子安夫人が占めていたスペースに、今は子供がふたり立っている。揃いの黄色いスモックのような上着に、灰色のショートパンツ。こんな人混みの中で、大人の半分以下の背丈しかないのに、怯《おび》えるふうもなく周囲に合わせて移動している。双子だ。芳朗が何か声を発したかのように、ひとりが振り向き、もうひとりもふり返った。双子だ。いつか見た子供たちだ。芳朗はなぜかぞっとして、背中を向けた。人波に抗って必死で桟橋のほうへ向かった。また目眩。息苦しい。行く手を阻むもの、ときおりぶつかったり、怒りの声を漏らしたりするものたちは、もはやひとではなくて動物か、さもなければサボテンのような植物か岩であるかのように感じられた。それらが自分を押し潰そうとして、迫ってくる。

芳朗はつんのめった。ようやく体が自由になった。そこは広々としていて、奇妙に白っぽく、一瞬、自分がどこへ辿り着いたのかわからなかった。桟橋だった。さっきの場所だ。そこに蕗子と子安夫妻と野呂、それに見知らぬ女がひとり立って、全員がびっくりしたようにこちらを見ていた。

「あなた」

と蕗子が呼びかけた。芳朗はその場にくずおれた。

碇谷蕗子

「あれは何ですの?」

蕗子は医師に聞いた。話が終わったからというより、話を終わらせるためにそう言ったのかもしれない。

四十代半ばくらいの、でもそう見えるのは老成しすぎているからで、本当はまだ三十そこそこなのかもしれないとも思える医師は、蕗子の視線を慎重に辿ってから、「オリバーです」と言った。

「オリバー？」

そこは一見して山小屋のような佇まいの診療所だった。診察室は清潔だったが、家具も内装も古めかしくて、ほとんど時代がかっていた。出しっ放しの石油ストーブの上に地味なペイズリー柄の布が掛かっていて、その上に丸っこい葉が繁る観葉植物の鉢が置かれていた。

蕗子が見ていたのは医師の後ろの壁際の、剝製《はくせい》だった。中型の動物で、山羊《やぎ》のようにも鹿のようにも見える。

「そう呼んでるんです、ここに来る患者さんたちが」

医師はさっきまでの、芳朗の病状について説明したり提案したりしていたときと同じ表情で言った。

「じゃあ、あれは？」

もう片側の隅の、狸《たぬき》のような犬のような剝製を蕗子は指した。

「ガリレオです」

「先生がお作りになったんですか」

「え？　何を？」

「剝製……」

「いや、いや。まさか」

医師は笑った。蕗子が知りたいのは、どうして診察室に剝製が二体も置いてあるのかというより、この医師がどんな顔で、どんな言葉で答えるのかということ——理由が知りたいということ——だったが、それをあきらかにする気は医師にはないようだった。

「それで……」

と蕗子は言った。芳朗についての話を打ち切ったのは自分だったのに、これで終わりなのかと思うと抵抗したくなった。結局のところ、蕗子はこの医師に過大な期待をしていたのかもしれない。たとえば二体の剝製を使って、魔術的な力を発揮して、この事態を何とかしてくれる——というようなことを。

「そろそろ目が覚めていると思いますよ。あまりこちらにいると、ご主人が心配されるでしょう」

蕗子の気持ちを読んで、やわらかに否定するように、医師は立ち上がった。

隣の処置室のベッドに芳朗は横たわり、天井を見つめていた。

ドアを開け、それを軽く二度叩き、「あなた」と呼びかけると、ようやく蕗子のほうを向いた。ベッドの奥に剝製のかわりのように立っている人体模型と自分の夫が、どことなく近しいもののように見えた。

「気分はどう？」

「こっちの肘《ひじ》が痛い」

肘ですか。蕗子の後ろにいた医師が反応して、芳朗に近づき、芳朗の左肘を曲げたり伸ばしたりして調べた。

「倒れたときにちょっと捻《ひね》ったのかもしれませんね。湿布を出しておきますよ」

「いったい何がどうなったんだ？」

芳朗は医師を無視して蕗子に聞いた。

「血圧が急に上がったせいですって」

さっき医師から教えられたことをそのまま蕗子は言った。

「めまいが治ったのなら今日は帰れるって。でも、いちど大きな病院で検査したほうがいいって」

「検査。なんの？」

蕗子は医師のほうを向いた。自分でうまく説明できる気がしなかったのだ。医師は頷き、年齢からして脳卒中の心配がないわけではないから、そちらの検査です、というようなことを言った。

「念のためよ」

蕗子が言い添えると芳朗は目を閉じた。検査を受けることを了解したわけではなく、今この場をやり過ごそうとしているだけだというのが蕗子にはわかった。家に帰って、あらためて説得するのは一苦労かもしれない。芳朗は目を開けた。

「さっきはどこにいたんだ?」

蕗子はもう一度医師の顔を見たが、ここから先は自分は助けることはできないと判断したようだった。さっきと同じように頷いて、処置室を出て行ってしまった。蕗子はあきらめて、ベッドの傍らの丸椅子に腰を下ろした。ベッドに面した窓は半分開いていて、ときおりふらふらと揺れる白いジョーゼットのカーテン越しに、診療所の背後の森が見える。

「野呂さんのところへ行ったのよ、彼が手を振ったから。あなたもついてくるとばかり思ってたの、子安さんたちが大騒ぎしてたから。振り返ったらいないからびっくりしたわ」

「そうか、気づかなかった。ぼんやりしてたんだ」

「ずっと具合が悪かったの?」

「いや、立っている間はどうもなかった。考えごとをしていたんだ」

蕗子はそう聞いてから、これじゃまるで尋問みたいだわと思い直して、急いで笑顔を付け足した。しょうがないひとね、というふうに。芳朗は笑い返さなかった。

「昔のことをいろいろ考えていたんだ」

「昔って……あのこと？」

「いや。そうじゃない。犬のこととか……」

「犬？」

芳朗は手を伸ばして、蕗子の手首を摑んだ。

「蕗子のせいじゃない、と考えていたんだ。あのことは」

芳朗の言う「あのこと」が何のことなのか、蕗子にはわからなかった。

歩いて帰れると芳朗は言ったが、蕗子は大事をとって、医師にタクシーを呼んでもらった。

ワンメーターの距離でも運転手は愛想が良かったが、どうしたんですか大丈夫ですかと、遠慮会釈なくしきりに話しかけてきた。

「ショーン過足《よぎあし》という役者さん」

運転手の興味をそらすために蕗子は言った。

「映画のロケは来週ですって。今日は、雑誌のグラビアの撮影らしいわ。もちろん、映画の宣伝を兼ねてるんでしょうけど」

ヨギアシってどこの国の名前なんだ、と芳朗が聞き、「過ぎる」に「足」よ、日本の名前よ、と蕗子は教えた。もちろん、自分も最初は似たような印象を持っていて、さっき野呂にこっそり聞いて知ったばかりだった。

「ショーンの関係者の方ですか」

運転手が早速食いついてくる。

「いいえ……関係者の関係者、というところ」

曖昧に答えながら、このひとはこの前本土へ渡るとき、飛行場まで乗ったタクシーを運転していたひとじゃないかしら、と蕗子はなんとなく考える。あのときも私は運転手の耳を気にしながら夫に話しかけていたから、そう思えるだけかしら。

「ショーン過足、テレビで観るともっとぎらぎらした感じだったけどね。なんていうか、うすい感じのひとでしたね。うすいって失礼かな。でもなんか幽霊みたいなね。ふわふわしててね。美男なんだけど。うん、彼、幽霊の役をやったら似合うんじゃないかな。女に取り憑《つ》かれて死んだ男の幽霊。ああ、それじゃへんか。取り憑くのも幽霊だもんね」

自分が言ったことが面白かったのか、運転手はくすくす笑った。

「あっ、ほら。見て」

再び、運転手を遮るために、蕗子は窓の外を指さした。

車はすでに三人の家のテラスから見える浜辺沿いの道を走っている。浜にさっきよりは小さい人集りができていて、その向こうでショーン過足のシャツの黄色が、ちらちらと動いているのが見える。

「あれが撮影か。野呂さんもいるのかな」

芳朗が言った。

「ええ、そのはずよ」

「行ってみようか」

少し不安だったが、家まで三分とかからない場所だから大丈夫だろうと蕗子は判断した。何より、芳朗がそういう気分になってくれたのはいいことに思えた。運転手はいそいそと車を止めた。道路を渡ってから振り返ると、車はまだ同じ場所に停まっていたから、彼も見物人のひとりとして追いかけてくるのかもしれない。

道路から浜へ降りるには階段があったが、そこまで行かずに芳朗が斜面を降りはじめたので、蕗子も慌てて後を追った。夫の手を摑む。芳朗は、妻が自分に縋っていると思うだろうが、実際には蕗子が芳朗を繋ぎ止めている。傾斜はきつく、地面は砂混じりなのでふたりはずるずると滑っていく。

浜辺にいるのはショーン過足のほかに、カメラマン、雑誌のスタッフらしい男性と女性、いずれも若いひとたちだった。少し離れた場所に野呂と、その傍らに女性がいる――さっきも野呂と一緒にいたが、紹介される間もなく芳朗が倒れてしまったから、どういう関係のひとなのかわからない。その後ろに、子安夫妻を先頭にして見物人たちが半円形を描いて立っている。全員が、いっせいに蕗子と芳朗に注目した――大きな音を立てたりしたわけでもなかったのだが。ふたりはまるで遅れて到着したあらたな役者のようにそこに加わった。

「おいおい、大丈夫なのか」

出迎える口調で野呂が言い、問題ないよと芳朗が答えている。たしかに今はさっきベッドにいたときよりもずっと元気そうに見える。体調が戻ったというよりは、夢から覚めたような感じだけれど。

撮影が再開した。ショーン過足――彼には、蕗子だけさっき短く紹介されていた――がこちらに向かって小さく会釈し、波打ち際を走っていった。山吹色のシャツ、下はゆったりした白いズボン、素足。海の色によく映えている。五十メートルほど走って止まり、そこからゆっくりした足取りでカメラマンに向かって歩いてくる。キャーッという声が、見物人の中から上がった。

蕗子はショーン過足のことを、今日までまったく知らなかった。元々はファッションモデルだったが、去年テレビドラマに端役で出たのが評判になり、今とても人気があるのだと、栈橋で子安さんから教わった（ちょうどその話が終わった辺りで芳朗がよろめきながらあらわれて、倒れたのだった）。モデルだったからなのか、歩いても立ち止まっても、ショーンの動作はひとつひとつが美しい。美しいけれどなんだか奇妙だ、と蕗子は感じる。とくにポーズを作ったりするわけでもないのに、ときどき舞踏のようにも見える。そういえば、十六歳だか十八歳まではバレエをやっていたというのも、子安さんから聞いたショーンのプロフィールの中にあった。とすれば、身に染みついた無意識の身のこなしなのだろうけれど、何か不安定な感じがある。動作そのものは完璧だが、ショーンと動作の美しさの関係が不安定なのだと蕗子は思う。互いに裏切り合っているような。今は仕方なく協力し合って、すばらしいチームワークを見せているけれど、これが終われば、互いに憎みあっているような。「これ」というのは、今行われている撮影というわけではなくて、ではなんなのか、蕗子にはわからなかったけれど。

いや——そんなふうに感じるのは、ショーンではなく私自身の問題なのだろう。蕗子は思い直す。自分の心をあの青年に映しているのだ。いっそ、誰にも――みゆかにも野呂にも夫にも――あかすことができない心の一部分が自分から逃げ出して、あの青年に身を変えて海辺を歩いているようにも思えてくる。蕗子は思わずショーン過足を凝視してしまう。ほら歩いてくる。ほら波打ち際で跳ねている。ほら駆けていく。あのままどこまでも駆けていって、もう戻ってこなければいいのに。

しかしショーンは戻ってきて、カメラマンたちと短く話し、今度は波打ち際から少し離れて、海のほうを向いて座った。カメラマンの指示で顔を右に向けたり左に向けたり、背をそらしたり脚を伸ばしたりする。芳朗が「ふむ」というような声を漏らした。飽きてきたのだろうと蕗子は思う。背後の見物人も、帰っていくひとたちがちらほらといる。その中には子安さんたちもいる。自分たちも帰ろうと芳朗に言おうか。しかし野呂に申し訳ない気もする。それ以上に、ショーン過足を浜辺に見捨てていくことに奇妙な罪悪感を覚える。「見捨てていく」などと考えることが、そもそも奇妙なのだけれど。

「僕、紹介してもらったかな」

ふいに芳朗が言った。えっ。野呂が振り向く。

「そのまえにあんた、倒れちまったじゃないか。撮影が終わったら紹介するよ」

「いや、彼じゃなくて、彼女」

芳朗は野呂の横の女性を目顔で示した。

「ああ」

あきらかに動揺した様子で野呂は頷いた。

「諸田小夜さん。エッセイ教室の生徒さん」

ああ、そうだったのねと蕗子は思う。きれいなひとと言っていいが、その顔立ちにも着ているものにも何か実際的な、余白のない雰囲気があって、船に乗ってきた関係者のひとりかと思っていた。

野呂はいかにも不承不承、同居人の碇谷さんとその奥さん、と彼女にも紹介した。小夜さんはそのことをすでに知っているふうだった。

「すると、今日はエッセイの実習ですか」

芳朗の言葉に、小夜さんは当惑げに野呂を見た。冗談なのかどうか測りかねているのだろう。蕗子にもわからなかった。本気でそう思っているのかもしれない。

「まあ、そんなとこだよ」

結局、野呂がそう言った。その言葉で蕗子には、彼と小夜さんの関係がほとんど知れたようなものだった。

音楽が聞こえてきて、一同は浜辺のほうに注意を戻した。テンポの速いロックのようなその曲は、砂の上に置かれた小さな箱のようなものから流れているらしい。カメラマンの助手がスマートフォンを操作している。

ショーン過足は今度こそ本当に踊りはじめた。モダンバレエのような動きだった。まるでファンサービスとも思える展開なのに、それを合図にしたかのようにまた何人かの見物人が立ち去っていった。帰りましょう。蕗子も芳朗に言った。

体育館を思わせる大きな建物の看板には「生きがい広場」と書かれていた。

このマーケットにはもう何度か通ってきていたが、そんな名称だということは今日まで知らなかった。生きがい広場。口の中で呟いて、蕗子は店内に入っていく。

食材はここで買うのがいちばんいい。地産の野菜売り場があり、港に近いから魚も買えるし、農業大学の学生が作っている素朴なハムやベーコンも置いてある。

いつでも蕗子が最初に行くのは野菜売り場だった。どの野菜も見るからに新鮮で、めずらしい野菜、食べたことのない野菜も多いから、眺めているだけでもわくわくする。今日はレモン色の芙蓉《ふよう》のような花がカゴに盛られているのがぱっと目を引く。オクラの花らしい。ひとつ手にとってみて、なんとなく、ショーン過足を思い出した。

蕗子はオクラの花をカゴに戻した。不揃いだがぷっくりした粒がツヤツヤ光っているとうもろこし、濃い緑色のズッキーニ、絹さややインゲン、赤や黄色のはちはちしたトマトを順番に見た。それから小さく息を吐いた。今日の自分には、野菜の生気は強すぎる。

うしろから肩に触れる手があった。ぎょっとして振り返ると、みゆかがいた。

「あら……鉢合わせ」

どうにか平静を保って、蕗子は微笑む。みゆかも微笑み返したが、どこかぎこちない表情だった。

「今夜、どうします？　何かお心算《こころづもり》がありますか？」

「いいえ……買いに来たというよりは眺めに来たの。ここのお野菜、きれいだから」

そして野菜の生気に当てられて、ぐったりしていたところだということまではあかさなかった。

「夕ごはんはお任せするわ。私、町をぶらぶらしてから帰るから」

「あ、待ってください」

呼び止められると、自分が逃げようとしていたことがはっきりしてしまう。

「子安さんから聞きました。昨日ご主人が倒れられたそうですね」

「ええ、まあ、そうなんだけど」

おしゃべりな隣人を、蕗子は恨む。家に入るときには芳朗はふらついてもいなかったし、倒れたことも、大きな病院へ行ったほうがいいと言われたことも、みゆかには黙っていたのだった。

どうしよう。次の言葉を発するまでの一瞬の間に、蕗子はめまぐるしく考える。この女《ひと》にどんなふうに答えればいいか。どこまであかすことが正解なのか。

「……もう心配ないのよ。血圧がちょっと高かっただけなの。食べるものも、通常通りで大丈夫」

結局、蕗子はそう答えた。

「本当に？」

蕗子が立ち去ることを阻む強さでみゆかは言った。

「ええ。どうして？」

蕗子は気持ちを強くしてみゆかの視線を受け止めた。

「いえ……大事ないならいいんですけど。ただちょっと……心配になってしまって」

なにかもっと言いたいことを飲み込んだ、という気配があった。だが蕗子は、今それを聞きたいとは思わなかった。

「ありがとう。夫にも伝えておくわ。あなたからこんなに心配されて、きっと彼、喜ぶわ」

みゆかは探るような目で蕗子を見た。嫌味を言われたと思っただろうか。そのつもりはなかったが、自分には似合わない発言ではあった。仕方ない、と蕗子は思う。自然にしよう、とことさら心がけるところが、すでに不自然なのだから。

そういえばまだ本屋を探してなかったわ、と蕗子は思いつく。本屋を探すことにしましょう、と。

この島に本屋はないよと芳朗は言っていた。雑誌類とベストセラーになったような本や文庫本がいくらか、マーケット――「生きがい広場」とはべつの一軒――の片隅で売られているだけだ。そのことはすでに蕗子もわかっていた。

でも、やっぱり本屋を探すことにしましょう。そう決めて、歩いていく。町中にないことはわかっているから、町のはずれに向かって（それなら再度みゆかと鉢合わせする危険も少ないだろう）、さっき彼女に言った通りに、ぶらぶらと。ないとわかっているものを探しに行く。

この辺りには古い家と新しい家とが混在している。古い家は広い敷地に、母屋と離れ、または蔵が建っていたりする。多くは庭も建物も長年、人の手が入っていないように見える。築年数は、自分たちが手に入れた古屋とどれも同じくらいだろう。空き家のほうが多いのだろう。一方の新しい家は、ツヤツヤした建売住宅で、箱に詰め込まれた玩具のように、狭いところに二軒、三軒とくっつきあって建っている。その背後に崖。上方には鳶《とび》が飛ぶ空。奇妙な光景——まったく、ないはずの本屋が忽然《こつぜん》とあらわれたっておかしくない光景じゃないの、と蕗子は思う。

そこは古い家だった。石造りの門柱に取り付けてある細長い青い缶は、昔の昆虫採集用の容器だ。芳朗が仕入れてきたものの中に幾度か混じっていたことがあるからそれとわかる。郵便ポストの代わりにしているのだろうか。洒落たことをするものだとあらためてその家を眺めていると、奥の母屋の端から門に向かって直角に建っている、納屋のような建物の窓がガラリと開いた。

「蕗子さん。なにやってんの」

レースのカーテンの向こうから首を伸ばしているのは、野呂だった。

「ひとり？　入っておいでよ」

敷地内に入ると飛び石があり、それは途中で二方向に分かれていた。左に曲がると野呂がいた建物の玄関に至る。大雑把な感じの木製の扉の横に、花の名前でも記してありそうな小さな立て札が差してある。その札に書くにしても小さすぎる字は「ｙｏｃｉｄａ」と読めた。

中は喫茶店のようだった。壁いっぱいの本棚とそれを埋めている本を見て、古本屋だと思うひともいるかもしれない。バラバラの家具を寄せ集めたようなテーブルと椅子のセットは三組あって、そのひとつから野呂が手招きしていた。ほかに客はおらず、店のひとの姿も見えない。

「驚いた。この島にこんなところがあるなんて」

蕗子は野呂の向かいに掛けた。体が沈み込む。野呂が座っているのは昔の小学校にあったような木の椅子だが、蕗子のほうはビロード張りのひとり掛けのソファだった。野呂が席を替えてくれたのかもしれない。

「だろう」

野呂は得意げに頷いてから、テーブルの上のベルを振った。澄んだ音が響いて、ずいぶん経ってから、ふたりより少し年下に見える男性がひっそりとあらわれて、野呂がコーヒーを注文した。

「けっこう旨いよ」

ほとんど口を利かぬまま男性が姿を消すと、蕗子は小声で言った。

「どうやって見つけたの？　こんなところ……」

「まあ、ね」

「まあ、ね」

蕗子は野呂の口真似をして微笑した。昨日、彼と一緒にいた女性が島のひとなら、こういう店の在処《ありか》も知っていることだろう。

「野呂さんはひとりなの？　待ち合わせじゃないの？」

「いや、ひとりだよ」

どこまで聞いていいものか蕗子はよくわからなかった。これまで、わりと鋭敏だと思っていた自分のそちら方面のセンサーが故障しているような感じだ。野呂のほうにも、どこまで喋ればいいのか迷っている気配がある。

それで、とりあえずは当たり障《さわ》りなく、この店について話した。書棚の本は売りものではないが、コーヒーを飲みながら好きに手にとって読んでいい。野呂はまだ試したことはないが、場合によっては貸出も許可されるらしい。さっきの男性が店主だが、見た通りほとんど口を利かないので、その素性については不明である。入口の看板から推測すれば、彼の名字は吉田なのだろう。あるいは予知田とか、余地田なのかもしれないが。いつから開店していた。島の人間でもこの店の存在を知るひとは多くない。知っていても訪れるひとは少ない。エトセトラ。そんな話の中にも結局は、昨日の女性の気配があった。

「詩集や句集がたくさんあるのね」

背後の本棚を見上げて蕗子は言った。

「あっちの棚には小説が詰まってるよ。翻訳ものが中心だな。ミステリーの、いわゆるスタンダードも揃っている。なかなか玄人《くろうと》っぽい蔵書だよ。ちょっと、玄人ぶりすぎてる感じもするけど」

そこで足音が聞こえたので、野呂は口を噤《つぐ》んだ。男性は僅かに手を震わせながらコーヒーを蕗子の前に置き、「ごゆっくり」と小さな声で呟いて戻っていった。臙脂色で抽象的な模様が描かれたレトロなコーヒーカップは、野呂に出されたものとは違ったけれど、カップに凝ったり、客を見てカップを選んだりしているわけでもなさそうで、あるものを使っている、という印象だった。コーヒーと書棚以外にはさして心を砕いていないようだ。

「ひとり暮らしなのかしらね」

ひとり言のような蕗子の呟きに、「あれはそうだろうな」と野呂は答えた。蕗子はコーヒーを啜った。少しチョコレートに似た風味がある。めずらしい味だったが、おいしかった。

「碇谷さんは今日、どうしてんの」

「仕事してるわ」

「ちゃんと検査に連れてってくれよ。たいしたことはなさそうだけど、念のため。お互い、何があってもおかしくない年なんだからさ」

「ええ、明日行くわ」

明日。野呂はちょっとびっくりしたようだった。口ではああ言っても、そんなにすぐ精密検査が必要だとは考えていなかったのかもしれない。

「野呂さんも、ずっとひとり暮らしだったのよね」

蕗子は話題を戻した。野呂はあらためて意表を突かれたように「うん」と頷いた。

「いつから？」

「え？　えーと。三十五からだよ」

「それから、ずうっとひとり？　島へ来るまで」

「そう。そういえば一週間くらい同棲してみたことがあったけど、やっぱりだめだったな」

「何がだめだったの？」

「どうしたんだ、蕗子さん」

野呂は苦笑しながら蕗子を見た。

「ばかに遠慮がないんだな」

「そうね、ごめんなさい。ひとり暮らしに興味があるのよ」

「えっ、どういうこと」

野呂は真面目な顔になった。

「碇谷さん、やっぱりどこか悪いの？　医者に何か言われたの？」

「違う、違う。したことがないから、どんなものかしらって思っただけ。たとえば」

蕗子はぐるりと店内を見渡した。

「本を読んで、ああ面白かった、って思っても、それを言う相手が家の中にはいないということでしょう？　それってどんな感じなのかしら」

「せいせいしたけどな、そうなった当時は」

「そうなの？　それで？」

「それで、それからずっとせいせいしてるよ。本はとくに鬼門になるからな。その本を読んでる理由も、読んでどう思ったかも説明しなくてよくなって、それまで自分がどれほど不自由だったかわかったよ」

蕗子は野呂の顔をじっと見た。抗議の意味ではなく、野呂に本当のことを言わせたくて。

野呂は微笑した。

「テクニックってことだよ。本を読んでも飯を食っても、なんらかの気分に陥ることはあるさ。ふたりでいるときはそれを愛だの恋だのと思えばいいし、ひとりになったら、〝さばさば〟だと思うことにすればいいんだよ」

蕗子は頷く。

「そのテクニック、カルチャーセンターで教えればいいと思うわ」

「エッセイ教室より実用的だよな」

ふたりは笑った。それから野呂は、蕗子がこんな話をしたがるわけについて、あらためて気にする表情になった。

しかし野呂は、思い直したように立ち上がった。書棚を見上げて吟味しはじめた。これも彼の「テクニック」よね、と蕗子は思う。さほど演技力があるとは思えないけれど。

野呂晴夫

まず、パジャマの柄から思い出す。遠目にはピンクに見える、細いストライプ。病院指定のやつだ。それからパンツ——あの場合、ズロースと言ったほうが正しかったのかもしれない。色は白で、かなり洗濯を重ねたと思われる質感で、尻の一部が透けて見えていた。それから白髪。それから、それらの持ち主が引きずっていた点滴台。
病院の廊下は長かった。野呂の行く手を阻むようにその女はよろよろと歩いていた。パンツ、パジャマが妙な具合に着崩れているせいで、ズロースの右尻があらわになっていた。パンツ、パ
見えていますよと教えてやるべきだろうか、看護婦を呼んだほうがいいだろうかと思いな

がら、野呂は女を追い越すことができず、同じペースで歩いていた。タクシーで病院前に乗りつけてから、この廊下に出るまでは、エレベーターの中を除いてほとんど小走りになっていたというのに。

三十五年前。息子が生まれた日の記憶だ。

女の後ろを歩いているうち、はやる気持ちがなぜか次第に萎《な》えていった。妻と生まれたばかりの赤ん坊が待っているはずの病室へ、このままずっと辿り着けない気がしてきて、それならそれでもいい、むしろそのほうがいいんじゃないかという気持ちになった。結局、女は途中で洗面室に入ったから、その後野呂は少し歩調を早めて、妻と息子の元へ行くことができたのだが。女のことなどつゆほども顔に出さずに、「よお、お疲れさん」と妻に声をかけ、その傍のちっぽけないきものを抱き上げて、「うひゃああ」という声を上げることもできたのだが。

それでもときどき、あの廊下のことを考える。あのあと自分と妻と息子に起こったすべてのことを、あの廊下とあの女のせいにしたくなる。

雨音が野呂の耳に戻ってきた。

今朝起きたら空が真っ暗だった。間もなく降り出し、雨脚は今、かなり強い。

飛行機が飛ぶかどうか碇谷夫妻は心配していたが、この時間になっても戻ってこないということは、飛んだのだろう。今頃はすでに病院か。そういえば病院名も、どこにあるかも聞いていないことに野呂は気付く。

本当に飛行機に乗ったのだろうかと、ちらりと思う。乗っていないとして、ふたりがどこにいるのかは見当もつかないが。どうしてそんなふうに自分が考えてしまうのかもわからない。碇谷の精密検査のために、夫人が付き添って東京へ行く。今日は移動日で検査は明日なので、帰ってくるのは明後日の予定になっている。碇谷夫人のその説明の、どこが不審だというのか。だが、なにか違和感がある。碇谷夫人の言葉の選びかたか、その傍にいた碇谷の表情か——だまされているとまでは思わないが、ふたりは何かを俺に隠しているような感じがする。

まあ、それを言うなら、俺だって彼らに隠してることがあるわけだからな。

野呂はそう思いなおして、窓を見た。テラスのないこちら側の窓には、雨が直接吹きつけてくる。風も朝より出てきたようだ。水滴が競い合うように窓を伝う。この水滴が俺で、こっちが敵。逃げろ、逃げろ、敵に追いつかれないように。少年の頃よくそうしていたように、ふたつの水滴の行方を辿る。逃げていた水滴が途中で隣の水滴に吸収されて消えると、今の俺にとっての「敵」は何だろうな、という考えがふと浮かんだ。

窓に寄せて机が置いてある。エッセイ教室の講師を引き受けたら机仕事もくっついてきて、仕方なく置くことにした。とはいえ、この机はかなり気に入っている。最近、週に三、四回は訪れているカフェで、庭にうち捨ててあったのを譲ってもらったのだ。どうということのない木製の机だが、長い間風雨に晒《さら》されていたせいでいい味が出ている。あの店の主《あるじ》とはその程度の関係にはなったわけだが、じつのところ、yoc.idaをなんと読めばいいのかはまだたしかめられていなかった。

野呂はエッセイを読むことに戻った。今回の課題は「海」で、十三本のテキストが集まっている。十三という数字が多いのか少ないのか、自分の授業が受け入れられている証なのかその逆なのか、そもそもエッセイ教室に通ってきて一度もエッセイを提出しない者たち——一定数いる——というのは何を目的に通っているのか、野呂にはよくわからないのだが、ひとつだけはっきりしていることがあり、それはこの十三本の中に、野呂が講師になってはじめて、諸田小夜のエッセイが入っている、ということだった。

それは重ねてある十三本のテキスト——各自でプリントしたA4用紙をホチキスで綴《と》じたもの——の、いちばん下にある。小夜が提出していることがわかって、とっさにいちばん下に入れ替えたのだ。だからまだ読んではいないが、タイトルは見て——見えて——しまった。「海から来た」。いいタイトルだ、と思う。前任の講師は提出作品のコピーをとっていなかったから、小夜がどんなエッセイを書くのかまだ知らないのだが、少なくともタイトルのセンスはいい。

ほかの生徒たちのエッセイを読み進め、ときにメモを取ったりもしながら、野呂の頭の一部にはずっと小夜のエッセイのことがあった。このまま読んでいけば、最後には小夜のエッセイに到達する。そうしたら、読むしかない。読まないわけにはいかない。野呂は講師だし、小夜に「たまには提出してくれよ」と言いもしたからだ。

「俺が来るまでは毎回きっちり提出してたんだろ？　なんで書かないんだよ」

ｙｏｃｉｄａで向かい合いながら、野呂はそう言ったのだった。小学生の悪ガキが、女の子にちょっかいをだすときみたいな言いかたになったが、そういう言いかたが許される関係にはすでになっている。——というか、夕焼けの浜辺でキスもしていた。

「だって恥ずかしいもの」

恥ずかしがるというよりは子供を諭《さと》すように、小夜は答えた。彼女のほうも、野呂に対してもう敬語は使わない。

「べつに本当のこと書かなくたっていいんだよ。創作すればいいだろ。嘘八百書けばいいんだよ」

「いいの？　そんなことして」

「いいよ。俺が許す」

するとと小夜はちょっと考える様子になった。会話の途中で彼女がそうなることは多くて、そのときの顔が野呂は好きだった。

「嘘を読まれるのも困るわ」

「どうして」

「私がどんな嘘を吐きたいか知られるのも恥ずかしいもの」

そう言われればその通りだ。野呂はそう思ったから、それ以上は勧めなかった。だが、ここに諸田小夜のテキストがあるということは、彼女は考えを変えたのだろう。知られてもいいような嘘を書いてきたのか、それとも腹をくって本当のことを書いてきたのか。

「海から来た」のはなんなのだろう。

とうとう十二本目のテキストを読み終えてしまった。それを取り除けば小夜のテキストがあらわれるわけだが、野呂はためらった。たしかにそうだ、読む俺も恥ずかしい。いや、いっそ怖い。嘘にしても本当にしても、どうしたってテキストの中にあらわれてしまうだろう「小夜」を感じるのは怖い。最初はそれを見つけたかったから、彼女がエッセイを提出しないことが残念だった。でも今は怖い。読みたい気持ちよりも読みたくない気持ちが勝っている。

ドアがノックされた。野呂はとりあえずホッとして、「どうぞ」と声を放った。しかし入ってきたのが宙太だったから、それはそれでまた厄介な精神状態になりそうだった。

「こんにちは」

律儀にいつもの挨拶をする宙太に、

「なんだ、もう帰ってきたのか、ああそうか、今日は土曜日か」

と野呂もいつものように、言わでものことを言った。

「野呂さんにお願いがあります」

やや太り気味の、むちむちした子供だ。赤いTシャツの胸には白い鳩の絵。半ズボンから見える膝小僧の右に小さな絆創膏《ばんそうこう》。絵に描いたような子供だ、と思いながら、「なんだ?」と野呂は言う。

「宿題を手伝ってほしいんです」

「宿題? 作文か?」

「図工です。絵を描くんです。野呂さんを描きたいと思います」

野呂は承知することにした。絵のモデルになっている間は、小夜のエッセイを読むことを棚上げにできるからだ。

リビングで描きたいというので、連れ立って一階に降りた。降りてから、しまったと思った。一階にはみゆかがいるのだった。そして碇谷と夫人はいないから、同じ空間に三人きりということになってしまう。

「よろしいんですか？　子供の相手をお願いして……」

　エプロンを外しながらみゆかが出迎えた。ペールグリーンのオーバーシャツに、七分丈のデニムという格好をしている。三十歳。みゆかの年齢を、野呂はきっちり覚えている――というか、意識せずにいることができない。中華ふうの旨そうな匂いが漂ってくる。昼食の支度をしていたのだろう。

「かまわないよ。座ってるだけでいいんだろ」

　野呂は言った。よけいな意味を持たせずに喋ろうと強く思いすぎるせいで、いつも、よけいな意味があるようにぎこちない喋りかたになってしまう。

　後ろの窓に海が見えるほうのソファに座ってほしいと宙太が言うので、野呂はそうした。向かい側に宙太は座り――体が小さいからソファに埋まっているように見える――画用紙を留めつけた画板と、鉛筆を構える。

「あっ」

　と宙太は声を上げた。なんだ、なんなんだと野呂は簡単に動揺する。

「野呂さん、今日はアロハ着てないんですね」

なんだ、そんなことか。

「アロハを描きたいのか。着替えてこようか」

「宙太ったら。勝手を言わないの」

みゆかが息子をたしなめる。

「いいです。アロハを着ていることにして描くから。そのかわりあとでアロハをいろいろ見せてほしいです」

「いいよ」

「何かお持ちしましょうか。コーヒーか梅酒か……」

みゆかはまだ気遣わしげだ。じゃあ梅酒をと、野呂は頼んだ。閉じ込められている感覚にとらわれはじめている。薄いラップのような膜に包み込まれてしまったみたいな、ラミネート加工されてしまったみたいな。

「どういう宿題なんだ？　人物を描いてこいと言われたのか？　まさかアロハじゃないよな」

自分の口がちゃんと動くことをたしかめるためにそう言うと、

「家族」

という宙太の答えがある。野呂は思わずみゆかを見た。梅酒をテーブルに置きながら、みゆかは野呂だけにわかるように小さく首を振った。

「でも、家の中で描けるものならなんでもいい、って先生が言いました。お父さんでもお母さんでも妹でも弟でも、犬でも猫でも、プラモデルでもぬいぐるみでも、仏像でも花瓶でもいいって。お母さんは前にも描いたことがあるからあきちゃったんです。この家の中には仏像はないし」

「俺は仏像のかわりか」

もう一度、たしかめるために野呂は笑ってみる。

七年前のあの日は、苺を煮ていたのだった。

それにトランプを探していた。二日酔いでもあった。四月のはじめの、生暖かい日だった。

前日の夜は宴会で、自宅に同業者やら編集者やら彼らにくっついてきた知らない奴らやら、十数人が集まっていた。昼間、近くの公園で花見をして、そのあと野呂の家に流れてきたのだった。最後の客が帰ったのが午前五時だった。

野呂は昼近くに起床して、テーブルの上と言わず家中に散乱しているグラスや皿や食べ残しや飲み残しを悪態を吐きながら片付け、風呂に入り、それから苺を煮た。有名なフルーツパーラーの包装紙を被った苺が三パックも、キッチンシンクの上に置き去りにされていたからだ。二日酔いで頭をグラグラさせながらそれを見下ろしていたら、なぜか苺ジャムがむしょうに食べたくなって、昔の女の置き土産のストウブ鍋に砂糖とともに放り込んで火にかけた。それからトランプを拾いはじめた。昨日自分がでたらめな英語で「イマジン」を歌いながらあちこちに撒《ま》き散らしたからだ――どうしてそんなことをしたのかは、さっぱり思い出せなかったが。

電話はそのときに鳴ったのだった。

リビングのサイドボードの上に置いてあった、ファクス兼用の電話だった。昨日来た誰かだろう、と思いながら野呂は受話器を取った。礼の言葉かでなければ呪いの言葉か、忘れものをしたみたいだから探してくれとか、あなたの小説はもう二度と読みたくなくなりましたとか言ってくるんだろう、と。苺が煮えはじめていて、家中に甘い匂いが漂っていた。

「涼子です」

しかしかけてきたのは別れた妻だった。離婚の手続きをして以来二十数年、会うことも話すこともなかったが、声を聞いた瞬間にすぐわかった。そのときの野呂にとって、涼子や彼女との結婚生活は古傷にほかならなかった。それも、触れるとひどく痛む古傷だ。勘弁してくれよ。用件が何にせよ、野呂がまず思ったのはそれだった。

「お願いがあるんです。青一《せいいち》のことで」

涼子のその言葉で、野呂の苛立ちはさらに強くなった。青一というのは息子の名前だった。野呂が彼にしてやったことといえば、養育費の支払いをべつにすれば、その名前を考えたくらいだ。涼子同様に二十数年間、会ってもいない、電話で話をしたこともない。涼子のことよりももっと、日々、思い出さないようにしている名前だった。数年前、結婚式の招待状が送られてきたときでさえ黙殺した。

その名前を涼子は口にした。そして野呂の了解も求めずに話し出した。野呂は受話器を耳に当てながら、ファクス複合機本体と繋がったコードが伸びるぶんだけ移動して、ソファの下に落ちているカードを拾った。ソファの脚の向こうにもう一枚ある。手が届かないので足を伸ばした。どうしても今拾わなければ気が済まなかった。

涼子は青一のことを喋り続けている。苺の匂いが変質したように感じられ、それは自分の精神状態のせいだろうと野呂は考えたが、間もなくピーピーピーという耳障りな音が聞こえてきた。コンロについているアラームだと気がつき、苺が煮立って吹きこぼれているのだと悟った。行って、火を止めなければ。苺ジャムが台無しになってしまうし、コンロもきっとひどい有様になるだろう。

「俺には無理だよ」

まったく終わる気配のない涼子の話を遮って、野呂は言った。そんな、と涼子は言った。

「俺は役に立てないよ。あいつだって今さら俺に会いたくないだろう。それに俺も」

足指の先がカードに届いたが、指を丸めても伸ばしても、どうしても引き寄せられない。

アラームは鳴り続け、漂う匂いははっきりと焦げ臭いものになっている。

「会いたくないんだ。勘弁してほしいんだ」

涼子は黙り込んだ。さらなる説得の言葉を考えているのだろうと野呂は思ったが、電話はいきなり切れた。その受話器をしばらくぼうっと見下ろしてから、野呂はキッチンへ行った。火は自働的に止まっていて、吹きこぼれたぶんが鍋の外で焦げついているだけだった。すっかり煮えている苺を瓶に詰めて冷蔵庫へ入れたが、結局一度も食べることがないままカビさせてしまった。トランプも、翌週に家事代行サービスが来るまでそのまま床で埃《ほこり》をかぶっていた。

以後、野呂は度々自分に言い聞かせた。仕方がなかったんだ。仕方がなかったんだ。苺が煮えすぎていたし、トランプを拾っていたのだからと。次に涼子から連絡があったのは、翌年、青一が死んだときだった。呆然として通夜に赴いた野呂に、「あら、来たのね」と涼子は言った。「死ねば来るのね」と。

宙太に付き合っていたら、昼食も三人で食べる羽目になってしまった。昼時までリビングにいて、昼食はいらないとは言いにくかったし、碇谷夫妻もいないのに、みゆか親子とべつべつの場所で食べるというのも不自然な気がしたからだ。

キッチンからずっと漂っていた旨そうな匂いは、肉味噌だった。茹でて水で締めた中華麺の上に、熱い肉味噌と胡瓜とネギの千切りをのせたジャージャー麺に、トマトと卵のスープ、焼いたピーマンを生姜醤油で和《あ》えたもの。それらを、ダイニングテーブルで向かい合って食べた。みゆかと宙太が並び、その向かいに野呂、という配置で。旨かったはずなのだが、どうも味を覚えていない。一生懸命会話していたはずなのだが、自分が何を喋ったのかもよくわからない。

食べ終わると、さらに絵のモデルを続けてくれという宙太を振り切って――自室から派手な柄のアロハを数着、持ってきてやることでどうにか納得させて――、野呂は逃げるように家を出た。じゅうぶん離れたところで、携帯で小夜に電話をかけた。

ｙｏｃｉｄａに、小夜のほうが先に来ていた。今日はめずらしくゆうに八十代に見える男女が窓際の席を占めていて、小夜は手前の、本棚に包囲されたような場所に座っていた。「よお」と野呂が片手を挙げると、小夜は微かに口元を緩《ゆる》める。すでに口づけを交わした女でも、会えばまだ少し緊張する。だがその緊張は悪いものではないし、すくなくともさっきの家の中での緊張よりはマシだ、と野呂は思う。

「店は」

母親に任せてきたと小夜は答える。学校帰りに寄る子供たちももう捌けたので、母親ひとりでじゅうぶんなのだと。

「なんて言って出てきたんだ」

「デートでしょって、母のほうから言ったわ」

「かなわないな」

小夜は透明な液体が入ったグラスのストローにゆっくり口を寄せる。窓際の老人ふたりが、揃って首を伸ばしてこちらを見ている。まるでテレビでも見ているような態度なので、失礼とも感じられないほどだ。店主がようやくあらわれて、野呂はアイスコーヒーを頼んだ。

「そっちは何飲んでるんだ」

「レモンジュース」

「あのふたり、知り合いか？」

「知り合いといえば知り合い」

小夜はどうでもよさそうに言って、またレモンジュースを飲む。

「エッセイ、読んだ？」

「いや、まだ」

いきなりだったので野呂は慌てた。

「まだなの？　それで電話くれたのかと思ったのに」

「読むかわりに会おうと思ったんだ」

「何、それ。読まない気なの？」

「うーん」

野呂は思わず唸《うな》ってしまった。正直すぎる反応だ。

「じつは、あまり読みたくないんだ」

「どうして。書けって言ったのはあなたなのに」

「失望したくないんだ」

野呂は追い詰められたような気分になり、言葉を選ぶ余裕がなくなっている。小夜は目を見開いて、絶句した。

「エッセイの出来のことを言ってるんじゃない。知りたくないんだ、あなたのこと。今知ってるだけでじゅうぶんだ」

「ひどいことを言うのね」

「ひどいかな？　じゅうぶんだとは思わないか？　お互いのことはほとんど知らないけど、今、じゅうぶんに楽しいじゃないか」

「私のことをこれ以上知ったら、うんざりすると思っているわけね」

「お互いに、と言っただろう。俺たちはもう若くない。あなたは俺よりは若いけど、小娘というわけじゃない。それなりの過去があるだろう。それがどんなものであれ……知るのが億劫《おっくう》なんだ。じつのところ、もうそういう気力が残ってないんだ」

「億劫」

小夜はその言葉を繰り返して、少し笑った。

「こんなにひどいこと、私、生まれてはじめて言われたと思うわ。びっくりするわね。たしかに私はもう小娘じゃないけど、歳を重ねるとこんなにひどいことも言われたりするのね」

「ひどくないよ。そんな、傷つくような意味じゃない。意味を取り違えているんだ」

「取り違えてないわ」

野呂ははっとした。小夜の声が奇妙に揺らめいていたからだ。あいかわらず穏やかに微笑したまま、小夜は涙を浮かべていた。

「おい……」

野呂が腰を浮かしかけたとき、店主がアイスコーヒーを運んできた。小夜が立ち上がり店主にぶつかりながら店を出て行った。店主は何事もなかったかのように野呂の前にグラスを置く。ほかにどうしていいかわからず、野呂はストローをくわえた。視線を感じて顔を上げると、窓際のふたりがまた見ている（いや、ずっと見ていたのか？）。しかし今度は野呂と目が合うとさっと顔を背けた。

5

碇谷芳朗

砂の上に落ちた自分の影を、芳朗は見下ろす。

七月の午前十時の日差しの下で、影はくっきりと黒い。芳朗は手足を動かし、いろんなポーズを作ってみる。飛んだり跳ねたりもしてみる。

影は細くなったり太くなったりし、自分の予想通りのかたちにはならない。気味の悪いものだ、という感慨を覚える。生まれてから死ぬまで、こんなものに付きまとわれて過ごすのかと。それからはっと我に返って辺りを見渡し、そそくさと歩き出す。

浜に沿った道の途中に、小さな店があるのに気づく。突然、地面から生えてきたかのように思えるのに、佇まいはみすぼらしくすすけていて、今にも倒れそうに見える。芳朗はその店に向かって斜面を登った。近づいてみると、どうやらよろず屋であるようだった。

陳列棚には醤油やスナック菓子、ラップ類やビニール袋などが並び、軒下には浮き輪が三つぶら下がっている。

「大丈夫ですか」

中年の男が、まるで待ち構えていたかのように芳朗を迎えて、気遣わしげにそう言った。

「え、なにが」

「えらくしんどそうですよ。ちょっと座ったほうがいいんじゃないですか」

そう言われれば息が切れていた。浜辺で飛び跳ねたときにすでに疲れを感じていたのだが、そのうえ斜面を登ってきたせいだろう。額を拭《ぬぐ》うとひどい汗だった。

店の男が奥から丸椅子を運んできたので、芳朗は言われるままに座った。それにしても疲れすぎだろうと思う。先週、璐子に連れられ本土の病院へ行ったが、そのあとからむしろ体調がおもわしくない。

「見たことある顔だよね」

そう言う男は、坊主頭に近い短髪で、猿に似た愛嬌《あいきょう》のある顔を親しげに緩めている。くたびれた灰色の開襟シャツにくたびれた黒いズボンという、委細かまわぬ格好をしている。

「もしかして有名人？　俳優さんかな？」

「お尋ね者だよ」

ふいにやけくそな気分になって、芳朗はそう答えた。

「駅や交番に貼ってある指名手配のポスターで見たんじゃないか」

「えー、何やったの？」

男はにこやかに問う。冗談と受け取ったのだろう。

「殺人」

「マジで？　誰をやったの？」

「女を殺したんだ。愛人だった。仕方なかった。妻に全部バラすと脅されていて」

「バラされたくなかったんだね」

「そう。愛人よりも妻が大事だった」

「どうやって殺したの？」

「毒を飲ませた」

「ひゃーっ」

「心臓発作を起こしたように見える毒だ。誰にも疑われなかった。第一発見者になっただけだった」

「あれ？」

男が目を丸くした理由が、最初芳朗にはわからなかった。それから気づいた。

「じゃあ、お尋ね者にはなってないよね？」

「そうだな」

「アハハハハ」

男は芳朗の肩をぽんぽんと叩き、芳朗も笑った。そうだった、殺人で指名手配されていると言ったんだった。殺害方法を毒殺にしたら、でたらめにしても調子がくるってしまった。

「もう行くよ。椅子をありがとう」

芳朗は立ち上がったが、ただ立ち去るのも悪いような気がして、店の中を見渡した。

「あれをもらうよ。あの、縞《しま》模様のやつを」

「浮き輪なんかどうすんのよ。まさか泳ぐ気？」

それもまた、そう言われればそうだった。目についたから、何も考えず口にしてしまったのだ。

港へ行くと、突堤で釣りをする男たちが何人かいたので、芳朗もそこに座った。

結局、浮き輪の代わりに釣竿を買ったのだった。漫画のイラストがついた子供用のやつだったが、それについては「どうすんのよ」とは言われなかった。釣竿だけじゃどうにもなんないでしょうよと、餌と小さなバケツも揃えてくれた。

まんぷく旅籠　朝日屋

あつあつ鴨南蛮そばと桜餅

高田在子

書き下ろし

朝日屋の主・怜治の元同僚、火盗改の柿崎詩門が盗賊に斬られたらしい。安否を確かめにいった怜治だったが、本人に会うことはできず……。

●770円

めざめ

赤川次郎

両親を惨殺された11歳の美沙は心を閉ざしてしまう。娘を救うため、〝母〟の願いが奇跡を起こす。親子の絆と再生を描く感動の長編小説。〈解説〉山前　譲

●770円

新装版 スカイ……
Sky Eclipse
森 博嗣
シリ……完……

世界警察4
悠久のフロスティグレイ
沢村 鐵
書き下ろし
シリーズ完結

ついに明かされる世界……シールドの正体。史上最大規……止めるため、刑事たちは「武器を持たず……戦場へ向かう。〈解説〉松井ゆかり

●1012円

華国神記3
終わりし神の残影に
九条菜月
シリーズ完結

皇帝・沸儀に気に入られ後宮に呼ばれた春蘭。春蘭を、そして華国の未来を巡る戦いの火蓋が、ここに切られる!? 異色の中華ファンタジー。

●924円

決定版 ゲゲゲの鬼太郎3
鏡合戦・妖怪軍団
水木しげる

日本を代表する傑作妖怪マンガ「ゲゲゲの鬼太郎」をはじめて一挙収録する文庫シリーズ、第3巻。日本古来の妖怪と外国の敵が襲来!! 全21話収録。

●880円

絵葉書のように
武田百合子　武田 花 編
文庫オリジナル
●858円

迷い猫あずかってます
金井美恵子
●946円

九十歳、イキのいい毎日
宇野千代
文庫オリジナル
●924円

宗方《むねかた》姉妹《きょうだい》
大佛次郎
●1320円

橘外男海外伝奇集
人を呼ぶ湖
橘 外男
文庫オリジナル
●1100円

惚れるマナー
中央公論新社 編
●726円

……く刊行
本屋でお楽……
中央公……
〒100-815……
◎表示価格は……

といって、釣りをしたいわけでもなかった。浮き輪の次に目についたのが釣竿だったにすぎない。子供の頃から釣りというものに興味を持ったことがない。猿に似た男が冷蔵庫から出してきた餌の小箱は、半透明のプラスチックを透かして何か赤っぽいものが見え、開けてみる気にもならない。しかし傍に釣竿を置いたままここに座っているのも変だろうと、芳朗はパッケージを開けて竿を取り出し、重りも針も付いていたから、そのまま海中に垂らした。

海の彼方には小舟が何艘《そう》か出ている。あれも釣りをしているのだろうか。青いヤッケを羽織った男の船に、黄色い小さなものがふたつ乗っている。あれは双子の女の子たちではないのか。そうか、あの黄色いのはきっと救命胴衣だ、と芳朗は思う。日曜日だから父親に連れられて海に出ているのだろう。いや――違う、あれは男じゃない、女だ。とすれば母親か。ばかに大柄だが、きれいな女に見える。あかるい茶色の髪が風になびいている。

手応えがあった気がして、釣り糸を引き上げてみる。何もかかってはいなかった。そりゃあそうだな、餌もつけていないんだから。再度、糸を垂らして、芳朗は先週の本土でのことを思い出した。

本土に渡ったのは大きな病院で検査を受けるためだったが、芳朗は内心、本土へ行っても病院へは行かないのではないかと思っていた。みゆかや野呂の手前、蕗子はそういう説明をしたが、実際にはみゆかについてさらに調査することが目的なのだろうと。蕗子は芳朗にもそれとは告げなかったが、暗黙の了解というやつで自分たち夫婦は行動しているのだろうと考えていた。

だが、病院へは実際に行った。C町の飛行場からタクシーで二十分ほどの距離にある総合病院で、部屋から部屋へと歩き回って、脱いで、また着て、また脱いで、横にされ、縦にされ、血を採られ、薬を注入されることになった。まさに検査だ。合間合間に蕗子の顔を窺ってみたが、「きつい?」とか「あとちょっとのがまんよ」とか労りの言葉が返ってくるだけだった。

倒れたわけだし、島の診療所で高血圧を指摘されもしたのだから、とにかく検査は必要だったのだろう。そう考えてみるが、何か釈然としない。芳朗は、病院の長い廊下を思い出す。果てしなく長く、曲がり角がたくさんあって、タイルの上に引かれた案内の矢印に従って歩いているうち、自分がいったいどこにいるのかわからなくなってくるようだった、あの廊下。今もまだそこを歩いているような不安感と心細さがある。

廊下を先導していくのは蕗子だった。蕗子だけが行き先を知っている、という感覚が今もまだ消えない。自分はただ連れられていくだけだ、という感覚。これまではいつも、自分が妻を庇《かば》い、自分が夫婦ふたりの人生を先導しているという自覚があった。その自覚が揺らいでいる。蕗子は何か隠している。芳朗は、自分が妻を疑っていることを認めた。あの女――浅江のことで、何か僕が知らないことがあるのか。今考えれば、この前、蕗子ひとりで本土に渡ったときがあやしい。あの日の行動を蕗子は僕に話して聞かせたが、話していないことがまだあるのではないか。あるいは、僕に話したことはすべてでたらめだったのではないか。

「おーい、おーい」

声に顔を上げると、野呂の姿があった。巨体を揺らしながら走ってくる。

「何やってんだこんなとこで！ 探したんだぞ！」

「なんだ、何かあったのか」

芳朗は慌てて腰を浮かした。何かあったとすれば、蕗子のこと以外にないだろう。

「何かって……なんだ、釣りか？」

野呂は気が抜けたように芳朗の隣にしゃがみ込んだ。

「黙っていなくなるから、蕗子さんがえらく心配してるんだよ。またどこかで倒れてるんじゃないかって。ああ、とにかく電話しないと」

野呂は自分のスマートフォンを取り出して操作したが、「自分で話せ」と芳朗に渡した。

通話はすでに繋がっていて、「もしもし？」という蕗子の声が聞こえた。

「見つかったの?」

「見つかったよ」

蕗子を笑わせたくて芳朗はそう言った。

「あなた? どこにいるの? どうして野呂さんの電話で喋っているの?」

蕗子の声からは緊張がまだ消えない。突堤にいること、野呂が探しに来て今隣にいるということを、芳朗は説明した。

「散歩に行くって言わなかったか?」

しばらく間があってから、「聞いてないと思うわ」と蕗子は答えた。

「心配しすぎなんだよ。どこに行ったって島の上にはいるんだから」

「心配なのはこの前、倒れたばかりだからよ。誰もいないところで倒れたら戻ってこられないわ」

「君をおいて行きはしないよ」

今度こそ蕗子を笑わせようと思って芳朗はそう言った。蕗子は笑わず、かわりに横にいた野呂が「だはっ」という声を上げた。

「野呂さんと一緒に帰ってきてね」

「わかった、わかった」

「臆面もないとはこのことだな」

電話を切ってスマートフォンを返すと、野呂が苦笑いしながら言った。

「からかったんだよ。あんまり心配するから」

「朝食の途中で黙って出ていったらそりゃあ心配もするだろう」

「……言ったつもりだったんだけどな」

しかしあらためて考えてみると、散歩してこようと思っただけで蕗子には告げていないような気もしてきた。蕗子と野呂のふたりが言うのだから、そちらのほうが正しいのかもしれない。それで芳朗は、朝食のときのことを思い出してみた。何を食ったのだったか――そうだ、フレンチトーストだ。ふわふわで旨かった。しかしたしか全部は食わなかった。なぜだろう。なぜ食事を中座したのだったか。

「甘かったんだ、ちょっと」

そうだ、それにバニラの香料もちょっときつかったんだと思いながら、芳朗は言った。

野呂は不審そうな顔で芳朗を見た。

「何、釣ってるんだ」

話題を変えることにしたようだ。わからん、と芳朗は答えた。

「まだ一匹も釣れてないんだ」

「そのようだな。どうする？　もう少しねばるなら、俺が蕗子さんにそう言っておくよ」

「いや、帰るよ」

芳朗は立ち上がった。傍に置いて糸を垂らしたままだった竿を手に取ると、野呂がそれをちらりと見た。

「野呂さんは島へ来てから一度も本土に戻ってないよね」

歩き出しながら、芳朗は言う。さしたる意味もない質問だが、その一方で、病院の廊下を再び思い浮かべている。野呂も含めてすべてが繋がっていて、自分をどこかに連れていこうとしているかのような感覚。

「戻る用事もないからなあ」

今日の野呂は、花札柄のアロハシャツを着ている。薄桃色の地に黒枠の札の絵が散っている、みょうに艶《なまめ》かしい柄だ。

「出版社との付き合いとか、もうないの？」

「ないわけじゃないけど、どうしても付き合わなきゃならないというものはないね」

「銀座のクラブとか、六本木のバーとか、懐かしくならないの？」

「どうかな。まあ、絶対とは言えないけど、案外もう二度と行かないかもしれないなあ」

野呂が浜に降りたので、芳朗も従った。再び、砂の上の影を見る。影には実際の体駆《たいく》ほどの大きさの違いはない。海鳥が一羽、ふたりの前を横切って海の上の空へ向かった。それを野呂はしばらく目で追っていた。

「最後の一回、ということをこの頃よく考えるよ」

野呂は言う。

「この先もう二度と銀座のクラブに行かないとしたら、銀座に行った最後の一回というのがあるはずだろう。それはいつだったんだろうなって考えるわけさ。日付は思い出せても、誰と会ったとか何を喋ったとか、案外覚えてなかったりする。だってそのときは、それが最後の一回になるとは思っていなかったわけだからな。そういうのが、けっこうあるんだ、この歳になると。人間だってそうだ。知り合いで死ぬやつがそろそろ増えてくる。訃報《ふほう》が届くと、あいつと最後に会ったのはいつだったか、最後に交わした言葉はなんだったかって考える。それがよく思い出せない。死んだことより、思い出せないことにダメージを食らうんだ。曖昧な最後の一回に取り囲まれて、〝真綿で首を絞められる〟っていうのはこういうことじゃないかって気分になるんだよ」

「でも、曖昧なほうがいい場合もあるじゃないか」

野呂の饒舌《じょうぜつ》に少し驚きながら芳朗は言った。

「最後の一回を全部それとして覚えていたら、身動きが取れなくなるんじゃないか？」

「まあな」

野呂は同意する。

「死ぬ間際にそれまでのことが〝走馬灯のように巡る〟ってよく言うだろう。あれが、最後の一回じゃないかと思うんだよな。曖昧だった最後の一回の全部がありありと鮮明になって、押し寄せてくるんだよ、今際《いまわ》の際に。最後の一回の逆襲だよ」

「よしてくれ、おそろしい」

ふたりは笑った。ちょうど行きがけに寄ったよろず屋に差し掛かったところで、さっき芳朗のために持ち出された椅子に今は店の男が腰掛けていて、まるで話に加わっていたかのように、ふたりに向かって笑いかけた。

「小説、もう書かないのか？」

遠慮のない質問を芳朗はした。今ならいいだろうという気分になったのだ。

「書かない。俺が小説を書く最大の理由は退屈なんだ、退屈を紛らわすために書いてきたんだが、退屈に慣れてしまった」

野呂は両肩を回しながら答えた。

「もうとくに、知りたいこともないしな」

「そうか？」

「そうさ。このうえ最後の一回を増やしたくないよ」

ふーむと芳朗は唸った。知るというのはそういうことなのか。しかしそんな理由で新たに知ることをやめたら、それは早々と生きるのをやめたことになりはしないか。

最後の一回か。

芳朗も考えてみる。あの女との最後の一回はどのようなものだったか。

別れ話をした日のことは細部まではっきり覚えている。自分では、その日を女と会う最後の一回にするつもりだった。女は怒って、泣いて、かき口説いて、芳朗は逃げるように女の部屋から立ち去った。最後のセックスをするつもりでもいたのだが、女の体に触れることもできず、楽しかった思い出を語り合って慰め合うこともしないままに終わった。終わった、と自分では思っていた。

その前の週に、テレビ収録の最後の一回が終わっていた。出演契約を更新しないことは芳朗のほうから言い出したことだが、最初の頃ほど視聴者からの人気もなくなっていた頃だったから、すんなり了承されていた。だから女とも、もう二度と会うことはないはずだったし、だからこそ別れを決めもしたのだ。しかし別れ話から十日ほど経って、女は芳朗に連絡してきた。

この前、ちゃんとしたお別れができなかったから、もう一回だけ会ってほしい。そう言われて拒否できなかったのは、今考えれば——自分に正直になるならば、女にまだ未練があったせいだろう。一度、自分のほうから別れ話を切り出したことを免罪符みたいに思っていたのだろう。そうして、女のマンションへのこのこ出かけていくと、そこには女とともに蕗子がいたのだった。

女の最後の言葉は何だったか。

あの日、女はよく喋った。ほとんどひとりで喋っていた。ほとんど芳朗ではなく蕗子に向かって、自分と芳朗との関係がどれほど深いか、自分はどれほど芳朗から愛されているか、今日だって、もう二度と会わないと言っていたのに私の頼みを聞いて来てくれたのだから、と言い募った。最後に彼女の口から出た言葉は何だったのか。

芳朗は覚えていない。何だったにせよ、それが最後の言葉になるとは彼女自身も思っていなかっただろう。なぜならそれが最後の言葉になったのは、彼女の命が突然失われたせいだからだ。

毒殺。

その言葉が再び脳内に浮かび、くの字になって倒れ、苦悶の表情を浮かべている浅江の姿が明滅した。

なんだ、これは？　芳朗は思う。これは違う。浅江はベランダから落ちて死んだのだから。蕗子が浅江を突き落としたのだから。

さっき、よろず屋の男に喋った出まかせのせいだろう。思いつきで口から出た毒殺という言葉が、きっと意外な影響力を発揮しているのだろう。

玄関のドアは青。真っ青、といっていい色だ。

この色は三人で相談して決めた。黒やもう少し薄い青、あかるい灰色と揉めたすえに、この色になった。やっぱりいい色だ、と芳朗は思う。

そのドアの横に、細長いはめ殺しの窓がある。ラベンダー色の鉄のフェンスは装飾を兼ねて、凝った模様が浮き彫りになっている。こちらはたしか、この色の褪せた感じがいいということで、元のまま残したんだった。たしかにこの家によく馴染んでいる。そのせいか、移住してきてから今までちゃんと見たことがなかったな、と芳朗は考える。

ドアは、野呂がノブに手をかける前に内側から開いて、みゆかが顔を出した。あきらかに待ち構えていたに違いないが、たまたま近くにいたというふうに「お帰りなさい」と微笑して、ふたりを家の中に通すと、そそくさとどこかへ消えた。蕗子はダイニングの椅子に掛けていた。気を遣ったらしい野呂が二階に上がっていったので、芳朗は仕方なく妻のそばへ行った。なんとなく叱られる子供のような気分になっている。

「コーヒー、新しいのを淹れたけど、飲む？」

いや結構だと芳朗は答えた。

「フレンチトースト、温め返しましょうか」

「いや……」

「釣ったお魚でも食べてきたの？」

嫌味というものを言わない女だから、冗談のつもりなのか。芳朗はついまじまじと妻の顔を見た。すると蕗子は立ち上がった。

キッチンへ入り、水を入れたコップを持って戻ってきた。

「本当は、食べものを胃に入れてからのほうがいいんだけど……」

コップと一緒に芳朗の前に置かれたのは、二錠の緑色のカプセルだった。

「なんだ、これ」

「高血圧の予防のお薬。飲むように言われたでしょう？」

「えっ」

言われた覚えはなかった。しかし医師と熱心にコミュニケーションを取っていたのは蕗子のほうだったから、彼女は聞いたのかもしれない。検査が終わったあとは疲れ切って、ロビーのソファにへたり込んでいたから、その間に蕗子ひとりで調剤薬局へも行ったということは考えられる。

「なんで今日になって突然出てくるんだ?」

投薬が必要なら病院から戻ったその日から開始するのがふつうだろう。

「忘れてたのよ。うっかりしてたの」

蕗子はさらりとそう答えた。妙な話だと芳朗は思う。うっかり忘れていい程度の薬なら、飲まなくてもいいんじゃないか。今日になってどうしてそんなに仰々しく持ってくるんだ?

だが結局、芳朗はそのカプセルを飲んだ。蕗子がじっと見ていたし、飲みたくないということは、妻を疑っているとあかすようなものだったから。

碇谷蕗子

庭でいちばん大きいのは山法師の木だった。蕗子はその下に屈《かが》み込んだ。木の根元には、黄金色の細葉が繁り、薄いピンク色の花が満開になっている。露草の園芸品種だそうだ。自分でいろいろ庭に植えようと思っていたのだが、結局、ほとんどみゆかに任せきりになっている。島特有の気候があるから、植物の育ちかたも本土とは違う。

それを勉強するのも楽しみになるはずだったが、結局今日まで何の知識も身につけぬまま、日々の移ろいに応じて庭のあちこちで咲く花を、ただ眺めている。

「ええ、飲んでるわ」

蕗子は言う。携帯電話で喋っている。芳朗は部屋で眠っている。いつものように朝八時頃に起床して朝食を食べたが、そのあとすぐに二階に上がり、仕事をしているかと思ったらベッドで寝息をたてていた。

「ええ、毎日。最初はちょっとへんな顔をしてたけど、納得したみたい。今？　寝てるわ。この頃体がだるいみたい。……ええ、そうね。そうなんでしょうね」

有吉さーん。電話の向こうで、呼ぶ声がした。あ、ごめん、ちょっと待って。有吉欽弥は蕗子にそう言うと、呼びかけた誰かに向かって、「ゴロさんが知ってるから」と返した。ゴロさんはー、という相手の声がまた聞こえてくる。

「悪い、かけ直す」

話が解決しなかったらしく、欽弥はいったん電話を切った。蕗子はしゃがんだまま待った。電話は欽弥のほうからかかってきたのだが、彼は今職場にいるのだろうか。ゴロさんというのは誰だろう。苗字だろうか、名前だろうか。

玄関へのアプローチに沿った日当たりのいい場所では、黄色に茶色の線が入った花弁の、百合に似た小ぶりの花が咲き誇っている。ヘメロカリスの、コーキーという品種だとみゆかから聞いた。茶色の線は入る個体と入らない個体があって、咲くまでわからないそうで、入ってる入ってると喜んでいた。たしかに、茶色が入ることで野生的でシックな風情になっている。

この景色は欽弥には見えない、と蕗子は思う。薄ピンク色の露草も見えないし、野生的なヘメロカリスの群生も見えない。コーキーの花弁に茶色い線が入っているかいないかなんてことを、欽弥は一生の間にちらりとも考えはしないだろう。同様に、私には欽弥の職場が見えない。欽弥を呼んだひとが女性であることは声からわかるが、何歳なのか、どんな姿形をしているのか、どんな用事があって欽弥を探していたのかはわからないし興味もない。ゴロさんが誰なのかもわからない。ゴロさんに聞けば何がわかるのか、ゴロさんはどこにいるのかもわからない。私には何の関係もない。きっと数日後には、ゴロさんという名前も忘れてしまうのだろう。

奇妙なことだ、と蕗子は考える。こうして電話を通して繋がって、ふたりだけの内緒の相談をしていても、相手が見ている景色は見えない。相手が知っていることのほとんどを知らない。相手にとって重要なことのほとんどに、かかわりすら持たない。欽弥にかぎったことではないだろう。相手が友人である場合と、家族や恋人である場合とではどれほど違いがあるだろう。

電話が鳴り出し、蕗子は応答した。

「ええと……どこまで話したっけ」

実際のところ、もう話すことはほとんどなかった。あとは気遣いの言葉だけ、というところだろう。それでも欽弥はいくつかの質問を追加し、意見を述べた。

「気休めなのはわかってるわ。でも……ええ、そうよね」

蕗子は言った。玄関が開き、みゆかが出てきた。こちらをちらちら窺っている。

「切るわね。ありがとう。またいろいろ教えてくださいね」

電話を切ると、蕗子は立ち上がった。どうしようと迷う間もなく、みゆかが近づいてきた。微笑みはなく、困ったような顔をしている。

「きれいね、これ」

と蕗子は露草を指して言ってみた。

「トラデスカンティア」

とみゆかは言う。呪文みたいに聞こえた。

「露草の学名なんですよ。トラデスカンティア」

「そう呼ぶほうが似合うわね、この花は。覚えられそうにないけど」

「私も、自分が覚えてるのが不思議です。食材と花の名前は苦もなく覚えちゃうんですよね。受験勉強の暗記は全然ダメだったのに」

「ウフフ」

蕗子が笑うと、みゆかも少し笑った。それから間ができた。みゆかはこのまま立ち去る気はないらしい。蕗子は心の中で溜息《ためいき》を吐いた。仕方がない。状況は刻々と変化していくのだから。

「どうかしたの？」

「いえ、あの……ご主人、お昼ごはんどうされますか。さっきお掃除に上がったら、お休みになっていたので」

「ああ、そうね。お昼は結構よ。私もいらない。適当に食べるから」

「体調ですか？」

「え？」

「臥《ふ》せってらっしゃるのは、体調のせいですか？」

「ええ、そうよ。どうして？　ほかに何か理由があるかしら」

「お伝えしたほうがいいのか、迷っていたんですけど」

意を決したようにみゆかは蕗子を見た。蕗子は額に手をあてた。うっすらと汗をかいている。今まで気がつかなかったのか、それとも今、汗をかきはじめたのか。
「ご主人は、何か私を疑っているみたいなんです」
「どういう意味？　なぜそう思うの？」
「見張られてるのを感じるんです。とくにキッチンにいるとき、視線を感じるとたいてい
ご主人がうしろにいて。私が振り返ると、たまたま通りかかったというふうにその場を離
れますけど、この前はキッチンに入ってきて、ちょうど下ごしらえをしているときだった
んですけど……」
みゆかはそこでちょっと言い淀《よど》んだ。何があったの？　と蕗子は先を促した。胸がどき
どきしてくる。
「鶏肉を揚げようと思って、下味をつけていたんです。これを食べてみてくれないか、と
ご主人は言いました。冗談だと思ったんです。揚げる前の、生ですから。ちょっと無理で
すね、と答えたんです。そうしたらご主人の表情がすうっと変わって。どう言えばいいの
か……何か、ものすごく冷たい顔になって、私を見て。食べられないのか、やっぱりなっ
て、仰ったんです」
蕗子は再び、ゴロさんのことを考えた。有吉欽弥は与《あずか》り知らぬ露草（学名はもう忘れて
しまった）やヘメロカリスや、花弁の茶色い線のことを。ひとは誰かに相談したり泣きつ

いたり愚痴を聞いてもらったりすることはできる。でも、それでも、結局ひとはひとりなのだ、と蕗子は思う。

そうして蕗子は、ひとつの決心をした。

「あなたにお伝えすることがあるの。誰にもひみつにしてほしいんだけど」

「はい」

みゆかは唾を飲み込むようにして頷いた。この展開を、このひとはどのくらい予想していただろう、と蕗子は思う。ただ、自分は蚊帳《かや》の外にいるわけではないと私に伝えることだけが目的で、実際に何かを打ち明けられるとは思ってもいなかったのではないか。

「夫は、がんなんです」

みゆかは目を見開いた。もちろん、予想外の答えだったのだろう。

「この前倒れたとき、診療所でその疑いがあると言われて、本土の病院で検査して、はっきりしたの。手術ができない場所で、抗がん剤治療も効果よりも辛《つら》さのほうが上回るって。だからもう、何もしないって決めたの。これは私の決断よ。夫には病名は言ってないの。あのひとは、脳梗塞の予防のための検査を受けただけだと思っているの」

目を見開いたまま、みゆかは頷く。一回、二回。「がん」という言葉を聞いたら、誰だってまずはそんなふうに神妙な顔で頷くしかないのだ。

「だけど、まったく疑ってないわけじゃない。へんだとは思ってるはず。検査のときだって違和感があったでしょうし、体調も悪いし。だからといって私に問いただす勇気はないの。そういうひとなの。それで不安だけが大きくなっているの。何か理由がほしいのよ、自分の不安や、体調の悪さに」

「私が毒を盛ってるとか、そんなふうに考えてるんでしょうか」

「そうかもしれないわね」

たぶんそうなのだろう、と思いながら蕗子は言った。それから、

「突拍子もない考えだけれど」

と付け加えた。額を拭う。ひどい汗だ。ハンカチを持ってこなかった。

「中に入りませんか。今日の暑さはひどいです」

みゆかが言った。蕗子は彼女に従った。芳朗も、目を覚ましているかもしれない。

玄関のドアを開ける前に、みゆかがふっと振り返った。

「私にもひみつがあります。おふたりには話してないことがあるんです」

「誰だってそうよね」

蕗子は頷き、そう言った。みゆかがこれから彼女のひみつを話そうとしているのなら、どうしたら聞かずにすむだろうと考えた。

「でも、毒を盛ったりはしません」

どこか子供っぽいきっぱりとした口調で、みゆかが言ったのはそれだけだった。

ブティックの女店員は、左の目元に大きなホクロがあった。大きさとともに厚みもあり、まるでビロードを切り抜いて貼りつけたみたいで、実際、蕗子は付けボクロだろうと思ったのだが、近づくとそのホクロから、短くて太い毛が何本か生えているのがわかった。女店員は蕗子に喋りかけながら、ときどきその毛を指の腹で撫でた。

そのとき蕗子は三十六歳だった。自分がどうしてその店に入ったのかわからなかった。犬の到着を待っていた家からこっそりと抜け出し、バスに乗ってこの街へ来たのだが、その間ずっと考えていて、考えの道筋がいやなところに差し掛かると、実際の道を曲がる、あるいは信号が変わりかけている大通りを走り抜ける、目についたビルの自動ドアをくぐる、そんなふうにして、この店へやってきたのだった。

その複合ビルに入ったことはこれまでにもあり、服や靴を買うこともあったけれど、そのブティックはいつでも素通りするだけだった。先鋭的なデザインの、黒い服ばかり売っている店で、自分が着られそうな服があるとは思えなかったから。でもその日、蕗子はふっと体の方向を変えて、店内に入り、どこがどうなっているのかわからない黒い服の森を歩き回り、ホクロのある女店員に付きまとわれていた。

女店員の言うこと——デザイナーのポリシー、着てみないとこの服の良さはわからないということ、蕗子のような女性にこそ着てみてほしいということ、ちょうどいま蕗子が手で触れているワンピースなど、絶対に似合うはずである云々《うんぬん》——を、ちゃんと蕗子は聞き取って、理解していた。そしていくつかの相槌《あいづち》——まあ、へえ、そうなんですね、ほんとに？——を返してもいたが、頭の中の半分では、そこまでの道々そうだったように、犬のことを考えていた。

犬。

テレビ局で邪魔になって、芳朗が飼うことを決めた犬。今頃はすでにうちに連れてこられているかもしれない犬。あなたは犬を飼いたいのね。蕗子は頭の中で、芳朗に語りかけていた。

あなたはもうあきらめたのね。だから犬を飼いたいのね。そうなんでしょう？　あなたは子供をあきらめて、そのかわりに犬を飼おうとしてるんでしょう？　わからない？　犬を飼えば、決まってしまうのよ。私たちはもう子供は持たない。いいえ、あなたはわかっているはずね。わかっていて決めたのね。決めてしまったのよ、勝手に。私はもう決して母親にはなれない。あなたがそれを決めたのよ。

「これ、試着してみます」

蕗子は女店員に言った。そして頭の中の自分の声を振り切るように試着室に入ったのだった。でも、その結果、狭いところでひとりきりになって、鏡に映った自分と向かい合うことになったのは最悪だった。それは悪い蕗子だった。わけのわからない黒い服を着て、暗い顔で、また喋り出した。その女は芳朗ではなく鏡のこちらの蕗子に向かって語りかけた。

あの犬は、芳朗が引き取らなければ殺される運命だったんでしょう? 芳朗が、あの犬を救った。引き換えにあなたの子供を犠牲にしたのよ。あの犬のせいで、あなたはもう子供を望めない。妊娠する可能性はまだあったかもしれないのに、もうなくなった。ずっと昔に、南の島の浜辺で青い乳母車を見つけたときのことを覚えてる? あれと、今度の犬とで、呪いが完成してしまったのよ。あの犬は死ぬべきだったの。そうすればあなたは母親になれたかもしれないのに。

「いかがですか、お客様」

試着室のドアの向こうから、ホクロの女店員が言った。蕗子は扉を開けた。

「まあ。すごく素敵」

女店員は感嘆してみせた。ちょっとお待ちくださいねと言って、靴やブレスレットやストールを両手に抱えて戻ってきた。蕗子は言われるままに、それらを身につけた。

「いただきます、全部」

蕗子は言った。


部屋へ戻ると、芳朗はまだ眠っていた。

ベッドの脇で蕗子はじっと夫の顔を見下ろした。それから突然、こんなのはもうがまんできないという気分になって、夫をゆさゆさと揺さぶった。

芳朗は、瞼を糊《のり》づけでもされていたかのように苦しげに目を開けた。蕗子を見て怯えた顔になる。

「パソコン、動かしてもいいかしら」

思いつきで蕗子はそう言った。芳朗の顔はまだ強張《こわば》っている。

「インターネットの注文が溜まってるんじゃない？　わかるものだけ私がやっておくから」

「ああ……」

ようやく芳朗の顔は弛緩《しかん》してくる。急ぎのものはないはずだという意味のことを呟く。

「気になるから、見てもいい？」

芳朗は頷いた。会話を切り上げてもう少し眠るつもりなのだろう。蕗子は、状況が何ひとつ変わっていないことに腹を立てながら――悲しくなるより怒るほうがマシだ――、夫の机に向かった。

パソコンを起動させ、メールソフトを開く。そのくらいのことは蕗子にもできる。ソフトが自動的にメールを受信し、六通の新着メールが届いた。そのうち二通がホームページ経由の注文のメールで、残りはDMの類《たぐい》であるようだった。蕗子は注文メールを開いてみた。一通が李朝の水滴、もう一通が古九谷の皿の注文だった。蕗子は納戸へ行ってしばらく探し、水滴を見つけた。丁寧に梱包し、郵便小包にして、宛名を書き、「骨董いかりや」のスタンプも捺《お》した。

「郵便局まで行ってくるわ」

蕗子はそう言ったが、芳朗に聞こえたとは思わなかった。小包と日傘を持って家を出た。パソコンの操作をもっと覚えなくちゃ、と考えた。それに自転車もあったほうが便利ね。自転車は、少し練習しないとこわいかもしれない。もう長い間乗ってないから。パソコン、自転車、パソコン、自転車、と歌のように考えながら歩いた。

町の景色はいつもと違って見えた。夏休みがはじまったせいかもしれない。ひとが多い。そうして、そのひとたちはみんな色彩が濃くて、水彩画の上に油絵の具を塗り込めたみたいな感じがする。

郵便局の扉は水色の塗料を塗った鉄枠にガラスが嵌め込まれている古風なもので、押し開けると、ドアベルがからんころんと鳴った。いらっしゃいませ。カウンターから局員の女性が微笑みかける。蕗子も微笑み返したが、そのまま動かずに突っ立っていた。持って来た小包は、まだ送ることはできない。品物の代金が振り込まれたかどうかたしかめていない。見たのは注文のメールだけだった。返信し、在庫があることを客に伝える。場合によっては客が値引き交渉をしてくることもある。最終的に決まった金額を、客は振り込む。それを確認してからの商品発送となる。それが通常のプロセスなのだ。そのことに今更気がついた。

蕗子はくるりと回れ右して、郵便局を出た。背後でドアがからんころんと鳴る。こんな結果は予想通りだったような気もした。どのみちメールを斜めに読んで、たまたま見つけた商品をひとつ発送してみたところで、どうにもならない。いったい私は何をやっているのか。

風景に油彩の印象はさらに濃くなっていて、それはあきらかにこの島の住人ではない女たちのせいであると今はわかる。女たちは太い川の流れのように、同じ方向に移動していた。年齢層は幅広いように見えたが、全体的に華やかで活気に満ちていた。ほとんどの女が、口紅でくっきりとかたどった唇を大きく開けて、笑ったり喋ったりしていた。今、風景の中で動いているのは女たちだけで、島の住人たちはその「川」の畔《ほとり》に佇んで、動物の移動を見るように女たちを眺めていた。

最後尾の女と蕗子の目が合った。大柄で、目も口も大きなその女が、蕗子に向かって手招きした。蕗子は女のそばに行った。女が顔中で笑いかけて、蕗子の背中をバンバンと叩く。蕗子は女たちの行進の中に混じった。大柄な女は強い香りを放っていた。いや――この女だけの匂いではない。女たちがつけている様々な種類の香料が入り混じってひとつの香りになっているのだ。

蕗子は女たちに連れられていった。自分の意思はなく、ただ川の流れに身を任せているようなものなので、どこをどう歩いているのかわからなかった。犬を迎える予定だった日に、我知らずブティックへと辿り着いたときとも似ていたが、「ハーメルンの笛吹き男」のことを思い出しもした。町のねずみ退治をした男が約束のお金を払ってもらえず、町中の子供たちを連れてどこかへ行ってしまったという物語。ドイツに伝承する話で、その元となった出来事についてのおどろおどろしい説もどこかで読んだ気がするけれど、今、蕗子は、行き先がどこであれ、どこかへ――誰にも探せないところへ行ってしまいたい、と思っているのだった。

「……八キロも太ったんですって、そんなふうには見えないでしょう、脂肪じゃなくて筋肉が増えたんだって」

大柄な女が喋っている。何のことかわからないまま、「まあ」と蕗子は相槌を打った。さっきからほとんど無意識に、そんなふうな相槌だけを返していた。

「あとさ、別れたじゃない？　最近、恋人と。太ったからですかねなんて言って、笑い取ってたけど、あれ本当だよね。太ったからっていうか、マッチョになってきらわれたんだよね。相手は女だってみんな思ってるでしょう……男だよね、たぶん」

「まあ。そうなの？」

そう言う大柄な女の声も、奇妙に野太かった。女たちの隊列は今は丘に沿った広い道を歩いていた。その丘は道に届くところですぱっと縦に切られたような形状で、バームクーヘンに似た地層があらわになっており、この島独特の景観を作っている。カーブを曲がると、ロケ隊がいた。「ロケ隊」なんて言葉が蕗子の念頭に浮かぶのは、大柄の女のお喋りの中に何度か出てきたからに違いなかった。

「ああ！　見て！　なんてセクシーなの！」

女が、それこそセクシーな声を上げた。ショーン過足は襟元が伸びたようなランニングシャツとカーキ色の軍隊ふうのズボンという姿でそこにいた。

行く必要はなかったのだ、と蕗子は思う。

あの女のことは、あの時点ですでに過去のものになりつつあったのだから。

芳朗の心がこちらに――こちらというのが蕗子なのか、「家庭」というものなのか、あるいは「日常」というべきなのかはわからなかったが――戻りつつあることを、あのとき蕗子はすでに感じていた。芳朗があの女とすでに別れたか、別れようとしていることはたしかだった。だったら、女からの呼び出しに応じる必要はなかったのだ。呼び出しを黙殺すれば、女の存在を夫婦の歴史から消し去って、なかったものとすることができたはずだった。

けれども蕗子は応じてしまった。理由のひとつには、「芳朗さんもいらっしゃいます」と女が言ったことがあった。芳朗も来る。女と夫をふたりきりにしたくない、と思ったわけではなかった。女と蕗子、ふたり揃った前で、夫がどんな顔をし、何を言うのか知りたかったのだった。それは結局のところ、なかったことにはしたくなかった、ということだろうか。わからない。あのときの自分の心の内は、それ以後の月日の中で幾度も塗り替えられ削られ書き足されて、本当はどうだったかなどもうさっぱりわからなくなってしまった。

午後五時というのが、女が指定した時間だった。義母に食事をさせ、寝ついたのをたしかめてから、家を出た。義母はおむつをいやがったが、蕗子は外出を強行した。有り体に言えば、そのとき義母のことなどどうでもよかった。冬だったから、辺りはもう薄暗かった。寒くて、バフ色のモヘアのコートを羽織って出かけたことや、コートの襟を立てたときの、頬に当たるチクチクした感触のことも覚えている。

あの頃はスマートフォンはもちろん携帯電話すら普及していなかったから、女から教えられた道順に沿って女の家を目指した。女のマンションは東中野に近い線路沿いにあった。十階建ての細長いマンションで、数えられるほどの窓にぽつぽつと明かりが灯《とも》っていた。いつだって温かさや親密さを連想していた窓の明かりのひとつが女の部屋で、そこでこれから女と自分と芳朗とが顔を突き合わせるのだと考えると、ひどく奇妙な感じがした。

女の部屋は最上階だった。芳朗はまだ来ていなかった。すぐに来ます、と女は、自分の夫であるみたいに言った。芳朗も来るというのは嘘ではなかったのかと蕗子は疑ったが、だからと言って立ち去ることも最早《もはや》できなかった。女、女の部屋、そこに残っている芳朗の気配、それらが檻《おり》みたいに蕗子を取り囲んでいた。それに女は、ティーバッグで淹れたとおぼしき薄い紅茶を蕗子の前に運んできたあと、のべつまくなしに喋っていて、蕗子に立ち上がる隙を与えなかった。

奥さんには申し訳ないと思っている。でも芳朗さんのことが好きでたまらない。この気持ちはどうしようもない。芳朗さんも私を愛してくれている。でも彼はやさしいから、奥さんを裏切っていることで苦しんでいる。彼を解放してあげてほしい。——そういうことを女は喋った。同じ内容のことを言葉を変えて、何度も何度も繰り返した。蕗子は一言も挟まず、黙って聞いていた。

結局、芳朗は六時近くなってあらわれた。これで少しは静かになるだろうと蕗子は思ったが、女はむしろ勢いづいて、これまで蕗子に話したことをさらに感情的に増幅させて、もう一度最初から話しはじめた。そのうえ芳朗にとっては、蕗子がそこにいることはまったく予想外であったらしかった。彼はすっかりパニックを起こしていた。女の言葉を遮り、訂正し、言い訳するということを、癇癪《かんしゃく》を起こした子供みたいな調子でやったので、女が煽《あお》られ、さらなる激しい言葉の応酬になり、事態は収拾がつかなくなった。

蕗子は傍に置いたコートを抱えて、立ち上がった。がまんの限界だったし、芳朗と女はその場に蕗子がいないかのように言い争っていたから、今ならここから逃げられる、と思ったのだ。けれども女が気がついた。女は蕗子の腕を摑んだり、先回りしてドアの前に立ちはだかったりはしなかった。ただそれと同等かそれ以上の暴力性を持つ言葉を放って蕗子を引き止めた。

私なら芳朗さんの子供が産める。女はそう叫んだのだ。蕗子はくるりと振り返った。そうして、女の頬を叩くために手を振り上げた。

野呂晴夫

この島でのロケは今日と明日の二日かけて行われることになっていた。

気が進むわけではなかったが、請われて野呂は撮影現場にやってきた。地層の切断面に縁取られた舗装路。海側のガードレールに沿って見物人たちがひしめいている。ほとんどが女で、島の人間より余所者《よそ》の顔のほうが多い。ショーン過足のファンクラブ会員を招待したとか優待したとか、そういう話をそういえばスタッフがしていた。

野呂は女たちからは離れて、監督のそばに立っていた。リハーサルの準備中で、ショーン過足が黄色い自転車に乗って、カーブの向こうへ走っていく。キャーッと女たちが叫ぶ。

「あの自転車、いいでしょう?」

監督が野呂に話しかけた。野呂は名前を知らなかったが、テレビドラマの監督としてそこそこのキャリアがある男で、今回は彼にとって二作目の映画作品になるとのことだった。

「原作通りですね」

野呂は答えた。

「イメージ通り？」

「ええ、まあ……」

「なかなか思うようなのが見つからなくて、古い自転車をうちの小道具係が加工したんですよ」

「なるほど」

野呂はちょっと笑ってしまった。脚本を読ませてもらったが、原作は大幅に改変されているのだ。自作の映画化（これで五度目だ）を了承した場合、改変だろうが改悪だろうが好きに撮ってくれというのが野呂の基本的態度だからそれはいいのだが、それでいてさほど重要とも思えぬ自転車の風合いにそこまでこだわるのが奇妙に思えたのだ。

「〝古びているのに黄色い塗料がところどころ鮮やかな〟」

監督は、原作の一文を暗唱してみせた。

「象徴的なフレーズですよね」

「はあ」

野呂は曖昧に頷いた。

リハーサルがはじまった。「スタート！」という監督の声とともにカチンコが鳴り、間もなくショーン過足の姿が、カーブのこちら側にあらわれた。歓声と拍手。緩く長い上り坂を、長身の男は自転車に覆いかぶさるようにして、スピードを上げて漕《こ》いでくる。

このシーンは原作中にもある。夢の場面だ。覆いかぶさってくるような山の中と小説に書いた風景が、地層の断面に置き換えられている。書いた当時にこの島に来たことがあれば、この風景を使ったかもしれないなと野呂はぼんやり考える。ショーンは坂を登りきり、自転車を止めた。生真面目な顔で監督の反応を待っている。監督から幾つかの指示が出て、ショーンは生真面目な顔のまま頷いてまた自転車で坂を下りていく。スタート。カチンコ。再びショーンは登ってくる。さっきよりも苦しげな顔をしているのは、演技指導があったからか、実際に疲れているのか。リハーサルの前から自主的に何度となく坂を登ったり下りたりしていた。

それにしてもきれいな男だ、と野呂は思う。歪んだ顔をしていても見られるし、むしろ歪んでいたほうが魅力が増すとも言える。こいつが俺を演じるのか。また笑いたいような気分になってくる。映画化の話が進んで主演男優がショーン過足に決定したという話を聞いたときは、まあ多少は美化しないと映画にならないよなとしか思わなかったが、実際にこの男を目の当たりにしてみると、美化どころの話じゃない。俺を溶かして捏《こ》ねて型にはめて成形しなおして、表面に金箔《きんぱく》を貼ったってこうはなるまい、という感じだ。美化。しかし原作の自伝だって、俺の半生を美化してないとは言えないからな。野呂は、そうも考える。あの小説には、物ごころついてから小説を書いて生きていく決心をするまでを書いているのだが、といって、その期間に自分に起こったすべてのことを書いたわけじゃない。たしかに、ありもしないことは書かなかったし、自分をよく見せるような脚色もしなかった。しかし書けることだけを書いたのだし、使える言葉だけを選んで書いたのだ。それもやっぱりある種の美化とは言えないだろうか。

「スタート！」

カチンコ。本番がはじまった。さっきスタッフから言い含められて、女たちは石のように静まり返っている。ショーン過足が登ってくる。何度めだろう。今はさっきのように苦しげではなく、無表情に近い。そんな顔には何か奇妙なシンパシーを感じる。あれは俺なのかもしれない、となぜか思う。

黄色か。自転車のあの色にも意味があるような気がしてくる——書いたとき、そこにはたしかに意味があったかのような。監督は無意識にそれを察知したのではないか。自伝にせよまったくのフィクションにせよ、隠そうとしても装おうとしても滲《にじ》み出てしまう自分自身の真実というようなものがあり、自分が書いた小説をあとから読み返したとき、それを見つけてぎょっとする、ということも多々起きるのだ。それこそが、俺が小説を書くのをやめた最たる理由だったのだ、と野呂は思う。

今日、野呂は唐草模様のアロハシャツを着ていた(原作者という立場の気恥ずかしさを紛らわすために、ついばかげた柄を選んでしまった)。そのアロハの裾が後ろから引っ張られ、振り向くと宙太が立っていた。その後ろにみゆかもいる。

「僕、ショーンさんとお話がしたいんです」

「宙太ったら」

みゆかが慌ててたしなめたが、宙太は目をキラキラさせて野呂を見上げた。

「僕、将来はお芝居をするひとになりたいんです」

「嘘ばっかり。スタントマンになりたいって言ってたじゃないの」

「スタントマンができて、お芝居もできるひとになりたいんだ」

「わかった、わかった」

野呂は苦笑した。ちょうど今は監督がカメラに繋いだパソコンでシーンのチェックをしているところで、ショーン過足はファンの女たちからは見えないロケ車の陰で、ヘアメイクかスタイリストであろう若い女性と立ち話していた。野呂は宙太を連れてそこへ行った。

「あっ、お疲れさまです」

ショーン過足は掃除か何かをさぼっているところを教師に見つかった小学生みたいな顔を野呂に向けた。

「この子が君に興味があるらしいんだ。二、三分付き合ってやってもらえないかな」

「興味があるんじゃないです。お話がしたいって言ったんです」

「おいおい……」

野呂は困って、宙太の頭をぽんぽんと叩いた。子供の柔らかな髪の感触と、頭皮の体温が指先に伝わる。

「お孫さんですか」

儀礼的にショーン過足が聞いた。いや、と野呂は短く答えた。

「ほら、いろいろ聞きたいことがあるんだろう。どうやったら役者になれるかとか。どうやったら背が伸びるかとか。どうやったらかっこよくなれるのかとか」

宙太に促すと、子供はジロリと野呂を睨んだが、まだ唇を引き結んでいる。

「しょうがないな。じゃあ写真でも一緒に撮ってもらえよ」

普段の自分なら絶対言わないことを野呂は言った。子供の扱いにも、ショーン過足の扱いにも慣れていないのだ。

野呂は宙太をショーンのほうへ押しやった。自分のスマートフォンで並んだ写真を撮ろうとすると、宙太が走り寄ってきてまたアロハの裾を引っ張った。野呂も一緒に入ってくれ、ということらしい。

「あ、じゃあ私が撮ります」

少し離れた場所から気遣わしげに見守っていたみゆかが野呂のスマートフォンを受け取った。おかしなことになってしまった。宙太がショーン過足の隣に行こうとしないので、ショーン、野呂、宙太という並びで立ち、「はい、チーズ」というみゆかの合図で顔を作った。

「あ、じゃあ私が撮りますよ。お母さんも入ってください」

さっきまでショーンと喋っていた女性が、申し出た。辞退するより早くすむと思ったのだろう、すみませんと言いながらみゆかも撮られる側にやってきて、今度はショーン、野呂、宙太、みゆかという並びになった。

「撮りますよ。はい、チーズ！」

確認してくださいと見せられたスマートフォンの画面を、みゆかと宙太が覗き込み、野呂もいちおう見るふりをしたが、実質的には見ていなかった。なんとなく、恐かったのだ。いいんじゃないの。適当にそう言って目をそらすと、やはり写真には興味がないらしいショーン過足と目が合った。俺だ。野呂はなぜかふっとそう感じる。こいつは俺だ。

ふたり曖昧に頷き合って、同時に顔を背けた。

女たちの中に碇谷夫人の顔があった。

野呂は片手を挙げたが、夫人は気づかないようだった。夫人がロケにそれほど興味があるというのは解《げ》せなかったが、見たいならこっちへ来ればいいのに。もう一度合図しようと思いながら何かそうしないほうがいいという気持ちがあり、しばらくしてからもう一度そちらを見たときには、夫人の姿は消えていた。

それがきっかけになった。夫人とは無関係の不安ががまんできないほど膨らんできて、野呂はひとりひっそりとロケ現場を離れた。歩きながらスマートフォンを操作する。諸田小夜に電話をする。今朝、何度かかけたときと同じく、「おかけになった番号は現在電源が入っていないか、電波が届かない場所にあります」というメッセージが流れてきた。くそっ。野呂は吐き捨て、もう一度かけてみる。メッセージ。もう一度。やはりメッセージ。何度かけても同じだと思いながら、携帯をじっと見下ろしている小夜の姿が浮かんできて、意地になる。今この瞬間に、電源を入れたのではないかと。

この前yocidaでけんか別れしたきりになっていた。エッセイ教室にもあらわれず、むろん連絡もない。野呂のほうも自分から電話をするのをずっとためらっていて、このまま終わったほうがいいのかもしれないと考えたりもしていたのだが、今朝、発作的にかけてしまった。そうして何度かけても小夜の声が聞けないとなると、どうでも会わなければならないという気持ちになっている。

むなしく小夜の携帯を呼び出し続けながら、結局、小夜の家の前まで来てしまった。夏休みだから辺りは閑散としている。外の日差しが強すぎて、店の中はよく見えない。野呂はそろそろと店の中に入っていった。

「いらっしゃい」

いきなり声をかけられた。小夜の母親が、通路の真ん中に立っている。会うのはこれが二回目だが、驚くべきは、そのおかっぱの髪が緑色に染まっていることだった。

「何があったんですか」

そうだ、何かあったから小夜は電話に出ないし、このばあさんはとんでもない髪の色をしているんだろう、と決め込んで野呂は聞いた。

「あら、おそろいね」

と老婆が言ったのは、野呂のアロハシャツのことらしかった。しかし唐草模様のくすんだ緑は、あんたの髪の色よりよほどおとなしいぞと野呂は思う。

「小夜は?」

「おやまあ。もう呼び捨てにする仲になってるの」

「いや。小夜さんは、御在宅ですか」

野呂は苛々しながら言い直した。

「いいえ。小夜に御用なの？」

「たとえばほかにどんな用があってここに来ると思うんです？」

負けないぞという気分になって野呂はそう言ってやった。

「ノートを買うとか。鉛筆を買うとか。ご存知だったかどうかわからないけれど、ここは文房具屋ですからね。私に会いに来るっていうひともたまにいるわね」

あっという間に戦う気力をなくして、野呂はため息を吐いた。

「……それで、小夜さんはどちらにいらっしゃるんですか」

「だから、いないのよ、どこにも」

「えっ」

「朝起きたらいなくなってたの。どこにいるかわからないの」

「いつからです」

「一昨日から」

「ちょっと、ちょっと待ってください。どういうことですか。小夜は……小夜さんは失踪したということですか」

「まあ、そういうことになるのかしら。連絡もないし」

「それでどうしてそんなに落ち着いていられるんです？」

「落ち着いてはいないわよ。見てわかるでしょう」

老婆は自分の緑色の髪を指した。野呂は混乱する。大丈夫か、このばあさんは。いや、それより小夜は大丈夫なのか。

すると突然、老婆がケケケケと笑い出した。

「大丈夫よ、だーいじょうぶよう。財布も携帯も持って行ってるもの。そのうち帰ってくるわよう。鬼の居ぬ間に、私は髪を染めただけ。一度やってみたかったの」

老婆は緑の髪に指をくるくると巻きつけ、ぴょんぴょん飛んだ。野呂には、大丈夫だとはまったく思えなかった。

急げ、急げと野呂は思う。まだ間に合う。まだ間に合うはずなのだから、と。

そう思いながら、しかし何をやっているかといえば、あてもなく歩きまわりながら、あいかわらず小夜の携帯に電話をかけ続けているだけなのだった。

暑い。七月の外気のせいではなく、自分の内側から炙《あぶ》られているような、いやな汗が流れる。大丈夫だ、と野呂は自分に言う。小夜の母親はあの調子だったではないか。以前にも何度かあったと言っていた。黙って出ていって、数日後にへらりと帰ってきたと。

あのときはね、あの子がいつまでもうじうじしてるから、ちょっとハッパをかけたらどかんと爆発しちゃったのよ。老婆はそう言った。彼女は何をそんなにうじうじしてたんです？　野呂が聞くと、呆れたという顔を老婆はした。小夜と呼び捨てにしてるくせに、あんたは何も知らないんだねとその顔が言っていた。

そのときはどこにいたんです？　野呂は質問を変えた。ホテルとか、友だちの家とかにいたんですか？　まさか、と老婆は言った。この島の人間が「出ていく」っていうときはね、それは島の外に出て行くっていう意味よ。

島の外。それで野呂は、「おかけになった番号は現在……」という十数回目のメッセージを聞きながら、思わず海を見る。あたかも波間に、小夜の顔が見え隠れしているのではないかというように。島の外は海だ。いや、もちろん、島の外に行ったというなら、小夜は船か飛行機で海を越えただろう。だがそのことにも、今ひとつ確信が持てない。それで野呂は、港へ向かう道を歩きながら、海を凝視してしまう。まだ間に合う、まだ間に合う、たとえ小夜が海の中にいたとしても、今見つけることができればまだ間に合う……。

何かが足にぶつかって跳ねた。足元に転がっている小さなものを助け起こすと、それは三歳くらいの女の子だった。ツナギみたいなオレンジ色の服を着ている。同じ背格好の同じ服を着た男の子が傍にいて、転んだ子を目を丸くして覗き込んでいる。

「すみません」

と長身の若い男が野呂の手から女の子を引き取った。どこかで見た顔だ、どこだったかと考えながら、野呂はその場に立ち止まり、港のほうへ行く三人を見送った。

青一は、心を病んでいた。

野呂は波間に、息子の顔を投影した——通夜の日に見た遺影の、青年となった息子の顔を。息子のときには間に合わなかった。野呂が行動しないうちに、青一は自ら命を絶った。ドアの取っ手に紐をかけて自分の首と繋ぐという方法だったらしい。そのことは別れた妻であり青一の母親だった女からではなく、みゆかから聞いた。別れた妻は青一の死後、野呂との交渉を一切絶つという態度を貫いたから、詳しい話はみゆかから聞くしかなかったのだ。

間に合わなかった？　行動しないうちに？——いや、自分をごまかすなと野呂は思う。行動することを拒否したくせに。青一がまだ生きているとき、別れた妻は野呂に電話してきて、「青一の様子が変だから、相談に乗ってやってほしい」と懇願したのだ。それなのに俺は耳を貸さなかった。勘弁してくれと言い捨てた。あのとき会っていたら、話を聞いてやっていたら、息子は死ななかったかもしれないのに。言うなれば、俺は息子を見殺しにしたのだ。

6

碇谷芳朗

蕗子は寝室のドレッサーの前に座っている。

何年か前の彼女の誕生日に芳朗が贈った、イギリス製のビンテージのドレッサーだ。小ぶりだが端正なかたちで、四角い鏡の四隅と猫脚のカーブの部分に、デイジーの花をあしらった装飾が彫り込まれている。その花がデイジーであることは蕗子から教わったのだったが。

髪の色が少し白っぽくなったような気がする。白髪が増えたというのではなく、そういう色に染め変えたのだろう。ことさらにそれとは気づかせず、身だしなみを整える女だ。襟足もすっきりしていて、細い首筋があらわになっている。

芳朗は思わず妻に近づいた。椅子の背越しに背後に立ち、鏡の中のふたりを見る。

「起きたの？」

蕗子が言った。そうか、自分はさっきまでベッドにいたのだと芳朗は思う。もう何時間も前から、ドレッサーに向かう妻を見つめていたような気がしていたが。

「いつ髪を切ったんだ？」

「もうずいぶん前よ」

「島で？」

「ええ、そう……。港の近くの美容院で。言ったじゃないの」

「うん、そうだったな」

妻がそう言うならそうだったのだろうと考えながら、芳朗は蕗子の肩に手を置いた。何かに摑まりたくなったのだ。

「肩たたき？」

蕗子が茶化した。

「そろそろ引退しなくちゃいけないかしら」

「したいの？」

蕗子は答えなかった。芳朗は両手に少し力を込めた。すると蕗子の両手がそこに被さり、首のほうへ誘導するように動いた。

「絞殺？」

と芳朗は、自分でもそれと気づかぬうちに呟いてしまった。

「え。なんて言ったの？」

蕗子はぱっと手を放した。

「いや……首に手はかけなかったよな、あのとき。死んだのは、落ちたからなんだよな。落ちたのは蕗子が押したからだったにしても……半分は事故だったんだよな」

自分自身にたしかめるように芳朗は言った。言葉を継ぐほど、すくった砂が指の間からこぼれていくような感覚がある。

「やめて。朝からそんな話は」

蕗子は芳朗を押しのけるようにして、立ち上がった。

決定的な科白はなんだったのか、覚えていなかった。

いや、決定的な科白ではなかったのだ。だから覚えていないのだろう、と芳朗は考える。浅江はいろんなことを──聞くに堪えないことを喚《わめ》き散らしていた。その中の言葉のひとつが、きっかけになったわけではないだろう。蕗子の忍耐が限界に達したのがそのときだったということだろう。

そのあとのことはひと続きではなく、紙芝居のように場面と場面の間が切れている。立ち上がった蕗子。その拍子に落ちて割れた紅茶のカップ（あのカップはどこに置かれていたのだったか。立ち上がった蕗子の足がコーヒーテーブルにぶつかったのか）。浅江の頬を張った蕗子。浅江はやり返そうとして腕を振り上げたが、その手は蕗子には当たらなかった（なぜだろう？　浅江が度を失っていたからか？）。

そうだ、それから、あのベランダの手摺り。ラベンダー色、ラッパを吹く天使、そこに浅江の体が押し付けられて、そうだ、浅江は抵抗して、いったんは蕗子のほうへ体を戻し、蕗子がそれを強く突き飛ばすと、浅江の体は手摺りを超えて落下していったのだった（あの手摺りはそれほど低かったということか？　蕗子がさらに浅江を押し上げるというような暴力を振るったのだったか？）。救急車を呼ぶためにダイヤルする自分の指。その指が震えていたこと。倒れている浅江（なぜ電話と倒れている浅江の姿を同時に思い出すのだろう？　まるで死んだ浅江をチラチラと見ながら救急車を呼び出していたかのように。浅江が倒れていたのはマンションの下の土の上であったはずだ、その死体を蕗子とふたりで部屋まで運び上げたとか？　まさか）。

浜に向かって隊列が行く。

大きめの荷物を肩の上で支えて運ぶ男たち、カゴや手提げを持ってその中に混じる女たち。砂の上を彼らと同じ数の黒い影が移動していく。間もなく正午だ。

映画でこういう場面を観たことがあったな、と芳朗は思う。日本映画ではなかった——フランスかイギリスの制作で、舞台はモロッコではなかったか。砂漠の中を行く黒い服の人々。いや、あれは葬列だった。黒い服の男が四人で、棺《ひつぎ》を運んでいた。砂漠の葬列？行き先は墓地だったということか？砂漠の中の墓地？　いや、きっとほかの映画と混同しているのだろう。

今、浜へ向かっている者たちは、もちろん黒ずくめではなく、とりどりの格好をしている。男も女もいて、皆若く、Tシャツとジーパンまたは半パンという出で立ちが多いが、早々と上半身裸になっている男もいる。あれは暑さのせいというより何かのアピールのためだろう。彼らは映画のスタッフだ。今日、早朝にロケが終わったらしく、打ち上げと称してこれから浜でバーベキューパーティが開かれることになっている。原作者の野呂はもちろん、この家の住人もみんな誘われている。

みゆかも料理を何品か作っていくそうで、蕗子も手伝っている。僕は先に浜へ行っているよと芳朗は家を出たのだが、結局玄関ポーチで待っているところだった。野呂の姿が見えないが、監督や役者たちと一緒にいるのだろう。

芳朗は空を仰いだ。日は差しているのだが、嘘くさい晴天だ。空の色が暗い。予報では午後遅くから雨になると言っていた。この色だとバーベキューの途中で降りだすかもしれない。傘が一本くらいあったほうがいいだろう。

そう考えたのは、すぐそばに傘があったからでもあった。もう何度も使ったような透明のビニール傘。こんなものはこれまでこの家にはなかったから、映画のスタッフの誰かが自分と同じようなことを考えて用意したのを、置き忘れて行ったのだろう。傘は玄関のはめ殺しの窓の、飾り枠に引っ掛けてある。

芳朗はそれをじっと見た。今はもう傘ではなくて飾り枠を見ていた。ラベンダー色に塗装された鉄のフェンス。連続模様の意匠は、ラッパを吹く天使だ。おかしいぞ、と芳朗は思う。この模様を僕は知っている。この模様も、色も、浅江のマンションのベランダの手摺りと同じだ。そうだ、なぜ今まで気がつかなかったのだろう。まるで同じなんだ。そんな偶然があるだろうか。東中野のマンションのベランダの手摺りと、島の民家の玄関の飾り枠が同じデザインで、そのどちらにもこの僕がかかわっているなんてことが起きるものだろうか。

玄関のドアが開き、不意を突かれて芳朗はよろめいた。あっ、すみません。両手に大きな風呂敷包みを提げたみゆかがあらわれる。みゆかのためにそのドアを開けてやっていたのは蕗子だった。芳朗がいるのを見て、ぎょっとしたような顔になった。

「どうしたの、行かないの？」

「雨になりそうだ」

と芳朗は答えた。

移住のことが話題に上りはじめたとき、島という選択肢もあるよと言ったのは、野呂だった。島流しか、と芳朗は言い、ロマンチックね、と蕗子は言った。野呂のその提案は、三人の移住と共同生活を、むしろ冗談ごとの方向へ逆戻りさせるものだった。

そんなとき、僕が今の家を見つけたのだ、と芳朗は思い返す。ひとりの男に出会ったのだ。東北へ買い付けに行った帰りの新幹線の中で、たまたま隣り合って座った男だった。若い男。そうだ、若い、見目好い男。最初から言葉を交わしたわけではなかったが、列車が発車してすぐに彼が膝の上に広げた紙類がちらりと見えて、不動産関係の仕事をしているのだろうことは推察していた。

携帯電話が鳴り出して、男は立ち上がりおそらくデッキへ向かった。そのとき、彼がそれまで見ていた紙類を、シートの上に置いて行ったのだった。見るともなく見るといちばん上になっているものに、島の名前が書かれていた。それは中古一戸建ての間取り図で、つまりは今の家の売り広告だったのだ。

戻ってきた男に、芳朗は話しかけた。自分の性質からすると、驚くべき行為だった。今思えば、罠《わな》にまんまとはまったということだろう。そうだ、あれは罠だったのだ。芳朗はそのことにはじめて気がついた。島への移住が話題になっているときに、島の売り家を仲介している男と新幹線で隣り合うなど、ラベンダー色の飾り枠同様に、話ができすぎているではないか。

ええ、そうです。ええ、いつでもご覧いただけますよ。この家はお勧めですよと男は言った。その間取り図と名刺を芳朗に渡した。それで今僕たちはここにいる。浅江のマンションのベランダの手摺りと同じ意匠の飾り枠がはめ込まれた家に。その家には浅江の娘が家政婦として入り込んでいる。そういうわけだったのだ、と芳朗は思う。

肉が焼けている。

煙が絶え間なく空に昇っていき、空の色はそのせいでさらに暗くなっているかのようだ。しかしこの場で空の色を気にしているのは自分だけのようだ、と芳朗は思う。タープ、グリル、ピクニックテーブルやチェア、大型のクーラーボックス、そんなものが幾つも、手品のようにロケ車の中からあらわれて、あっという間に浜辺を占拠してしまった。

笑っているか飲んでいるか食べているかで、顔が口ばかりに見えるバーベキューパーティの参加者は、総勢三十人というところか。島の住人はぱらぱらと見物に来ては立ち去っていくが、浜には関係者のほかに、何者だかわからない女たちの姿も混じっている。

「いかがですか?」

そういう女のひとりが、紙皿を乗せた両手を天秤《てんびん》のようにして近づいてくる。上半身はビキニのブラトップで、腰から下にはエキゾチックな柄の布を巻きつけて、くねくねと歩いてくるから、ベリーダンサーみたいに見える。

「こっちは豚肉で醬油味。こっちは羊のソーセージで、お宅のみゆかさんのお手製」

大柄で眉と睫毛《まつげ》が濃くて真っ赤な口紅を塗った唇が大きいところも、中近東の踊り子を連想させる女が、にこやかに説明した。ソーセージが旨そうだと思ったが、芳朗は豚肉の皿を受け取った。見知らぬ女が「お宅のみゆかさん」などと発言することは、十分に不審だったからだ。

「飲みものは?」

「ありがとう、自分で取りに行きます」

女がくねくねと立ち去ると、芳朗はあらためて、自分が今まで飲みも食べも、誰かと話もせず、ひとりぽつんと立っていたことに気がついた。この場では異様なことには違いないが、これだけひとが行き交っていると、案外目立たないものだ。『ベニスに死す』のアッシェンバッハ教授のように、座ったまま死んでいてもしばらくの間は気づかれないかもしれない。

すると自分のことより、蕗子がそんなことになってはいないかと不安になって、慌てて妻の姿を探した。蕗子は芳朗からいちばん近いグリルの前で、野呂と談笑していた。芳朗が見ているのに気づいて、ワインが入っているらしい紙コップをちょっと掲げて見せる。僕が心配しているほどには、僕は心配をかけていないようだ、と芳朗は思う。

次に芳朗は、みゆかを探した。みゆかはもう一台のグリルの前にいた。焼き方を担当しているらしい。グリルを挟んで、背の高い男がみゆかと話し込んでいる。網の上の肉を返していたみゆかがふと顔を上げ、芳朗のほうを見た。その表情がさっと変わり、すると男が振り返った。あっ、と芳朗は思った。

あいつだ。あの男だ。男はニッコリ笑うと芳朗に向かって手を振った。僕が気づいていないと思っているのか。いや、勝ち誇っているのかもしれない。もう目的は達成したから。僕らをこの島に呼び寄せることに成功したから。

蕗子がやってきた。さっきの女のように、缶ビールとサラダを盛った紙皿とを両手に持っている。

「座りましょうよ」

促され、波打ち際のほうへ一緒に歩いていく。蕗子は柘榴《ざくろ》色のロングスカートを穿いていたが、ためらいもなく砂の上に腰を下ろした。芳朗は慌ててズボンのポケットを探ったが、出てきたのは何日も前からそこに突っ込んであったような、くしゃくしゃのハンカチだった。

「ないよりはいいだろう」

広げて砂の上に置くと、蕗子は素直にその上に座り直した。スカートの尻の部分にはすでに砂がついていて、払ってやろうと芳朗が考えているうちに座ってしまった。ありがとう、と蕗子はあらたまった口調で言った。

「どうにも不甲斐《ふがい》ないな。あまりがっかりしないでくれよ」

「がっかりなんて……」

呟いた蕗子は、それから驚くべき行動をとった。芳朗にがばりと抱きついたのだ。一瞬のことではなく、芳朗を逃すまいとするかのように強い力を腕に込めて、しばらくの間抱きしめていた。人目のあるところでそんな真似を妻がしたのははじめてだった。ふたりきりのときでさえ、抱きしめるのは大抵は芳朗のほうからだった。

海に入って遊んでいた若いスタッフたちが何人か、目をまるくしてこちらを見ている。

だからといって自分から振りほどくことはできず、芳朗は妻の腕の中でじっと息を殺していた。そうしていると檻の中にいるようでもあり、安全な繭《まゆ》の中にいるようでもあった。ずっとこうだった、と芳朗は思った。これこそが蕗子との日々だったと言えるかもしれない。

蕗子はようやく体を離した。その目に涙が浮かんでいるのを見て芳朗はもう一度びっくりした。泣かせたのは自分であると、なぜかわかった。蕗子は気づいていたのかもしれない――僕が疑っていたことに。みゆかとグルだと思っていたのだ。僕の知らないところで、何らかの「手打ち」をして、すべての罪を僕にかぶせてこの件を終わりにしようとしているのではないかと。それは本当に小さな、爪の先ほどの疑惑だったが、蕗子は感じ取ったのだろう。傷つけてしまった。

今はもう蕗子を疑っていない。あんなふうに僕を抱きしめて涙を流す女を、どうして疑えるだろうか。いや、仮に蕗子がみゆかとグルだとしたって、僕は許すだろう。実際のところ、すべての罪は僕にあるのだから。

「いろんなことが、僕はわかってきたよ」

「本当？」

と蕗子は涙で濁った声で言った。泣いていることを隠すつもりもないらしい。手放しで泣いている、と言ってもいいくらいだ。

「まず手摺りだ。ラベンダー色で、天使とラッパの飾りがある……」

芳朗は話した。あるいは蕗子はとっくに知っていることかもしれないと思ったが、自分は何がどうなっても蕗子の味方であるということを示すために話したのだ。

蕗子は黙って聞いていた。それから「そうだったのね」と言った。涙はもう止まったようで、静かな声だった。芳朗はさらに、不動産屋の男のことも話した。

「あっ。ほら、あいつだ。あいつだよ」

芳朗は指差した。その男が上半身裸になって、海へ向かって駆けていくところだった。

「彼なのね」

蕗子も男の姿を追った。男は海中に躍り込み、美しいフォームのクロールで沖へ向かって泳いでいく。

「さっきもみゆかとこそこそ話していたんだ」

「ひとが集まる日を狙って、紛れ込んだのね」

「目的はなんだろう？」

「たしかめに来たのかもしれないわね。私たちが、ちゃんと騙《だま》されているかどうか」

「あるいは、次の段階に入ろうとしているのかもしれない」

「次の段階……」

「復讐だよ。もう観察する必要はなくなったんだろう。もう、知らないふりをするつもりもないみたいだ。そういう顔で僕を見ていた」

「どうしたらいいのかしら」

「なんとかするよ、今度こそ僕が」

芳朗は砂の上で蕗子の手をぎゅっと握った。

碇谷蕗子

あれはもう十年以上も前だろうか、知り合いの夫婦に誘われて、八ヶ岳の麓にある彼らの夏の家に、芳朗とふたりで数日間滞在したことがあった。

涼しいだけで何にもないところだよと言われた通り、その家の夫人の玄人はだしの手料理を楽しみにするだけの、のんびりした休暇だった。別荘地の人工池に面したテラスで蕗子は終日読書をし、芳朗はその池で釣りをしていた。

蕗子は読書に疲れると——というのは実質的な目の疲れのほかに、読んでいる物語が不意に自分の心の微妙な部分に潜り込んでくるような場合があったが——、夫を眺めた。テラスから芳朗がいる池の畔までは五、六メートルしか離れていなかったし、そこに妻がいることはわかっていたのに、芳朗は滑稽なほど釣りに集中していた。

夫が釣りをしているところを見たのははじめてだった。少年時代でも青年時代のことでも、釣りをしたという話を彼から聞いたこともなく、実際のところ、あまり得意そうにも、楽しそうにも見えなかった。しかしここでやめたらほかにすることもないし、体裁も悪いので、なんとか釣果《ちょうか》を上げようと意地になっている——そんなところだったのだろう。

知人から借りた長い竿と糸の扱いは難しそうだった。蕗子が見ている間にも、投げた糸が木の枝に引っかかり、芳朗は苦心してそれを外した。外した後、しばらく枝を睨んでいた。どうしてこんなところに木が生えているんだ、とでも思っていたのかもしれない。それから池ではなく横の空間に向かって、竿を振ってみていた。一度、二度。それから針の部分を手にとって、まじまじと見つめていた。

蕗子は微笑んだのだった。何をやっても、芳朗は芳朗だ。彼という人間のエッセンスはどうしたってそこかしこに滲み出してくる。そのことが可笑しかったし、そのことがわかるほど、自分が芳朗を知り得ていることが愉しかった。ようするに蕗子はそのとき、ごく幸福だったのだった。

芳朗は今、野呂や監督と一緒にグリルの前にいた。実際は蕗子がそこへ連れていき、タイミングを見計らって置いてきた、というところだった。蕗子はひとり、海に向かってポツンと置かれたピクニックチェアに腰掛けていた。片手にはワインを入れた紙コップを持っているから、喧騒《けんそう》に疲れて休息している老女、というふうに傍目《はため》には見えるだろう。

そこから、ときどき芳朗の様子を窺っている。肉を食べてもいるようだし、落ち着いて、楽しげに過ごしているようだ。「トレジャーハンター」のことは思い出したくないみたいですとさっき冗談交じりに監督に言っておいたし、野呂もそれとわからぬように気を遣ってくれているのだろう。野呂は、きっとある程度は気がついている。早晩、あの女の話をしなければならないかもしれない。そのことを、ずっと遠ざけてきたけれど。

笑う夫、頷く夫、野呂と監督が喋りはじめるとグリルの上の肉をひっくり返してみたりしている夫を見ていると、蕗子の目にまたあらたな涙が浮かんだ。損なわれ、失われていくだけならたぶんこんなに悲しくはないだろう。残酷なのは失われないものもある、ということだ。私が砂の上に座ろうとすれば、すかさずハンカチを探す芳朗。いつだって彼はハンカチを探してくれたし、今だって探してくれるのだ——たとえそれが、くしゃくしゃのハンカチであったとしても(失われたのはハンカチに対する芳朗の几帳面《きちょうめん》さだ、彼はいつも、ぴしっとアイロンがかけられたハンカチを好んだ)。

蕗子は日差しを遮るふりをして涙を拭った。でもこれは、悲しみの涙とばかりも言えない、と思う。ジェントルな芳朗、とりわけ蕗子に対して、ジェントルであろうとする彼のことが、とても好きだった。そのことを思い出したから。実のところ、忘れていたのだ。黒い雲——ちょうど今の空模様のような——が、このところずっと心を覆っていた。悪いことばかり考えていた。

結局のところ、悲しむよりも腹を立てているほうが楽だったからだ。そう、私はずっと腹を立てていたのだ——芳朗が、あの女の話ばかりすることに。不安になっていようが怯えていようが、それはつまり、あの女のことをまだ忘れていない、ということではないかと考えていた。あのことがあって何年も経って、もう忘れたつもりになっていたのに、この期に及んで思い出すのかと。最後に残るのはその記憶なのかと。あの女がふたりの間に存在しなかったときの、私たちの人生のことはどうでもいいのかと。そう考えて、夫から離れようとしていた。でも間違っていた。今、それがわかった。きらいになるより、好きでいたほうがいい。そちらのほうが幸福だ。私は夫を愛している。だからこそあの女とのことがあった後も、一緒にいたのではなかったか。そのことを思い出した。

波打ち際でスイカ割りがはじまった。

浜の向こうのほうでは、ビーチバレーに興じているひとたちもいる。もうみんな、お腹はくちくなったらしくて、グリルの前から離れて、思い思いに遊んでいる。思い思いに、若さと自由さとを言い立てている。

でも私は身動きできない、と蕗子は思う。もう若くないからではなく——芳朗を愛しているから。誰かを愛するということは不自由になることだ。その不自由さを幸福に思うときがあり、不幸に思うときもあるのだろう。それでも、誰も愛さないよりましだし、誰かをもう愛してないと思うよりましだ。

蕗子はピクニックチェアから立ち上がった。芳朗の食欲を気遣っていたが、自分はほとんど食べていないことに気がついたのだ。肉を食べようと思った。体力をつけるのだ。味の濃い、嚙《か》み応えのある肉を咀嚼《そしゃく》して腹に収めるのだ。それがまだできることを、自分自身に証明するのだ。

まだ火が残っているグリルはひとつだけで、その側にはみゆかがいた。一瞬、躊躇《ちゅうちょ》したけれど、蕗子はそこへ行った。焼きましょうか。みゆかが、待っていたかのように言う。

「ほとんど召し上がってないでしょう?」

「見張っていたの?」

「心配だったんです」

みゆかは蕗子の言葉を訂正した。蕗子は、敵意がないことを示すために微笑んだ。こんな状況に陥っていると、誰もかれもが敵に思えることがある。みゆか、野呂、宙太でさえ——今、浜辺にいる、話したこともないひとたち全員。なんだか芳朗と自分とふたり鉄格子の中に閉じ込められていて、ほかのひとたちが看守であるような気がしてくるのだ。

蕗子は羊のソーセージを食べることにした。羊肉のほかに何が入っているのかを訊《たず》ねる。玉ねぎをたくさん、生のまま。クミン、カルダモン、コリアンダーはドライの粉末とフレッシュを刻んだのと両方、それから……。みゆかは説明しながら、網の上の肉を慎重な手つきで転がす。

「豚もいかがですか？　焼けるのに、ちょっと時間がかかりますけど」

「そうねえ」

蕗子は考えるふりをした。マリネした肩ロースには十分な厚みがあって、まさに今の自分がかぶりつく肉としてさっき思い浮かべた佇まいだったが、にわかに自信がなくなった。

「今日は、ご主人のほうが召し上がっていますよ」

それ以上は勧めずにみゆかはそんなふうに言った。

「よかった。久しぶりに外で食べるというのも刺激になったみたいね」

蕗子は言った。

「食べられるうちに、おいしいものをたくさん食べてほしいと思っているの」

「なんでもおっしゃってください。できるかぎり協力します」

「ありがとう。そのうち時間をとってくださるかしら。お話ししたいことがあるの」

「ええ」

幾分、不審げな顔になってみゆかは頷いた。「相談」ではなく「お話」と言ったから、この上あらたに何か打ち明けられることがあるのかと思ったのかもしれない。実際、その通りだった。もうすべて、このひとにも話してしまおうと蕗子は考えていた。今ではなく、「そのうち」という言葉を使ったことは、決意の弱さを示しているようでもあったけれど。

こちらに近づいてくる男がいる。ショーン過足だ。濡れた上半身にタオル一枚という姿。

「肉、まだありますか」

「もちろん。何を焼きましょうか」

「何でもいいから二、三枚」

ショーン過足はそこでようやく蕗子の存在に気づいたようで、バツが悪そうに笑いながら、

「体、冷えちゃって」

と言い訳した。

「風がつめたくなってきましたよね。へんな天気だ」

「泳いでらしたのね」

蕗子は言った。

「さっき監督さんたちが心配してましたよ。全然戻ってこないから、溺れたんじゃないかって」

みゆかが茶化す口調で言った。

「ああ、それ、さっきもべつのやつに言われたけど、そのわりにはみんな平気で遊んでますよね」

ショーン過足は笑った。どこか芝居がかった笑いかただった。でもこのひとは何だか、自分のどこまでが演技でどこまでが演技じゃないのか、自分でもわかっていないように見えるわ、と蕗子は思った。

子供の甲高い声が上がり、三人とも海のほうを見た。若い男女がゴムボートを引いて沖へ行こうとしていて、ボートの上には宙太が乗っていた。もういいよ、もういいよ、やめてよと宙太は、笑いながら叫んでいた。

「あなたも行ってらっしゃいな。あとは私が焼くから」

みゆかの表情を見て、蕗子は言った。私が母親でも心配になるだろう、と思いながら。

みゆかはちょっと迷ってから、海に向かって駆けていった。最初はゆっくり、でも次第にスピードを上げながら。羽織っていたダンガリーのシャツとショートパンツを浜で脱ぎ捨て、赤いビキニの姿になってみゆかは海に飛び込んでいく。

そこまで見届けてから、蕗子はグリルの反対側に移動した。肉をひっくり返しながら、ショーン過足と向かい合うことになる。

「いいお母さんですね」

用意していたような感慨をショーンは述べた。蕗子は頷く。

「ご主人、トレジャーハンターだったそうですね」

次の抽斗《ひきだし》を開けるかのようにショーンは言った。

「よくご存知ね。ご覧になったことがあるの？」

「いえ……知識として知っているだけなんですが」

番組自体を観たことはないが、バラエティ番組などで回顧されているのを何度か観た、トレジャーハンターのメンバーをちゃんと知っているわけでもなかったのだが、というようなことをショーンは説明した。

「うちのスタッフから聞いて、ああ、そういえば見たことがあるなって」

「本人にとっては忘れたい過去みたいなんですけどね」

蕗子は紙皿に肉を載せてショーンに渡した。

「ええ、ご本人にはこの話題はふらないようにします」

そう言って、ショーンは肉にかぶりつく。どこへ行っても、誰かしらがトレジャーハンターのことを知っている。町を歩いているといきなり指を指されたりする。実際のところ指名手配のお尋ね者みたいだわねと思いながら蕗子もソーセージを食べた。焼き方を引き受けたせいで、自分のぶんは少し焼きすぎてしまった。咀嚼。その文字を頭の中に浮かべながら顎を動かす。エキゾチックな風味の肉汁が口の中を満たす。

「テレビの世界は、ふつうとちょっと違いますからね」

ショーンは言った。慰めているつもりなのかしらと思いながら、蕗子は頷く。

「僕もときどき耐えられなくなりますよ、この世界は」

「テレビの世界」が「この世界」に変わっている。

「あなたでも?」

「僕も。いや、僕は、かな」

ショーン過足はあっという間に空っぽになった紙皿を持て余したように、手の上でゆらさせながら言った。

「今度の映画で僕が演じる——野呂晴夫さんとは、同居してらっしゃるんですよね」

自伝といったってフィクションだから、と蕗子は言おうと思ったのだが、それより早く、

「ええ、でも……」

「なんで僕なのかって、思いません？」とショーンが言った。

「自分でも思いますよ。なんで僕なんかに声がかかったのかなあって。ていうかね、なんで自分がここにいるのか、本当に不思議なんですよ」

「あなたの意思とは無関係だとおっしゃりたいの？」

戸惑いながら蕗子は聞いた。この青年は私に何かを打ち明けようとしてる。なぜだろう？　私が無害な老女に見えるからか、あるいはそれこそ、彼の仕事にも人生にも無関係な人間だからか。

「ひどく無責任に聞こえますよね、おかしいな、僕は責任感だけでこれまでやってきた気がするのに……。どう言ったらいいんだろう、もちろん最初は、僕の意思があったんですよ。モデルの仕事も演じることも……。でも、あるときから意思が追いつかなくなってきたんだ。いろんなことが僕を追い越していくんですよ」

ショーン過足は長すぎるような睫毛を伏せて、紙皿を折りたたみはじめた。半分にして、それをまた折って。さらに折って。小さくなったものを繁々《しげしげ》と眺め、グリルの端に置いたが、ショーンの指から離れた途端にそれは元の形を取り戻そうとして広がり、下に落ちた。

ショーンはそれを踏みつけた。

「まったく自信がないんですよ。わかるでしょう？　そういうのって、見ていても」

答えを求めているわけではなさそうだった。ただ喋っているのだろう、と蕗子は思った。目の前のものわかりの良さそうな老女を懺悔《ざんげ》室の窓がわりにして、胸の中身を洗いざらい吐き出したあとは「申し訳ありませんでした」とでも謝って、これまでと同じ日々にまた戻っていくのだろう。

子供の叫び声がまた聞こえ、海に目をやると、宙太が乗っているビニールボートを今は野呂が引っ張っていた。濡れたビキニ姿でみゆかが浜辺をこちらに向かって歩いてくる。

「すみません、つまらない話を……」

果たしてショーン過足はそう言った。

「逃げ出せばいいじゃない」

逃がさないわよと思いながら、蕗子はそう言った。

「え？」

立ち去ろうとしていたショーンが振り向く。

「追いつかれないように、逃げればいいのよ。逃げて、隠れるの。行方不明になってしまえばいいのよ。ここは島よ。おいそれとは見つからないわ」

「ははは」

ショーン過足は曖昧な笑い声を立てた。そして実際のところ、そそくさと逃げ出した――おそらくは、相槌以外の言葉は返ってこないだろうと高をくっていた老女の前から。

足元の砂に丸い模様ができた。

――と思ったら、大粒の雨がバタバタと落ちてきた。悲鳴のような歓声のような声が浜辺のあちこちから上がり、バーベキューパーティの撤収に取り掛かっていたひとたちの動きが、いっせいに慌ただしくなる。

みゆか母子とともに蕗子、芳朗、野呂の三人が家の前まで戻ったときには、全員が服のまま海に入ったような有様だった。タオルを持ってきますねと、みゆかが先に家の中に入ると、後を追っていった宙太がドアを閉めてしまったので、残った三人は閉め出されたような塩梅で、ドアの前に立っていた。

走ってきたので荒い息を吐きながら、三人ともなぜか口を利かなかった。野呂はスマートフォンをいじりはじめた。三人で一緒にいるときに彼がそうするのはめずらしいことで、なんとなく声をかけ難い雰囲気があった。芳朗はやっぱり、はめ殺し窓を見ている。彼が言った通りそこにはラベンダー色の飾り枠がついている。ラッパを吹く天使の連続模様もその通りだ。もちろん蕗子もそのことはよく知っていた。出入りするときにいつも目につく場所なのだから。いや、そもそも、三人でこの家を見にきた最初の日、この飾り枠を三人で眺めて、「この家が建った当初はちょっと悪趣味な色だったかもしれないけど、古びたせいでいい色になっているわね」と言ったことを覚えている。「八〇年代に建った東京のマンションのベランダにも、こういうのがありそうだよね」と言ったのは芳朗ではなかったか。

サイレンがよみがえる。救急車のサイレンだ。女の家から119に電話をかけたのは芳朗だった。女の状態を報告し、質問に答える彼の声はふるえていた。無理もない――女は見たところすでに呼吸していなかったから。それから芳朗が、おそらくは電話の指示に従って、女の服のあちこちを緩めはじめたので、蕗子はベランダに出て、救急車の到着を待つことにしたのだった。

コートを着ていなかったので、ひどく寒かった。それでも家の中に戻る気はせず、フェンスに腹を押しつけて身を乗り出し、救急車を見つけるために目を凝らした。フェンスは焦げ茶色で、そっけないただの柵だった。そのことは間違いない――フェンスと、自分の白いセーターと、グレイのフランネルのスカートの取り合わせをはっきり覚えているからだ。ラベンダー色でもなかったしラッパを吹く天使もいなかった。ただ、芳朗の記憶と同じなのは、女が死んだ、ということだけだ。

頭の中で聞こえていたサイレンの音がいつしか雨音になった。

野呂が何か呟いたが雨音にかき消されてしまった。きっと雨に毒づいたのだろう。ものすごい降りかたになっていて、ポーチの庇の下にいても、飛沫《しぶき》でさらにびしょ濡れになりつつある。

溺れる、と蕗子は思った。私たち三人、このままここに取り残されて。雨に呑《の》まれて、海に運ばれ。それはロマンチックな想像だった。

「これじゃあ、船も飛行機も欠航ですね」

そう言いながら、タオルを山ほど抱えたみゆかがようやくドアを開けた。

野呂晴夫

飲みすぎた。

そう思いながら、野呂は自室でまだ飲んでいた。

さっき驟雨《しゅうう》の中、家まで逃げ戻るときに、持てるだけのものを持ってきたのだが、その中に飲みかけの白ワインの瓶もあったのだった。ほかの荷物はみゆかを手伝ってキッチンへ運んだが、これだけ自分用にいただいた。

床にぺたりと座って、壁にもたれ、瓶からラッパ飲みしている。呷《あお》って、瓶のラベルをちらりと見る。ナパワインであることがわかるが、うまいのかまずいのか、酔いすぎていてよくわからない。こんなに飲んだのは久しぶりだ。いい飲みかたではなかった。旨いからではなく、酔いたくて飲んでしまった。そんな飲みかたをするのは島へ来てからはじめてだ。

空になった瓶を床に倒す。指で軽く押すと、ドアのほうへ転がっていった。押し返すようにドアが開き、みゆかが顔を出した。

「お風呂、空きましたよ。よかったら……」

そういえば濡れて冷えたとかで碇谷夫妻が先に入るとかなんとか言っていた。俺はあとでいいやと野呂は答えた。こんな状態で浴槽に入ったら、水死体で発見されかねない。

「お水かお茶か、お持ちしましょうか」

「あのふたりは一緒に入ったのかな」

「え？」

「風呂にさ。一緒に裸になって、入ったのかな」

「ええ。野呂さんをお待たせするのを気にされてましたし……」

「そうか、そうだよな。夫婦だもんな」

野呂はヶッヶッと笑いながら、ああ俺は何を言ってるんだろうな、と思った。

「あの……今日はありがとうございました」

礼というよりは叱責するような口調でみゆかが言った。

「俺、なんかやったっけ」

「宙太と遊んでくださったことです。あの子、喜んでいました」

「映画の若いやつらは子供の扱いなんかてんでわかってなかったからな。あの場で宙太の相手をする人間って言ったら俺しかいなかったろ」

「本当に？　本当にそう思ったんですか？」

「なんだよ」

みゆかの勢いに野呂はたじろぐ。

「私も嬉しかったんです」

「うん、なら、よかったよ」

もう立ち去るだろうと思ったが、みゆかはまだ戸口に立っていた。足元のワインの瓶を拾い、後手にドアを閉めた。

「私たちのこと……もう、オープンにしてもいいんじゃないでしょうか」

「いやだよ」

「どうして？」

「どうしてって……みんな混乱するだろう。碇谷夫妻もそうだし、宙太だって」

「もう、じゅうぶん混乱してますよ」

みゆかは野呂のほうへ近づいてきた。

「この家にはひみつが多すぎるんです。もう、誰が誰に何を隠しているのかよくわからなくなってしまった。宙太も薄々感づいています。あの子の場合は、ひみつなんて言葉を具体的に思い浮かべているわけじゃなくて、漠然とした違和感だと思いますけど。碇谷さんがいちばん混乱されてます。体調が不安定なこともあるんでしょう。全部暴こうなんて思いません。でも、あかせることがひとつくらいあってもいいんじゃないですか」

野呂は額を押さえた。

「なんで俺がこんなに酔っ払ってるときに、そういう話を持ち出すんだよ」

「風穴を開けないと、また誰かが……」

野呂は額の手の下からみゆかを見た。

「また誰かが、どこかへ行ってしまいそうな気がして」

野呂は手をどかしてみゆかを見た。みゆかは瓶を野呂の前に置いて、部屋を出ていった。

あの夜、妙なところでタクシーを降りてしまい、この一角のどこかですよという運転手の無責任な言葉に従って、田んぼの中の木道を歩いたのだった。

周囲の静けさも灯《あか》りの少なさも、地方の山の中にでも来たみたいだったが、れっきとした都内で、当時、野呂――碇谷夫妻も――が住んでいた西荻窪のマンションからタクシーで三十分かからない距離だった。こんなに近かったのだ、と野呂は考えざるを得なかった。青一は、俺のこんなに近くにいたのだ、と。青一と話してやってくれと涼子に懇願されたとき、俺は息子が今、どこに暮らしているかさえ知ろうとしなかったのだ、と。

田んぼの片側は雑木林の斜面に面していて、水が流れる音が聞こえた。栽培されているのか、カラーの花の白い花弁が小さな街灯みたいにポツポツと闇に浮かび上がっていた。その上を、それよりももっと小さな光がふわりと飛んだ。

野呂はびっくりして立ち止まった。目を凝らしてようやく気がつくほどの小さな光はさらにひとつ、ふたつと宙を舞った。蛍なんて見たのはいつ以来だろう。何かゾッとする心地になって、野呂はその場を離れた。躓《つまず》かずに歩けるのは田んぼに面した民家の窓から灯りが漏れているからで、その家が青一の家だった。

密葬ということで、通夜は自宅でひっそりと行われていた。細長い庭がついたちっぽけな建売住宅の玄関に、弔問客の靴は数えるほどしかなかった。野呂のためにドアを開けたのは涼子だった。死ねば来るのね、と彼女が野呂に言ったのはそのときで、それ以外はその夜、ほとんど口を利かなかった。

リビングの横の四畳半の座敷に粗末な祭壇が設《しつら》えられていて、その横に喪服姿の若い女が座っていた。それがみゆかだった。そのときの野呂はまだ、息子が妻にした女の名前すら知らなかったのだが。宙太はみゆかの膝の上にいた――まだ、遺族の人数にも入らないくらいのちっぽけな赤ん坊だったのだ。野呂が入っていったときにはグレイのサマーセーターを着た男がひとり焼香していて、振り返って野呂に気づくと、あからさまに不審者を見る顔になってじろじろと眺めた。

みゆかが野呂に頭を下げた。泣いてはいなかったがひどく疲れた顔をしていた。夫のために何もしてくれなかった義父を、怒ったり恨んだりする気力も今はない、という顔だった。遺影の青一は二十歳くらいに見えた。愉しそうに笑っていた。亡くなったときは二十九歳だった。数年前まではこんなふうに笑っているときもあったのだ、と野呂は思った。この頃に俺が会いに行けば、会って話を聞いてやれば、解決策を一緒に考えてやれば、息子は死ななかったかもしれないのだ、と。

焼香をすませ、「どうぞあちらへ」とみゆかに言われるまま隣室へ行くと、そこは狭苦しいダイニングキッチンで、さっきのサマーセーターの男と、その妻であるらしい女が座っていた。テーブルの上にはビールと寿司が並んでいた。瓶ビールを男が傾けたので、仕方なくそこにあったグラスで野呂は受けた。みゆかと涼子がこちらへやってくる気配はなくて、追い払われたようにも、監禁されたようにも感じられた。

「私たちは、このすぐ隣の家の……。亡くなった仙崎さんとは、道で会って挨拶する程度のお付き合いだったけど、いつも感じが良くて、穏やかな方で。信じられなくてねえ……こんなことになっちゃったのが」

男はあきらかに野呂が誰なのかを知りたがっていたが、野呂は何も答えられなかった。息が詰まったようになって、言葉が出てこなかった。父親でした、と言えばいいのか。そんなこと、言えるはずもない。

女が男に何か合図した気配があった。

「蛍が、もう飛んでたでしょう」

女は言った。これは俺ではなく自分の夫に話しかけているのだろう、と野呂は思うことにした。

「早いわよね、いつもより。一昨年もそうだったじゃない」

「タクロウさんが亡くなったときだよね」

「そう。やっぱりそういうときに早く飛ぶのよね。連れてくるのよ、亡くなったひとが」

「仙崎さんも、じゃあ、いるね」

「最初に見えた一匹がそうだって言うわね。だからひとによって違うのよ。そのひとが最初に見た一匹がそうなの。そうやってみんなに会いにくるのよ」

ふたりは声を潜めて喋っていたが、まるで両の耳に男と女がそれぞれ口をつけて言葉を吹き込まれているみたいに野呂には感じられた。愚にもつかない話だと思うのに、二人の言葉が体の中で鉛の塊に変わったかのように、体が動かず、立ち上がることもできなかった。

「口がきければいいのにな」

「口がきけないからいいんじゃないの」

やめろ、やめてくれ。野呂は叫び出しそうだった。みゆかがそこで部屋に入ってこなければ、本当に叫んでいただろう。

その日、それからみゆかと何を喋ったわけでもなかった。むしろみゆかが挨拶に来たのをきっかけにして、その家を逃げ出したのだから。だが帰り際にみゆかと連絡先を交換した。野呂はその後、みゆかが何と言おうが毎月、まとまった金を送ることを続けた。みゆかのほうからは毎年、野呂からの援助への礼と母子の近況を記した暑中見舞いと年賀状が送られてきた。それで、島への移住の話が現実味を帯びてきたとき、野呂はみゆかが料理人であることを知っていたし、彼女が働く店を訪ねることもできたわけだった。

隣室から物音がした。碇谷夫妻が階下から戻ったのだろう。

何を聞きたいわけでもなかったが、野呂は何となく耳をすませた。防音に心を砕いたわけではないが、何もかも素通しに聞こえるような造りにはなっていない。ふたりの会話は、言葉ではなく音として聞こえてくる。

碇谷芳朗の低い声は、ボワボワと聞こえる。夫人の声はサラサラと聞こえる。ボワボワボワ。サラサラ。サラサラサラ。ボワ。そうだな、と野呂は納得する。この家にはひみつが多すぎるとみゆかは言っていた。彼らと同じ部屋にいて、お互いの言葉をちゃんと聞き取っていたときでさえ、俺たちはずっとボワボワとサラサラの中にいたようなものだったな。

野呂は階下に降りて風呂に入った。熱く沸かした湯にがまんの限界まで浸かり、そのあと頭から冷たいシャワーを浴びた。それで、まあ思い込みかもしれないが、少しは酔いが覚めた気になって浴室を出た。

みゆかはキッチンにいるようだ。夕食の支度だろう。宙太の声もする――「トマトってさあ」と言っているのがはっきり聞こえ、まったくあいつだけは明瞭だな、と野呂は苦笑する。しばらく迷ったが、結局素通りして二階に上がった。

隣室の物音や声はもう聞こえない。雨音が強すぎるのだ。さっきいったん小止《こや》みになったようにも思ったが、また激しい降りかたになっている。午後五時を回ったばかりだったが、雨雲のせいで外は冬の夕方のように暗かった。空と海は同じ黒っぽい灰色で、その間を雨の粒が塗りつぶしていた。浜にも道路にもひとの姿は見えない。映画のスタッフたちはどこで雨を避けているのだろう。船も飛行機も欠航するのなら、宿を取ったのか。港の食堂あたりで飲み直している連中もいるかもしれない。

雨に覆われてほとんど色が失われてしまったように見える景色の中に、ポツンと赤いものが見えるのは、空気を抜かれて浜に置き忘れられたビニールボートのようだった。宙太を乗せて引っ張ったボートだ。若い奴らと一緒に海に入っていた宙太をみゆかが連れ戻しにきたが、宙太はまだ遊びたそうだったから、酔っていたことも手伝って野呂は宙太の小さな手を握ったのだった。

その感触がよみがえった。やわらかくて、やけに体温が高い子供の手。それにボートを牽《ひ》いて海の中に入っていったときの、子供の重み、宙太がはしゃいで足をバタバタさせたときに引っ張る手に伝わってきた振動、ボートの上から自分でも水を掻こうとする宙太の手が、腕に触れたときの感触も。

それらを、野呂は、知っていたと思った。死んだ息子とは一年も一緒に暮らさなかった。もちろん一緒に海に行ったこともない。それでも俺は知っていた。俺は息子を抱いたことがあったし、眠る彼の頬っぺたや腕や足をそっとつついてみたこともあった。隣の部屋で仕事をしながら、息子がむずかる声、母親にあやされてそれが次第に静かになっていくのに、じっと耳をすませていたこともあった。そのときの記憶、そのときの感覚は、ずっと俺の中に存在していたのだ。俺は宙太と触れ合って、それを得たのではなくて、それを取り出したのだ。

ふいに野呂は、階下へ駆け下りてもう一度宙太に触りたくなった。頭を触り、顔を触り、手や足を触り、摑み、がばりと抱いて、一緒に床に倒れこみゴロゴロと転がりたい。

そうするかわりに、机に戻った。スマートフォンを取り出して小夜に電話してみる。今日は朝一回、浜で一回、これが三回めだ。やはりいつものメッセージが応答するだけだった。ふん。鼻息ひとつ吐いて、抽斗を開ける。小夜のエッセイを取り出す。

〝海から来た〟

野呂は読みはじめた。

〝今日も彼がやってきた。「どこにいたの？」と私は聞いた。「海から来た」と彼は答えた。いつもその答えだ。……〟

四百字の原稿用紙で五枚程度の分量があった。夢の話のようでもあったが、夢であるとはどこにも書いていなかった。幻想小説のようでもあった。作りごとを書くのはもちろんかまわないが、夢とか幻想の話は、本人が思っているほどは面白くならない。むしろ読者を退屈させる。そういう話をそのうち講座でしようと予定していたが、小夜のその、夢のような幻想のような文章を、野呂は夢中で、何度も繰り返し読んだ。

「彼」は毎日やってくるらしい。「どこにいたの？」「海から来た」というやりとりの後、「私」は彼とともに昼食を食べる。〝今日もまた冷やごはんと昨夜の残りのべっこう漬けしかなくて、お茶漬けにする。〟「彼」は文句も言わず、ふたり黙々とお茶漬けをすする。昼食のあと、ふたりは布団を敷いて寝る。昼寝なのか、性交するのかは定かに書かれていない。しかし二時間ほど経った後、起き上がった「私」は、気怠《けだる》く疲れている。「夕飯の買いものに行こう」と「彼」が言う。しかし「私」は、「めんどくさい」と答える。「じゃあ、俺ひとりで行ってくるよ」と「彼」は言う。「彼」は家を出ていく。女は布団に寝そべったままで、見送りもしない。玄関が閉まる音だけを聞いている。それで終わりだ。

ずっと両手から離さなかったテキストを、野呂はようやく机の上に置いた。それでもまだ頭の中は、小夜のエッセイ（？）のことでいっぱいだった。これをエッセイということにするなら、「私」は諸田小夜だろう。とすれば「彼」は誰なのか。実在する男なのか、実在した男なのか、実在してほしい男なのか。

お茶漬けとか昼寝とか、日常的なことが綴《つづ》られているのに、何か荒涼とした印象を受ける文章だった。寂しい。それに、怖い。タイトルにもなっている「海から来た」という「彼」の返答の不気味さが、低い通奏低音のように文章全体を支配しているせいだ。「海から来た」とはどういう意味なのか。「彼」は毎日、海から来るのか。ひとり家を出ていった「彼」は、本当に買いものをして帰って来るのか。

小夜は書いたのだ。

野呂はそう考えた。重要なのはそのことだった。小夜は、これを書いたのだ。俺が読むとわかっていて。どうしてだ？　俺はまず小夜に、そう聞かなければならない。「彼」って誰だ？　俺ではないよな。あれはまったくの創作なのか？　それともいくらかでも本当にあったことなのか？　創作だとしたら、どうしてああいう話を書いたんだ？　どうして彼は毎日、海から来るんだ？

エッセイ教室の講師としてではなく小夜の恋人として、俺はそう聞かなければいけないんだ。小夜は答えないかもしれないしはぐらかすかもしれない。それでも俺は、聞かなければならないんだと野呂は思った。

部屋から出ると、隣室からも碇谷夫人が出てきたところだった。

一瞬、間合いを測るように見つめ合ったあと、

「すごい雨ね」

と夫人が言った。

「碇谷さんは？」

「お昼寝中」

「〝海から来た〟か」

「え？」

いや、なんでもないと野呂は言った。小夜のエッセイが、碇谷夫婦のことでもあるような気がしたのだ。だとすれば毎日海からやって来るのは碇谷か、夫人か、どちらだろう？

「今日のお夕食は何かしら。あまりお腹が空《す》かないのよ」

「俺も、それを彼女に言おうと思って出てきたんだ」

「チーズとかハムとか、そんなものでちょっとワインを飲むくらいでいいんだけど」

「碇谷さんには、何かあったかいものを食わせたほうがいいんじゃないの。飲んでるうちに腹に隙間ができるかもしれないし……。まあ、ちょっと相談してみよう」

「お食事のあと、ちょっとお話ししたいことがあるの」

先に立って階段を降りていた碇谷夫人が、振り返って言った。

「俺もあるんだ。俺は、食事中でも、後でもいいよ」

キッチンでは鶏でとったスープが旨そうな匂いをたてていた。鶏の身は裂いてたっぷりの野菜やハーブとともにサラダ仕立てにし、干しエビやナッツ類もあしらって、食欲に応じてそのままサラダとして食べるか、雑穀米と合わせてタイふうの混ぜ飯のようにするか決めればいい、というスタイルをみゆかは考えていた。それに澄んだシンプルなスープ、碇谷夫人の希望でもあったチーズやハムや、常備菜を適当に組み合わせたプレート。野呂も碇谷夫人も賛成した。提示されてみれば、今夜の自分の食欲に最もふさわしいメニューであると思えた。すばらしい料理人だ、と野呂はあらためて思う。俺の息子が選んだ女は、まったくすばらしい料理人だ、と。

野呂はワインを選ぶふりなどして、碇谷夫人が二階に戻ったあともキッチンに残っていた。

「宙太は？」

と聞く自分の声が、何となくはじめて聞く声のように聞こえた。

「日記を書くって言ってました。ボートに乗ったときのことを書くって」

ボウルの中でタレらしきものを混ぜながらみゆかは答える。

「話すことにしたよ、碇谷夫妻に。あなたたちのこと。宙太が俺の孫だってこと。あなたが俺の息子の妻だったこと。俺には息子がいたこと」

みゆかは背をねじって野呂を見た。

「嬉しいです」

「もしよければ、宙太にも言うよ、本当のことを」

みゆかは頷いた。

「あいつ、わかってるっぽいけどな」

「わかってるっぽいのと、わかるのとでは違いますよ」

「そうだな」

野呂は立ち去ろうとして、少し考え、振り返った。

「そのうち少しずつ教えてくれ。息子のこと」

「今からでもいいですよ」

「いやいや。そのうちでいい。何もかもいっぺんには無理だ」

野呂は笑った。

部屋へ戻ると机の上に目をやった。小夜のエッセイとともに、スマートフォンが置いてある。野呂はそれを手に取った。

小夜に電話をかけた。呼び出し音が聞こえてくる。いつもは二回鳴ってからメッセージの応答だが、もう五回目だ。

「もしもし」

電話が繋がり、小夜の声が聞こえた。もしもし。俺だよ。もしもし。野呂は勢い込んで声を吹き込む。

小夜が何か答えた。しかしはっきり聞き取れない。電波の調子が悪いようだ。もしもし。もしもし。野呂は必死で声を送った。聞こえない……という小夜の声が微かに聞こえた。それから電話はプツリと切れた。

野呂が慌ててかけ直そうとしたとき、電話が鳴った。

「小夜？」

ディスプレイも見ずに呼びかけると、戸惑った声が「いや……」と応じた。かけてきたのは監督だった。

7

碇谷芳朗

ドアを叩く乱暴な音がした。この家では聞いたことがない音だ。客ならば呼び鈴を鳴らすだろう。リビングのソファから芳朗は腰を浮かした。

どやどやとひとが入ってきていた。男ばかりで、みんな険しい顔をしている。みゆかが慌てた様子で玄関に駆けていく。まさか警察か。みゆかが呼んだのか。家探《やさが》しでもするつもりなのか。

野呂が階段を降りてきて、そのうしろに蕗子も続いていた。蕗子、蕗子。芳朗は妻を呼び止めた。小声のつもりだったのに、慌てていたせいだろう、自分でぎょっとするほど響きわたって、その場の全員が芳朗に注目した。これではまるで自分から捕まえてくれと言っているようなものだ。どうしたらいいかわからなくなって突っ立っていると、蕗子が駆け寄ってきた。

「ここを出ないと」

芳朗は今度こそ小声になって、そう言った。声量を絞ることはむずかしく、息が詰まるような気がした。

「いったいどうしたの?」

蕗子も声を潜めて聞く。

「あいつら……刑事だろう。うまくごまかして、逃げないと」

「刑事じゃないわ、映画のスタッフよ。さっき野呂さんが言ってたでしょう。雨がひどくて今日は島から出られないの。泊まるところが全員ぶんは手配できないから、何人かうちに来るって」

「ああ……」

そう言われれば、そんな話を聞いたような気がする。今日はいろんなことがありすぎた。頭のスペースにはかぎりがあるから、詰め込みすぎると端から落ちていってしまう。

「ひとりかふたりだと思っていたんだ」

言い訳すると、蕗子は頷き、客たちのほうへ行ってしまった。なるほど、全員びしょ濡れだ。みゆかと宙太がタオルを持って走り回り、野呂と客たちが何か話している。大声だ。

てんでに喋っているから、意味が伝わってこない。ただ彼らの声が頭の中でわんわんと響く。

耐え難くなり、芳朗は二階の自室に戻った。落ち着く間もなく足音が追いかけてきて、隣室がまたどやどやしはじめた。こっちでいいのか？　布団は？　などと言っている。声から、さっきの男たちであるとわかる。野呂の部屋に寝ることになったのか。

「隣は？」

と誰かが言った。芳朗は思わず耳をすます。

「ああ、だめですよ、隣は。あのひとの部屋らしいです」

部屋の外に聞こえるとは思っていないのだろうか、男たちは遠慮のない声量を響かせている。

「わかってるのかな、俺たちのこと」

「浜にいるときはそんな感じじゃなかったですけどね」

「下手したら……」

そこでいきなり会話が途切れた。芳朗は思わず壁から後ずさる。聞き耳を立てていることに気づかれたのか。男たちが壁のほうを睨みながら、ひとりが手帳か何かを取り出し、以後の肝心なことは筆談でやりとりしている様が目に浮かんでくる。

肝心なこと。それはなんだろう？

刑事ではなかった。映画のスタッフたちだ、と蕗子は言っていた。それは本当なのだろう。だが、映画のスタッフだから全員が自分や妻にとって安全な人間であるとはかぎらない。実際、ロケ隊の中にはあの男が紛れ込んでいたではないか。あと数人、自分と妻を付け狙う人間が潜んでいる可能性はある。そしてその数人がうまく理由をこしらえてこの家に入り込み、今、隣室でこのあとのことを企《たくら》んでいる可能性も。あいつらはどこにだっているのだ。これまでだってそうだったのだから。


葬式で、蕗子は見つけられてしまった。

だから行くなと言ったのだ。いや、言えなかった。蕗子の気持ちもわかったからだ。行かなければいいのにと思っていた。

蕗子が教師をしていたとき、彼女に懸想《けそう》していた男子生徒がいて、そのあと何年も経ってから、彼が死んだという報《しら》せが届いた。蕗子が彼に対して、昔もそのときも、恋愛感情めいたものを持っていなかったのは間違いない。だが、少年の頃に自分を慕っていた男が若死にしたとわざわざ知らされれば、焼香に行ってやりたいと思うのは自然なことだろう。だから、行くなとは言わなかった。ただ、何かいやな予感がしていて、それは的中してしまった。

テレビ局の関係者が、その斎場に来ていた。蕗子の元教え子の葬儀ではなく、同じ斎場で執り行われていたべつの葬儀に参列していたのだ。ロビーで向かい側から歩いてきた男が、蕗子を見てあっという顔をして、いったん通り過ぎたあと後ろから追いかけてきた。蕗子の説明によればそういうことになる。

蕗子は彼に見覚えがなかったそうだ。だが彼は「碇谷芳朗さんの奥様ですよね？」と声をかけてきた。あなたと一緒にいるところをどこかで見かけたんでしょうね。蕗子はそう言っていたが、見かけただけの女を斎場の人波の中から見つけ出すというのは異様だ。日頃から見張られていたとか、尾行されていたと考えるほうが自然だろう。

「浅江さんのことは残念でした」

男はいきなりそう切り出した。喪服のひとたちが行き交う中で。

「碇谷さんと奥さんは、一緒だったんですよね、彼女が死んだとき」

「はい」

と蕗子は頷いた。頷くしかなかっただろう。浅江が自宅マンションのベランダから「止める間もなく飛び降りた」と警察に説明したのは僕らなのだから。

「ここだけの話、彼女が自殺した理由はなんなんですか」

男はずけずけとそう聞いた。

「さあ、わかりません」

蕗子は答えた。

「こんなところでお話しすることじゃないと思いますけど」

強い口調でそう言ってやると、男はにやにや笑いを浮かべた。

「じゃあ、どこかべつの場所でこっそりお話ししましょうか」

「何のために？」

「あなたがたのために」

「ごめんなさい、もう行かないと」

蕗子は男の横を擦り抜けようとした。その袖を、男が摑んだ。蕗子はぞっと鳥肌が立った。

「あなたは浅江さんを殺したかったのではないですか」

男は蕗子の耳元に自分の顔を近づけると、そう言った。蕗子は男の手を振り払って逃げた。

葬儀の数日後、蕗子からその話を聞いたあと、ちょっとした諍《いさか》いになった。そんな大事な話を数日間黙っていたことと、彼女がさほど深刻には受け止めていないふうだったことに、僕が感情的になったのだ。

「行くべきじゃなかったんだ」

そのときにそう言ってしまった。理不尽であることはわかっていた。蕗子は驚いた顔で僕を見た。

「私のせいだっていうの？」

「もっと用心するべきだと言っているんだ」

僕はそう言ったが、そのじつ、浅江が死んだのは君のせいだろう、と心の中では思っていた。それともやはり僕のせいだろうか。僕が浅江と関係しなかったら、蕗子が彼女を突き落とすこともなかったのだから。蕗子のせいだなどと思うことは、僕のいやらしい自己弁護だろうか。このことを考えはじめると混乱する。今でもだ。

宙太が呼びに来たので、芳朗は渋々一階に降りた。子供というのは有用なものだなと思う。蕗子や野呂にならば通用する言い訳が、宙太には通じそうもないから、呼びに来られたらおとなしくついていくしかない。

リビングに食事の支度が整っていた。料理を山盛りにした大皿が並んでいて、夕食というよりは立食パーティみたいに見える。野呂と男ふたりがソファに、もうひとりがダイニングから持ってきた椅子に収まっている。さっきは十数人が上がり込んできたという印象があったが、これだけだったのか。ひとり掛けソファの片方に座っている蕗子が、もう片方に座るようにと芳朗を手招きした。

「すみません、押しかけまして……」

野呂の隣の男が言った。見たことがある顔だ。浜で挨拶したか、少しは喋ったりしたのかもしれない。さっきの会話を僕に聞かれたことは気づいていないのだろう、と芳朗は思う。

「いらっしゃるのを楽しみにしてましたよ」

と返してみる。相手はバツの悪そうな表情になった。

「悪いね。全員、俺の部屋に泊めるから。俺は今夜はソファで寝るよ」

野呂が口を挟んだ。

「えっ、それはだめですよ。先生は、ベッドでお休みください。僕らは床で雑魚寝しますから」

男が言う。

「俺を先生と呼ぶやつと一緒の部屋で寝たくないよ」

「そんな……。じゃあ野呂さんと呼びますから。今夜は同じ部屋で一晩中語りあかそうと思ってたんですよ」

「いやだよ、俺は」

笑いながら野呂は言った。ずけずけと男をあしらっているが、機嫌はいいようだ。

これで最後です、と言いながら、みゆかが大皿を持ってやってきた。大皿の上には肉の唐揚げのようなものがどっさりのっている。

「ずいぶん作ったなあ」

野呂が言い、

「急遽、質より量にしました」

とみゆかが笑う。

「いや、旨そうです。急なのにこんなに……」

男たちは口々に礼や世辞を言った。各自に飲みものが行き渡り――気がつくと芳朗は白ワインのグラスを持っていた――、「じゃあ、とりあえず乾杯でもするか」と野呂が立ち上がった。

「乾杯！　俺の家族に！」

よく意味がわからないまま、乾杯、と芳朗はグラスを挙げた。ほかの者たちも戸惑った顔をしている。説明するよ、と野呂は言った。

「俺には家族がいるんだ。ここにいるんだ。あんたらのことじゃないぞ。申し訳ないけど、碇谷さんたちのことでもない。本当の家族という意味だからな。彼女とあの子のことだよ。あのふたりは、俺の娘と孫なんだ。つまり……そういうことだよ。発表するよ」

しばらくみんな黙っていた。当のみゆかと宙太も、どうしたらいいかわからない様子をしている。

「あらまあ」

最初に声をあげたのは蕗子だった。

「そうじゃないかと思ってたわ」

「ホントか？」

「いえ……そうでもないけど」

蕗子は笑った。そこでほかの者たちも笑いはじめた。こういうところが僕の蕗子だ、と芳朗は思う。いつでもさりげなく、その場の空気を整える女だ。だがなんの話だ？　また何かが頭からこぼれていく感じがする。なにが「そうでもないけど」と言っているんだ？

「とにかくちゃんとわかるように説明してもらいたいわ。もちろんそうするつもりだったのよね？　野呂さんは」

野呂はへんな声で呻《うめ》いたが、それは同意の意味らしかった。そして野呂は説明しはじめた。今度こそこぼれないように、芳朗は懸命に耳をすませた。野呂には息子がいたらしい。みゆかは実の娘というわけではない。その息子の妻だった女性だ。だから宙太は彼の孫ということになる。なるほど。

野呂の息子の名前は青一。彼は六年前に死んだ。なんでだ？　事故か？　しばらく間を空けたあと、病気だった、と野呂は言う。俺はずっと後悔してたんだ。息子が病気のときに、何もしてやらなかったから、と。その後悔のせいで、みゆかのことを僕たちに打ち明けられなかった。じゃあなんで今打ち明けるのだろう。何があったのだろう。後悔はもう消えたのか。どうやったら消えるのか。

いや、ちょっと待てよと芳朗は思う。みゆかが野呂の息子の妻だったとするなら、浅江の娘が野呂の息子と結婚していたということになるのか。そうか、それでみゆかは、野呂を通じて僕らのことを知ったんだ。そういうことか。

「いやあ。小説みたいな話ですね」

野呂の隣の男が言い、野呂は彼を見て何か言いかけた。そのとき呼び鈴が鳴った。みゆかが玄関へ向かう。

「すいません、遅れました。ファンクラブに捕まってて……」

入ってきたのはあの男だった。上半身裸で、頭から灰色のタオルをかぶっているが、そのタオルも、裸の皮膚もずぶ濡れだ。

「よう、ショーン、お疲れ」

「ショーンさん、お疲れ様です」

男たちが口々に彼を出迎えた。


僕が四十六のときに、母が死んだ。蕗子が浅江を殺した数年後のことだった。

誤嚥《ごえん》性肺炎を起こして病院に運んだが、持ちなおさなかった。死亡が確認されたあと、葬儀の手続きやその周辺の事情で、蕗子が僕よりも少し先に家に戻っていた。

悲しみや寂しさと、それを上回る安堵――介護生活は実質的にも、精神的にも楽ではなかった――を味わいながら、駅からの道を歩き、家の近くまで来ると、何かが焦げているような匂いが漂っていた。蕗子が動転して鍋か薬缶をかけっぱなしにしているんじゃないのか。そう思い、慌てて家に入ったが、蕗子は家の中にはいなかった。火は中庭で上がっていた。

「なんだ、何をやってるんだ」

驚いて声をかけたが、蕗子はしばらくの間振り返らなかった。その足元で何か黒いものが炎に包まれていた。庭の土の上に直《じか》に置いて火をつけたらしく、周辺の草まで焼けていた。

「何を焼いているんだ」

僕は蕗子の前に回り込んだ。燃えているのは服のようだった。黒い服だ。

「喪服よ」

と蕗子が言った。僕には意味がわからなかった。ただ、ぞっとしたことを覚えている。

「なんで……」

「喪服が必要でしょう、だから出したんだけど、気持ちが悪くって。どうしても焼かずにはいられなくて。思い出してしまったのよ、いつかのお葬式で、へんな男に袖を摑まれたこと」

言われて、僕はすぐに思い出した。思い出したが、やっぱり理解はできなかった。なぜ今、母親が死んだその日に燃やすのか。

「あの男とあれから何度か会ったのよ」

蕗子は意外なことを言った。

「どこで？　どうして？　なんで僕に黙ってたんだ？」

「不快になるのは私ひとりだけでたくさんだと思ったからよ」

「会ってどうしたんだ」

「お金を払っていたの」

「なんだって？」

「一回に払ったのはたいした金額じゃないわ。あいつは一生私にたかるつもりでいたのよ。でも、幸いそうはならなかったの。死んだのよ、数日前に」

「おい蕗子」

僕は思わず妻の両肩を摑んだ。蕗子は僕を宥めるように微笑した。

「私が殺したんじゃないわ。勝手に死んだのよ。心筋梗塞ですって。約束の日に来なかったから電話をかけたら、知らないひとが出て教えてくれたの。もちろん、私、本名なんか名乗らなかったわ。あの男の奥さんだかお母さんだかわからないけど、教えてくれたひとも私の名前どころじゃないというふうだった。急死だったから、ばたばたしてたんでしょう。死んじゃうって便利なものね、場合によってはね」

それから蕗子は、今はもう火が消えて燻《くすぶ》っている喪服を踏んだ。右足で、土の上ににじりつけた。ゆったりしたデニムに白いソックスを履いていたが、庭用のサンダルからはみ出したその白い爪先が、煤《すす》で汚れるのも気にせずに。

あのあと、母の葬儀に蕗子は何を着て参列したのだったか。喪服を二着も三着も持ってはいなかったはずだ。黒一色の参列者の中で、ひとり青い服を着ていた蕗子。いや赤い服だったかもしれない。参列者たちに眉をひそめられながら、平然としていた妻。なぜかそんな情景が浮かんでくる。そうだったのか。そうではなかったのか。

視線を感じて芳朗は顔を上げた。

あの男が見ていた。今はもう水滴を滴《したた》らせてはおらず、チェ・ゲバラの顔がプリントされた緑色のTシャツを身につけている。ぶかぶかだから、野呂の服を借りたのかもしれない。仲間たちからはジョーンと呼ばれている。渾名だろうか。その名前を以前にも聞いたことがあるような気がする。どこでだったろう。それが思い出せれば、もっと何かが——今起こっていることの仕組みがはっきりするような気がするのだが。美男といっていい容姿をしている。外国人みたいな顔つきだ。イタリアの詐欺師といったところだ。小悪党だ。

そうだ、なぜ気がつかなかったのか。蕗子をゆすって小金をせしめていた男も彼だったのではないのか。いや、待て。あの男は死んだと蕗子は言った。蕗子が突き落として。いや、そうじゃない、心筋梗塞で。話していたら突然胸を押さえて蹲って、そのまま床にくずおれて。俺が救急車を呼んだのではなかったか。

「君は双子か？」

芳朗は言った。再び、その場の全員に注目された。また大きな声を出してしまったらしい。

「いや……。どうしてです？」

ショーンと呼ばれている男は僅かに身を引くようにしてそう答えた。

「君と、どこかで会った気がするんだ」

「あなた」

蕗子の手が芳朗の膝に触れた。すぐ隣にいたのか。庭にいたんじゃないのか。いや違う、あれは数年前だ、記憶の中のことだ。

「何か少し食べたら？」

「いや、もう十分に食べた」

少し苛立ちながら芳朗は言った。この場で自分が何を食べたのか、腹が空いているのか空いていないのかもよくわからなかったが、今はそんな場合じゃないだろう。ここに肝心な男がいるのに。

「どうしてさっきから僕のほうばかり見てるんだ？」

「そんなつもりはありませんでしたが……。お気に障ったのでしたら、すみません」

「君はどうして今日、ここにいるんだ？　誰の伝手《つて》だ？　どうして誰にも咎められないんだ？」

ショーンと呼ばれている男はじっと芳朗を見返した。なんだ、こいつは今にも泣き出しそうな顔をしているぞと芳朗は思った。泣き落とするつもりか。

男の顔が大きく歪んだと思ったら、次に聞こえてきたのは笑い声だった。は、は、は。

「まったく、あなたのおっしゃる通りですね。どうして僕はここにいるんでしょうね」

「あなた……」

芳朗がさらに何か言おうとしたとき、頬に何かがぴしゃっとかかった。指で拭うと赤かった。反応する間もなく、テーブルの上でグラスが跳ねた。それから芳朗の膝の上に、赤い肉片のようなものがぺしゃりと落ちてきた。

「おいおい……」

というのは野呂の声で、

「ちょっと、監督、だめですよ」

とべつの男の声が続いた。

「いいこと言いますなあ、あなた！」

野呂の隣の男が芳朗に向かって言った。ろれつが回っていない。いろんなものを投げたのはどうやらこの男らしい。

男は彼の前の大皿から、醬油に漬けた刺身を数切れ摑んで、その手を大きく振り上げた。

いいかげんにしろ。野呂が怒鳴って、彼をはがいじめにする。振り上げた腕がそのまま動かせなくなって、摑んでいた刺身がプラプラ揺れた。その一枚が、野呂の頭の上に落ちる。

野呂は頭を振ってそれを落とした。

「もう寝ろ。誰かこのひとを二階に連れてってくれ」

「いやですよ。今日はとことん語りあかしましょうよ、先生」

「飲み過ぎだ、あんたは」

「監督、行きましょう」

「うるさい」

「宙太、あなたもお部屋に行ってなさい」

「まだ食べ終わってないよ」

「先生、僕はね、本当は小説家になりたかったんです」

「いいからもう飲むな」

「監督」

「じゃまなんだよ、おまえら！」

監督と呼ばれている男は突然吠えるような声を出し、野呂を振りほどこうとして暴れ出した。きゃ、という小さな声を蕗子があげる。テーブルの上がめちゃくちゃになり、いろんなものが飛んでくる。水の中に何色も絵の具を落としてぐるぐるかき混ぜたときのように、人やモノや声や音が混じっていく。

大混乱というやつだ。芳朗は他人事《ひとごと》のように思った。実際のところ、この騒ぎの中で自分だけが誰からも見えてないかのように、ぽつんと取り残されているような感じがした。いや、あいつもいる。ショーンと呼ばれているあの男はどうしている？

あらためて見渡すと、彼はどこにも見当たらなかった。大声を上げ、手を振り回し足をバタバタさせているのは監督と呼ばれている男、その周囲に野呂と、監督と一緒に来たふたりの男が取り付いている。蕗子はどこだ？　ああ、蕗子は今、キッチンのほうへ小走りになっている。何かを取りにいくか、何かをこの場から遠ざけようとしているのだろう。入れ替わりにみゆかがキッチンから出てきて、テーブルの上のグラスを盆の上に集めてまたキッチンへ戻っていく。宙太が出迎え、みゆかに何か言われてまた引っ込む。だが、あの男はどこだ？

監督と呼ばれる男が、それまでとは違う種類の声を発して、体をくの字にしたと思ったら、嘔吐した。ぐるぐる混ざった景色が男の口から吐き出されテーブルや床に飛び散る。芳朗は思わず椅子から立ち上がり、その場を離れた。すると玄関のドアが今しも閉じようとしているのが見えた。誰かが開けたから、閉じるのだ。ドアの隙間を緑色がさっと過《よ》ぎり、消えた。あいつだ。ショーンだ。あの男が出て行ったのだ。

痛いほどの雨に打たれながら、同じだ、と芳朗は思った。

浅江に会いに行くときと同じだ。晴れでも曇りでも、朝でも昼でも、いつもこんなふうに、暗やみの中、土砂降りの下を歩いているような気がしていた。

来た道を戻れば、濡れない温かな家、蕗子が待っている家があったのに、なぜいつも雨の中を歩いていったのだろう。浅江をそれほど愛していたわけではなかった。いや、愛してなどいなかった。あの当時でさえ、そのことがわかっていて、なぜ、なぜ、と思いながら歩いていたのだ。

体だろうか。蕗子よりも若かった、浅江の体。それがそんなに必要だったのか。必要だった。薬みたいに感じていたのだ。若返る薬。実際、効いていると信じていた。ばかばかしい。あの当時僕は四十代のはじめだった。十分若かったのに。何を焦っていたのだろう。蕗子を置き去りにしてひとり時間を逆行しようとしていたのか。

男は岩場のほうへ歩いていく。思った通りだ。あの岩場には、いつかみゆかが盗聴器を仕掛けていた。それで僕と蕗子の会話を盗み聞きして、仲間を呼んだのだ。それがきっとあの男だ。男はバシャバシャと水音を立てて岩場へ近づく。芳朗も同じ速度であとを追ったが、男はいっこうに気づく様子もなかった。雨音が気配を遮断しているのだろう。それに、男はたぶん、自分の使命で頭がいっぱいなのだ。使命。男の使命とはなんだろう。浅江の仇《かたき》を取ること。浅江が死ぬ理由を作った、僕に復讐すること。そうだ、復讐されるべきは蕗子ではなく僕なのだ。僕ひとりだ。ということは、僕は男にまんまとおびき寄せられているのではないか。男は、僕が付いてきているのを知っているのではないか。

「おい！」

芳朗は大きな声で呼びかけた。そうしようと意識していなくてもこの頃は大きな声が出る。自分でもびっくりするほどその声は響いて、雨音を突っ切って男まで走った。

アーチ型に穿《うが》たれた岩の陰に消えて行こうとしていた男が、目を剝《む》いて振り返った。

そこは岩場の、こちら側と向こう側を繋ぐトンネルのような場所だった。向こう側には砂浜の端が細くかかっていて、その向こうは海だった。ふつうの降りかたの雨ならばここで昼寝でもしながらしのげるだろう。今日の荒れくるうような雨はいくらか降り込んできたが、それでも外よりはマシだった。

「さすがだね、こんな場所は地元の人間でも知らないんじゃないか」

トンネルの中で男と向かい合い、芳朗は言った。男はあいかわらず目を剝いて、岩壁に張りついていた——まるで芳朗の圧によって、そこに押し付けられているとでもいうように。

「なんで追いかけてくるんです？」

「じゃあなんで君はここに来たんだ？」

質問に質問で返すと、男はあきらめたようにしゃがみ、長い両足を前に投げ出して座った。

「逃げてきたんですよ、あそこにいたくなくて」

「いたくなくて？　君は自分の意思でこの島に来たんだろう」

「自分の意思か。意思意思意思意思」

意思の連呼は動物の鳴き声みたいに聞こえ、芳朗は少しひるむ。気をつけろ、と自分に言いきかせる。こいつはふつうじゃないんだ。尋常じゃない悪党なんだ。

「意思なんて、なんの保証にもなりませんよ」

「ごまかすんじゃない。みゆかとは、どういう関係なんだ」

「みゆか？　誰のことです？　僕に逃げろと言ったのは、あなたの奥さんですよ」

「蕗子が？」

嘘だ、と芳朗は怒鳴ったが、動揺は隠せなかった。蕗子が逃げろと言った。じゃあやはり妻もあちら側なのか。緑色のカプセル。男のTシャツと同じ色の薬。あれはやっぱり毒だったのか。死ぬべきは僕か。蕗子が、そう思っていたのか。

「あっ」

男が声を上げ、飛びかかってきた。

碇谷蕗子

吐瀉物《としゃ》の始末をしている間に監督はおとなしくなり、気がつくとソファの上で鼾《いびき》をかいて眠りこけていた。めちゃくちゃになったテーブルの上や床に散乱したものもあらかた片付いたようなので、蕗子は二階に着替えに行った。スカートの裾が汚れていたからだ。

Tシャツとデニムに着替えるほんの短い間に考えたのは、野呂の告白のことだった。みゆかは彼の義理の娘だった。知らされてみればあっけなく、ずっと前から知っていたような気さえした。蕗子は野呂が羨《うらや》ましかった。みゆかや宙太という家族（そう、野呂はその言葉によって告白をはじめたのだった）がいた、ということではなく、彼が告白したということ自体が。もちろん全部を知らされたわけではない。みゆかとの関係を野呂がずっとひみつにしていたのは、息子の死にまつわる屈託があったからだということまではわかったが、それ以上は野呂は語らなかった。それでも、彼はひとつ荷物を下ろしたのだ。蕗子は寂しかった。自分ひとりが重い荷物をいくつも持たされて、置いてけぼりにされたように感じた。

蕗子が自室にいたのは五分足らずだった。しばらくひとりで部屋にこもっていたかったが、芳朗のことが気がかりだったから、すぐ降りた。五分と目が離せない。小さな子供の母親だったら——もしも自分がそうなっていたら——そういう状況も経験したのかもしれない。そう考えると少し笑える気もした。神様はこういうかたちで帳尻を合わせてくれるのかもしれない。

リビングには、嵐が過ぎ去ったあとの——家の外はまだ嵐だったが——気怠さみたいなものが漂っていた。監督はあいかわらず大鼾で、野呂、みゆか、映画スタッフのふたりの男が、それぞれの場所にぐったりした様子で座っていた。

「夫は?」

「あれ、一緒に上に行ったんじゃないの?」

野呂が言った。蕗子はみゆかの答えを待たずに洗面所へ向かった。いない。再度二階へ駆け上がり、すべての部屋を見て回った。いない。階段を、今度は駆け下りる。

「ショーンさんもいません」

階段の下で待っていたみゆかが言った。蕗子は玄関へ走った。

傘は役に立たなかった。すぐに見切りをつけて閉じてしまったそれを、武器のように握りしめて蕗子は歩いた。

風がさっきよりも強くなっていて、雨が横殴りに吹きつけてくる。あっという間に全身がずぶ濡れになり、Tシャツとデニムが体に張りついた。目にも鼻にも口にも、雨が入ってくる。辺りはもう真っ暗で、浜辺に沿って灯る街灯の光が、それが届かぬ場所の闇をいっそう濃くしているようだった。外に出ている者などひとりもおらず、車すら通らなかった。

蕗子は怯まなかった。こんなもの、どうということはない。ただの夜、ただの雨と風にすぎない。どんなに濡れたって拭えば乾くのだから。朝が来ればあかるくなって、私は元通りになるのだから。

「あなたぁー」

雨風の音に負けないように、呼んでみる。何度か声を上げたあと、これでは夫に聞こえても理解されないかもしれないと思い、

「芳朗さぁーん」

と呼び直した。新婚の頃、こう呼んでいたと、場違いな思いが浮かぶ。芳朗さん。「あ

なった」と呼びかけるようになってから、ほとんど名前を呼ばなくなった。それはいつからだったのだろう。

「碇谷さぁーん」

出会った頃はそう呼んでいた。いつから名前で呼ぶようになったのか、それも覚えていない。君も碇谷さんだろう。芳朗からそう言われたときのことは覚えている。とすれば結婚後、しばらくは彼を碇谷さんと呼んでいたのだ。それがいつから芳朗さんになり、あなたになったのか。そういう変化の瞬間が、これまでの結婚生活の中にはきっといくつも埋まっているのだろう。覚えていないなんてことがどうしてあるのだろう。どれも大事な瞬間だったに違いないのに。

「碇谷芳朗さぁーん」

まるで川の中を渡るように、水を跳ね上げて歩きながら蕗子は呼んだ。

「碇谷芳朗ぉーっ」

ぜったいに見つけてみせる、見つからないはずはないと思っている一方で、なんのためにその名前を呼んでいるのか次第にわからなくなってくるようでもあった。それでも蕗子は呼び続けた。

「碇谷ぁーっ」

と。

救急隊員や医者に、もちろんいくらかの嘘は吐いた。

お身内の方ですかと問われて、「元愛人とその妻です」などと答えられるはずもない。だから「友人です」と答えたし、「相談があると言われて、彼女の家を夫婦で訪問していました」と説明した。「頬を打とうとしたらいきなり胸を押さえて倒れました」などと言えるわけもないし、言う必要もなかっただろう。だから「話していたらいきなり胸を押さえて倒れました」と説明した。

とにかく、あの女は心臓発作で死んだのだ。それは真実だ。女の頬を張るために蕗子が手を上げるのとほとんど同時に、女の体がくらりとこちらに傾いてきたので、一瞬蕗子は、攻撃されるのかと思った。とっさに飛び退ると、そのためにできた空間《すき》に女は倒れこんできた。胸を押さえて呻きながら、カーペットの上で体をくの字にした。蕗子も芳朗も、しばらくの間黙ってそれを見下ろしていたけれど、それは彼女を見殺しにしようとしていたわけではもちろんなくて、呆然としていたからだ。

やがて女は呻き声を上げなくなった。そのことで先に我に返ったのは蕗子だった。女のそばに屈み込むと、女は目を半眼にしたまま、動かなくなっていた。救急車を呼んで。蕗子は芳朗に言った。芳朗は電話し、それが終わると女の名前を呼んだ。ベランダに出ていた蕗子にもその声は聞こえてきた。

アサエ。アサエ。

ああそうか、この女はそういう名前なのだと蕗子は思った。女が蕗子に電話をかけてきたとき、女は名乗ったはずだけれど、蕗子の耳には実質的に届いていなかった。たぶん、女の名前を知ることを無意識に拒否していたせいだろう――フルネームを名乗ったのか、それとも苗字だけを口にしたのかも覚えていない。それを今、芳朗の口から教えられたことに腹が立ち、そんな自分をひどい人間だと思った。あの女は、アサエは、たぶん助からないのに。

蕗子と芳朗は救急車に同乗した。搬送先の待合室の椅子に座って三十分も経たないうちに、看護婦が呼びにきた。医療器具がごたごたと置いてある、蕗子の印象だと物置みたいな狭い部屋のベッドに、女は横たわっていた。部屋で倒れていたときよりも生気があるようになぜか見え、持ち直したのかと思ったが、「残念ですが」と医者が言った。

「アサエ！」

芳朗はもう一度呼びかけただろうか。蕗子ははっきりと覚えていなかった。女の死に夫がどんな反応をするのか知りたくなかったから、たぶん無意識に、記憶の回路を閉ざしていたのだ。

でも、女が心臓発作で死んだというのは真実だ。私は彼女を突き落としたりなどしていない。


不意に後ろから肩を摑まれ、蕗子は小さな悲鳴を上げた。それが女の手であるような気がしたのだ。


「俺だよ、ごめん、俺だよ」

野呂だった。半透明の雨合羽《あまがっぱ》を着ているせいで、彼だとわかったあとも、ちょっと身が竦むような外見だった。

「何やってんだ、危ないぞ」

押されて、道の端に連れていかれた。それで気づいたが、道路の真ん中を歩いていたのだった。雨で視界が悪い中、車が来たらたしかに危ないところだった。

「二重遭難になるぞ。碇谷さんは俺が探すから、蕗子さんは家に戻ったほうがいいよ」

蕗子は首を振った。

「じゃあ、一緒に探そう」

蕗子は再度、首を振る。野呂が屈んで蕗子の顔を覗き込んだ。蕗子は目をそらす。

「碇谷さんは、どうしたんだ。どうなってんだ、彼は」

「ちょっと具合が悪いのよ」

「話があると言ってただろう。そのことか？」

「いいえ」

蕗子は咄嗟《とっさ》にそう返してしまってから、

「ええ」

と言い直した。

「そうよ。そのことだったの。彼はがんなのよ」

「嘘吐け。がんって何がんだ」

蕗子は言葉に詰まった。考えていなかった。「がん」という言葉を印籠《いんろう》みたいに、これさえ出せばみんな引き下がるだろうと思っていたのだ。

それに、彼に予告した通りに、野呂には本当のことを言うつもりでいた。みゆかにも、どれだけ理解するかはわからないが宙太にもだ。でも今、その気持ちが失せている。なぜだろう？　野呂が彼のひみつを告白したからか。そのことが羨ましかったのに、自分も荷物を下ろしたいと思っているのに、今が彼に打ち明ける好機なのに、そうする気にならない。打ち明けなければずっと、これまで通りでいられる。何も起きていないことにできる。

この期に及んで、私はまだそう考えているらしい。

「碇谷さんは……」

野呂は言いかけてやめた。慌てた様子で合羽をまくりあげ、ズボンのポケットから携帯電話を取り出した。待ちかねていた電話だったらしい。野呂の注意はあっけなく蕗子から逸《そ》れた。

蕗子はその隙に駆け出した。あっ、という声が背後で聞こえたが、野呂は追いかけてこなかった。私が野呂より芳朗を大事に思うように、野呂にももちろん、私よりも大事なひとがいるのだろう。

雨脚は少し弱まった気がする。そのぶん風が強くなってきたようだ。

そういえば、一度へんな冗談を言われたことがあった、と蕗子は思い出す。

冗談？　あれは冗談だったのか。そう、もちろん冗談だったのだろう。「殺したわけじゃないですよね？」とその男は言ったのだから。

女が死んでからひと月ほどあとのことだった。芳朗と同じく「トレジャーハンター」のひとりとしてあの番組に出演していた和本の専門屋が本を出して、その出版記念パーティに夫婦で出かけた。蕗子は気が進まなかったが、その彼とは番組がはじまる以前からちょっとした付き合いがあって、彼の妻とも面識があったから、招待された以上行かないわけにもいかなかったのだ。

六本木の中華料理店を借り切っての会だった。三十人ほどが集まっていて、古いものを扱う業界の、見知った顔が半分ほどだったが、残り半分の中にその男がいた。『トレジャーハンターズ』の関係者だった。何をしているひとなのかはもう忘れてしまったが、出演者ではなく裏方で、芳朗とはかなり親しい間柄のようだった。もちろんその男は、あの女とも面識があり、急死したこと、その場に芳朗と蕗子がいたことまで知っていた。

立食パーティだった。壁際の椅子に芳朗とともに腰掛けて料理を食べていたら、その男が近づいてきて、挨拶をした。石川さんは大変でしたね。雑談の途中で、男が言い出したのだった。碇谷さん、一緒だったんでしょう、病院まで同行したんですかと続けたから、ああ、あの女のことを言っているのだと蕗子にもわかった。あの女は石川アサエというのだと、そのとき知った。島へ来てから芳朗は、アサエは彼女の名前ではなく苗字だったと思い込んでいて、それがみゆかを彼女の娘だと決めつける根拠にもなっていたのだが、アサエは彼女の名前だった。それも真実だ。そもそもどうしてアサエに娘がいるなどと思いついたのだろう。パーティの席で男に話しかけられ、ええそうなんです、妻も一緒だったんですよ、と芳朗は言った。ああ、そう聞きました、奥さんびっくりなさったでしょう、と男は言った。

誰かが少し離れた場所から芳朗に手を振った。それはただの挨拶で、呼び寄せられたわけではなかったのに、ちょっと失礼と言って芳朗は椅子から立ち上がった。すると男はその椅子に座ったから、蕗子は動けなくなってしまった。男は話の続きをするでもなく、足を組み頬づえをついた。男の体と蕗子の体はどこも触れ合っていなかったが、ふたりの間の空間がへんな湿度と温度を含んでいるようで気持ちが悪かった。とうとうがまんできなくなって立ち上がったとき、男の手がにゅっと伸びてきて、蕗子の右袖を摑んだ。ノースリーブのツイードのワンピースの上にレースのカーディガンを羽織っていたのだが、その袖がたっぷりしたベルスリーブで、男はその端を引っ張ったのだ。

蕗子はぎょっとして振り返った。そのときには男はもう手を離していて、ただ蕗子を見上げてニコニコ笑っていた。お目にかかれてよかったです、と男は言い、蕗子もどうにか微笑を作って、こちらこそ、と答えた。まさか殺したわけじゃないですよね、おふたりで。それから男はそう言った——あいかわらずニコニコしたままで。蕗子は微笑したまま、何も答えず、その場を離れた。

その夜、家に帰ってから、芳朗とちょっとした諍いになった。私を置いてひとりでさっさと逃げるなんて。蕗子は最初、そのことを責めた。男の最後の言葉のことは言うつもりはなかったが、芳朗がぐずぐず言い訳ばかりしているので、腹が立って言ってしまった。

「私の袖をつかんで、あのひと言ったのよ、まさか殺したわけじゃないですよねって」

「なんだと？」

芳朗の反応は激しかった。

「本当にそんなことをあいつが言ったのか。本当だったら、俺は黙ってないぞ。失礼だ。あいつを怒鳴りつけてやる」

「逃げ出したくせに、今頃勇ましいのね」

蕗子は内心の動揺を隠して言った。実際には、男のいないところで冷静に思い返してみれば、本当にそう言ったのかどうかは怪しくなっていた。すごく早口だったし、周囲の人声に紛れてもいた。それにあんなことを言ったにしては、男は屈託なくニコニコし過ぎていた。本当はべつのこと、何か別れの挨拶めいたことを言ったのを、あの男に女の話題を持ち出されたことがイヤだったあまりに、聞き違えたのかもしれない。だがそのとき蕗子は芳朗に腹を立てていたので、今更聞き違いだったとは言えなかった。

「あのひとはあなたと彼女のことを知ってたの？　テレビ局のひとたち、みんなが知ってたんじゃない？」

「馬鹿な……。知らないよ、誰も知らなかった。周囲にわかるようなふるまいは僕も彼女もしなかった」

「あらそう。そういうふるまいはふたりきりのときにしていたというわけね」

芳朗が何を言っても蕗子の腹立ちは煽られた。女が突然ふたりの目の前で死んだせいで、蕗子は芳朗の裏切りについてちゃんと怒る機会を逸していた。置き忘れられていた怒りが戻ってきていた。

「あいつが知ってたわけはない、つまらない冗談を言ったんだ。失礼なやつだ。今度会ったら言ってやる。電話してやろうか」

芳朗が男のことばかり言うのも腹立たしかった。蕗子が怒りたいのは女のことだとわかっているに決まっているのに。

「あのひと私の袖を引っ張ったのよ。ああぞっとする」

蕗子は蕗子で、女のことを自分から口に出すのはいやだったから、結局、男のことを言った。

「どうして私がそんないやな思いをしなくちゃならないの。どうしてあなたが逃げて、私があの男の相手をしなくちゃならなかったの」

「わかった、わかったよ。悪かった。さっきから謝ってるじゃないか」

芳朗の口調も苛立ったものになってきて、すると蕗子は自分で自分がいやになり、それで諍いは一応終息した。けれどもひとりで先に寝室へ行くと、まだ腹が収まらなくて、男に摑まれたレースのカーディガンを発作的にゴミ箱に放り込んでしまった。遅れて部屋に入ってきた芳朗は、何も言わなかったけれど、カーディガンが捨てられていたことには気がついただろう。

女の写真を焼いたのは、それからまた少しあとのことになる。

奇妙なことだ。あの女に関しては、芳朗と蕗子がうっかり忘れてしまわないように、誰もかれもがお節介してくるようなところがあって、あのときはクリーニング屋だった。仕上げた服を配達にやってきた日の翌日に、店主がわざわざ電話をかけてきたのだ。背広の内ポケットに入っていた写真をクリーニング中に取りのけておいたのだが、昨日一緒に持っていくのを忘れてしまった、今日これからお宅の近くまで行くので、在宅ならついでに届けたい、という連絡だった。

どんな写真ですか、と蕗子は聞かなかった。クリーニング店主の口調に、どんな写真なのか聞きたくなくなるような含みを感じた。不要な写真ですから捨ててくださいと言いたかったがやはり言えなかった。写真がポケットに入っていたのは蕗子の服ではなく、芳朗の背広だったから。クリーニング屋の店主は普段から、わりとよけいなお喋りをして、近隣の家庭の事情などを不用意にあかしてしまうひとだった。言いふらされないとしても、店主によけいな詮索をされるのはいやだった——とっくに詮索されていたのかもしれなかったが。すみません、おついでがあるようなら持ってきてください、と蕗子は答えた。

そして店主はやってきた。写真をわざわざ薄いビニールに入れて、「はいどうぞ」と蕗子の前に差し出した。「ありがとう、やっぱりこの写真だったのね」と蕗子は言った。間ができた。どこの誰の写真なのか、蕗子が説明、あるいは言い訳するのを店主はあきらかに待っていたが、蕗子は黙っていた。むしろそのことによって噂の種を提供してしまうに違いなかったけれど。

いずれにしても店主には、蕗子がその写真を、大事そうにおし頂いたように見えたかもしれない。実際、クリーニング屋が帰ると、蕗子はそれを壊れもののように両手の中に包んで、ダイニングの椅子に腰掛けた。テーブルの上に写真を置き、あらためて眺めた。クリーニング屋店主と電話で話したときに直感した通り、もちろんそれは死んだ女の、石川アサエの写真だった。

何かに集中しているところを、誰かに呼ばれて振り返ったときのような姿勢で、呼ばれたことが嬉しくてたまらないというふうに笑っていた。Tシャツにゆるい網目のカーディガン、髪はふわっとアップにしていて、うなじに後れ毛が幾筋も落ちていた。背景はほとんど写り込んでいないが、テレビ局内であるように思える。彼女を呼んだのは芳朗だろうか？　呼んで、同じように笑いながら、写真を撮ったのか。人目があるのにそんな真似をするだろうか。あるいは彼女がお気に入りの一枚を芳朗に渡したのか。こんなふうな彼女の表情が他人に向けられたものだと知って、芳朗は嫉妬しなかっただろうか。

ああ、もう！と蕗子は声に出して呪った。芳朗は店に出ていてまだ帰宅していなかったから、誰にも聞かれる気遣いはなかった。ああ、もう！　まだこんなふうに苛《さいな》まれるなんて。あの女はもう死んだのに。

背広は夏用の麻のもので、クローゼットのいちばん端に押しやられていたのを蕗子が見つけて、今頃クリーニングに出したのだった。集荷にきた店主を玄関にすでに待たせているときで、慌てて持って行ったからポケットの中をあらためるのを忘れてしまった。だから芳朗のせいではない、と蕗子は考えてみた。あの背広を彼が着ていたのは女とまだ親密だった頃に違いなく、そのとき内ポケットに入れた写真のことは、女から心が離れるとともに忘れてしまったのだろう。だからこれは芳朗のせいじゃない。だからこれは芳朗のせいじゃない。蕗子は心の中で幾度も唱えた。

それから写真を持って中庭へ行った。写真の端をつまんでビニールから取り出して――女の顔の部分にはどうしても触れたくなかった――地面に落とし、屈んでマッチの火をつけた。写真はよく燃えた。触ることのできなかった蕗子の指の代わりに、炎が女の顔の上を這い回り、黒いケロイドに変えていった。半分ほどそうなったところで、芳朗が帰ってきたのだった。

「何を焼いているんだ」

彼は蕗子の前に回り込んで、焼け焦げた女の顔を見た。

すでに女の顔は判別できなくなっていたけれど、芳朗にはそれが誰の写真だかわかっただろう。怯えた顔で蕗子を見て、それからふっと表情を消して、黙って立ち去った。

島へ来る前、蕗子と芳朗の間に女の気配を感じたのは、そのときが最後だった。以後は島へ来るまでふたりともずっと、女のことは口にしなかったし、女の記憶を呼び起こすような出来事が起きることもなかった。

それがかえって良くなかったのだろうか、と蕗子は考える。女の記憶は芳朗の中に閉じ込められて、長い年月をかけて発酵し、形や匂いや手触りを変えて、彼の記憶を侵食しはじめたのかもしれない。

波間に赤いものが見えた。

芳朗だ。彼のTシャツだ。蕗子は浜辺に走った。

浜が岩場に繫がる辺りで、赤いものはくるくる回りながら、岩場のほうへ引き寄せられていた。岩にぶつかったら、死んでしまう。まだ間に合うかもしれない。たぶんまだ海に入ったばかりだろう。どうして彼が海に入っていったかなど考えたくもないが、海の向こうか海の中に、何か自分が探すものがあるはずだと芳朗は思い込んだのかもしれない。とにかく助け上げなければ。私を置いてひとりで先に行ってしまうなんて許せない。

蕗子はためらわず海に入っていった。水を掻き分けながら数歩進んだところで大きな波に体をさらわれ、水中で一回転した。どうにか水面から顔を出したが、もう足がつかない場所にいた。赤いものははるか沖まで流されている。あれは芳朗ではない。ビニールボートだ。流されながら、蕗子は気づいた。どうして芳朗だなどと思ったのか。彼は赤い服など着ていなかったのに。私はただ海の中に身を投じたかっただけだったのか……。

次の瞬間、蕗子は自転車の荷台に乗っていた。漕いでいるのは芳朗だった。蕗子は、彼の腰に腕を固く巻きつける。自転車は人造湖に通じる長い直線の道を走っていた。定休日で、初夏だった。ふたり乗りでふらりと近所まで出かけるつもりが、陽気に誘われちょっと距離を延ばしてみたらこの道に出た。十数キロの道の先には湖があるとわかって、行けるかどうか試してみることにしたのだった。

あの頃はまだ、ふたり乗りを咎めるひともいなかった。あの頃？　そう——私はまだ二十代で、芳朗も三十になったばかりだった。結婚したばかりの頃。彼の生家に同居していた頃。ふたりきりになるために、芳朗は私をときどき連れ出してくれた。まだ固い筋肉がついていた芳朗の腰。私はそこにしっかりと抱きつき、彼の肩甲骨の間に顔を入れた。もっと走って。もっと急いでよ。私の掛け声に芳朗は従った。タイヤが石を踏んで車体が跳ね、私はキャアと叫んで、私たちは笑った。

湖には辿り着けないと思っていた。私を乗せて芳朗が十数キロも漕げないだろうと思っていたし、そのまっすぐな道の先に湖があるというのもなんだか信じ難かった。でも、私たちは湖を見たのだ。走って、走って、最後の坂道ではさすがに私は自転車を降りたけれど、その坂の先に広場があって、その向こうに湖が広がっていた。着いちゃったよ。着いたわねえ。ふたりしばらく呆然として、それから顔を見合わせて笑った――大きく口を開けてずっと笑っていると、空と湖とが体の中に流れ込んでくるような気がした。

ふたりは再び自転車に乗って、さらに湖の近くへと走った。もっと走って。もっともっと。いいのか？　芳朗が聞く。いいわ！　蕗子がきっぱりと答える。ようし、行くぞ！　芳朗は雄叫びを上げ、ぐんぐん漕いでいく。湖を横断する幅の広い橋へ向かっている。橋の欄干はラベンダー色で、ラッパを吹く天使のレリーフで飾られている。ふたりの自転車は軽々と欄干を飛び越える。湖面が近づいてくる。蕗子は夫にしがみつくが、恐怖からではなく、芳朗を愛している、その気持ちが膨らんできてたまらなくなったせいだ。

水音もなく、自転車は湖の中へ飛び込む。初夏の光がキラキラとふたりを包んで瞬く。ぎゅっとつぶっていた目を蕗子は開ける。するとそこはベッドの上で、白い、パリッとしたシーツの上で蕗子と芳朗は抱き合っている。大好きよ、と蕗子は夫に囁く。大好きだ、大好きだ、大好きだ。芳朗はなんども言う。より多くその言葉を口にしたほうが、愛情をより証明できるとでもいうように。ずうっと一緒にいましょう。うん、ずうっとずうっと一緒にいよう。蕗子は芳朗を自分の中へ迎え入れるために、身体中を開く。

気がつくと、蕗子が抱き合っているのは夫ではなく海水だった。息ができず、口を大きく開けたとたん、頭の中がわあんと鳴って、楽になった。きっとこのまま死ぬのだろう。そう確信するのと同時に、Tシャツの襟首を誰かが摑んだ。いつもそうだ、と蕗子は思う。逃げたって追いかけてくるのだ。こんなふうに襟首を摑まれて引き戻されるのだ――元いた場所に。

「殺したいと思っていたのか」

不意にその声が聞こえて、蕗子はアッと思った。それは芳朗の声だった。

そうだ、彼はそう言ったのだ。私が写真を焼いたとき。黙って立ち去ったのではなかった。立ち去り際に、呟いたのだ。私は答えなかった。私こそが、あのとき黙り込んでいたのだ。どうして今までそのことを思い出さなかったのだろう。

まだ何か思い出していないことがある。あるいは、故意に忘れていることがある。それらがこみ上げてきて、蕗子はひどく咳《せ》き込んだ。口から何かが溢れでた。まだある。まだ。蕗子は姿勢を変えて、吐き続けた。ついに出てくるものがなくなると、ぐったりと疲れて頭を地面につけた。それであらためて気づいたが、ゴツゴツした岩の上に仰向けに横たわっていたのだった。頭の部分だけ何か柔らかいもので支えられていた。自分の見ているものがゆっくりと意識された。芳朗。それにショーン過足の顔。ふたりは蕗子を覗き込んでいた。蕗子の頭はショーンの膝の上にあった。

「蕗子、蕗子」

芳朗が呼びかけた。

蕗子は眼球だけ動かして周囲をたしかめる。岩の洞窟のような場所だった。雨と波の音が聞こえる。海に飛び込んだことを思い出す。ここまで流れ着いたのか、自力で辿り着いたのか。芳朗とショーン過足はなぜここにいるのか。いくつもの疑問は、でも、芳朗が無事でここにいるという事実の前ではどうでもいいことのようにも思えた。

「大丈夫だ、あいつは海に沈んでしまった」

「そう？　そうなの？」

「あいつって誰なんです?」

ショーンが聞いた。

「君には関係ないことだ。でも、感謝しているよ、君に」

芳朗はショーンに向かって言い、それから蕗子のほうを向いた。

「このひとが助けてくれたんだよ」

芳朗はショーン過足に向かって、親しげに笑いかけた。何がきっかけだったのかわからないが、すでに芳朗にとってショーンは「あいつ」ではなくなっているようだ。あたらしい物語がまた芳朗の中で生まれつつあるのかもしれない。

野呂晴夫

「どこだ?」

野呂は怒鳴った。あいかわらず雑音がひどかった。頭上の雨雲がスマートフォンの中にも詰め込まれているかのようだ。

「どこにいるんだ?」

「あなたは?」

細い糸のように、小夜の声が届いた。

「俺は外だ。嵐の中だ」

「いやだ。なにやってるの？」

「俺は……」

そこで野呂は、蕗子のことを思い出した。もう姿が見えない。自分の薄情さに舌打ちしながら、蕗子が行ったと思われる方向へ歩き出す。もちろん、電話はしっかり耳に当てたまま。

「……中なの？」

「えっ？」

「取り込み中……なの？」

「取り込み中だ。まあ、そうだ。でもどこにいるんだ、あなたは？」

また雑音がひどくなった。小夜がなんらかの方法で、わざと雑音を作っているのではないかと野呂は疑う。

「じゃ……わ」

「え？」

「じゃ……よすわ」

「よす？　なにを？」

「あなたに……思ってた……」

「え？」

岩場にあたって砕ける波の中に、赤いものが見える。それから、白いものも。碇谷夫人は白いTシャツを着ていたのではなかったか。

「お別れしましょうって、あなたに言おうと思っていたの」

小夜の声がそれまでになく明瞭に届いたとき、しゅっと何かが岩場から海中に飛び込んだ。


夫人が運び込まれた救急車に、碇谷とともに野呂も同乗した。

野呂が洞窟に辿り着いたとき、夫人はすでにショーン過足によって海から引き上げられており、意識もはっきりしていたが、念のためにと野呂が119に連絡したのだ。ショーンは救急車に乗らなかった。夫人同様に彼にも付き添いの必要を感じたが、体はひとつしかないから仕方がない。碇谷は夫人の付き添いとしてほとんど心許《もと》ないと、野呂にもうわかっているのだった。

サイレンが鳴るか鳴らぬかのうちに到着したのは、病院というよりは診療所と呼ぶのがふさわしいような建物だった。白衣を着ていなければ医者というよりは学生――それも、小説家志望の――に見える男が出迎えて、碇谷夫人を乗せたストレッチャーは奥の部屋に運ばれていった。碇谷は夫人と一緒に奥へ行った。そうさせていいのかどうかも迷ったが、医者もいることだし、大丈夫だと思うことにした。野呂はひとり、剝製が二体置いてある部屋に残った。山羊のような鹿のような動物と、狸のような犬のような動物は、ともに野呂を凝視しているように感じられた。野呂は負けじとそれらを睨み返した。

波間に夫人らしき人影を見つけて慌てている間に、小夜との通話は切れてしまっていた。きっともう繫がらないだろうと半ばあきらめながら、野呂はあらためて小夜に電話をかけてみた。呼び出し音を数える。その音に呼応するように、隣室で電話の音が鳴っていることに気がついた。

野呂がドアに突進してノブに手をかけるのと、それがこちら側に開くのとがほぼ同時だった。ドアが鼻先にぶつかりそうになり野呂はのけぞった。出てきた小夜が野呂の足を踏んだ。

「なんだよ?」

野呂は思わず叫んだ――実際のところ、そう聞くしかなかったのだ。なんで小夜がこの部屋から出てくるのか。

「あなたが来るなんて思ってなかったのよ」

小夜は怒ったように答えた。シャツ型のワンピースは紺地に白い小花が散っていて、あまり彼女らしくない。野呂が知っている彼女、という意味だが。

「だから、なんでここにいるんだよ？」

小夜は挑戦的な表情で野呂をじっと見て、それから口をぱくぱく動かした。

「何の真似だ？」

小夜はさらにぱくぱくさせた。

「なんだよ？」

「聞きたいの？」

「聞きたいよ」

「話していいの？」

「わかったよ、俺が悪かった」

ｙｏｃｉｄａで向かい合っているとき、知りたくないんだ、あなたのこと、と野呂が言い放ったことを、小夜は野呂に思い出させようとしているのだろう。もちろん覚えている。小夜が失踪して以来、常時そのことが頭の中にあったと言ってもいい。

「話してくれよ。頼むよ。お願いします」

野呂は頭を下げた。頭を上げると、また小夜が口をぱくぱくしていた。ただし今度は、少し声が聞き取れる。

「別れた……の……なの……ここ」

「え？」

「別れた夫の診療所なの、ここ」

野呂は口をぽかんと開けて、それから、

「そうか」

と呟いた。

「ずっとここに隠れていたのか」

「隠れてたんじゃないわ。滞在してたのよ」

「それは……」

元夫とよりを戻したってことか、という言葉が野呂の頭に浮かんできたとき、当の医者が入ってきた。今はもう、学生のようにも、小説家志望のようにも見えない。

医者はしばらく無言だった。先に口を利いたほうが負けだという気分で、野呂も黙っていた。しかし結局、

「どうなんです？」

と野呂から聞いた。主語を省いたから医者と小夜の関係のことを訊ねたように聞こえるかもしれない、と思いながら。

「奥様のほうはもう大丈夫です」

医者はそう答えた。

「大丈夫じゃない者がいるような言いかただな」

医者はちょっと眉をひそめた。

「お会いになられてはどうですか」

「もちろん、そうするよ」

野呂は医者の横をすり抜けて隣室へ入った。小夜がどうするのか試すような気持ちがあったが、ついてこなかった。まあ、行方がわからない間ずっとここにいたのだとすれば、今さら医者と小夜がふたりきりになることを心配する意味はないよな、と野呂は自分に言い聞かせる。

隣室にはベッドが二台あり、手前の一台に夫人が腰掛け、奥の一台に碇谷が横たわっていた。濡れた服の着替えがそれしかなかったのだろう、夫人は白衣を着ていて、女医のように見えた。

「これは……意表を突かれたな」

夫人を笑わせたくて野呂はそう言い、夫人は義理堅くウフフと笑った。

「碇谷さん、どうしたの」

「疲れちゃったみたい。嵐の中をさまよったせいで。この部屋に入ったらすぐへたりこんじゃって」

「眠ってるの？」

「ええ。鼾が聞こえない？」

野呂と夫人はいったん口を閉ざして、ゴウ、ゴウという低い規則的な音に耳をすませた。囁き声、あるいは溜息みたいな鼾だった。ゴウ、ゴウ、ゴウ。絵の具みたいにも感じられた。薄い灰色の水彩絵の具だ——碇谷芳朗が鼾をかくたびに、その色で風景が薄く覆われていくかのような。それは碇谷芳朗の現在の頭の中について、野呂が抱いているイメージでもあった。

「どうして海に飛び込んだんだ」

答えがほしくて野呂は言った。答えがないのだとしたら、自殺行為だったということになる。夫人がそんな真似をするとは認めたくなかった。

「気の迷いよ」

夫人はそう言ってから、

「見間違えたの。夫が溺れていると勘違いしたのよ」

「そうか」

「夫の脳は、萎《しぼ》みはじめてるの。変形しはじめてると言ったほうがいいのかしら」

「うん……」

いささか動揺しながら、野呂は頷いた。薄々気づいていたことだが、不意の告白だったから。ゴウ、ゴウ、ゴウと、何かを補足するように碇谷の鼾が聞こえた。

「いつわかったんだ？」

「梅雨の少し前くらいかしら。おかしなことを言い出したのよ。みゆかさんが、彼の以前の恋人の娘だって。母親の復讐をするために私たちの家に入り込んだんだって。恋人だった女性は心臓発作で亡くなったんだけど、彼の中では私が殺したということになっていたの」

「東京へはそのことで行ったのか？」

「ええ。医者の知り合いがいて……最初は私ひとりで話しに行って、そのときに専門のひとの意見も聞いて、ほぼ間違いないということになって。そのあとあのひと、倒れたでしょう？　うまく口実ができたから、次は本人を連れていって、調べてもらったの」

「がんだっていうのは嘘なんだよな？」

「嘘よ。彼の様子がおかしくなっていくことに理由が必要だったから、がんということにしたの。そっちのほうが……なんて言えばいいのか……耳触りがいいような気がしたのね」

ばかね、私って。夫人はそう言って自嘲的に笑った。野呂は自分でも驚くような行動に出た——がばりと夫人を抱きしめたのだ。しばらくの間そうしていた。夫人のためだと思っていたが、華奢《きゃしゃ》だけれども存外にしっかりした抱き応えがある体の、もうすっかり戻っている——むしろ熱いくらいの——体温を感じていると、自分のほうが夫人にすがっているようにも思えてきた。

ようやく体を離すと、夫人は悪戯《いたずら》っぽい表情で野呂を見た。

「もうちょっとだけ早く放してくれたら、そうはならなかったんだけど。申し訳ないけど、今のハグで野呂さんはとんでもない責任を負わされたわよ」

「そうなのか。どんな？」

「私たち夫婦を見捨てないっていう責任」

「元よりそのつもりだよ、おあいこだ。俺のことも見放さないでくれよ。俺がしたことを知っても……」

うわーあ、という間延びした声が響いた。欠伸《あくび》の声のようだったが、かなりわざとらしく、つまり碇谷が自分が目覚めたことを知らせるための声だ、と野呂は了解した。いつから目覚めていたのだろう。彼が認知症であることを打ち明ける夫人の声は聞いていたのか。

「来てたのか」

碇谷は言った。夫人と野呂、双方に向かって言っているようだった。

「よく寝てたな」

野呂はそう言ってみた。うん、そうみたいだなあ。碇谷は応じて、ことさらに伸びをし、首を回してみせた。

「今、何時だ？」

夫人が海に身を投じたことはもう覚えていないのか。十時に近いよと野呂は答えた。

「朝の？　夜の？」

「夜だよ」

「夜か」

その確証を得ようとするかのように碇谷は部屋を見回した。自分がどこにいるかはわかっているのだろうかと野呂は思う。

「契約成立ね」

「あの子はどうした？」

「あの子って？」

夫人が聞き返すと、碇谷はふっと笑った。

「あの子なんて歳でもないよなあ。久しぶりに会ったから、昔返りしてしまった」

「宙太くんなら、家で待ってるはずよ」

探るように夫人が言った。

「宙太なんて名前じゃないよ。何といったかな……おかしな芸名をつけているんだ。そっちの印象が強くて、本当の名前を忘れてしまった」

夫人がちらりと野呂を見た。

「ショーン過足のことを言ってるのか？」

野呂が聞いた。そう、そうだよと碇谷は嬉しそうな顔になった。

「蕗子、野呂さんにはまだ言ってないのか？」

「ええ……」

夫人が曖昧に頷くと、碇谷は野呂のほうへ笑顔を向けた。

「彼は、僕らの息子なんだ」

「えっ……そうなのか」

「蕗子が産んだんだ。長い間離れて暮らしていたから、すぐにはわからなかった。でも、ずっと気になっていたんだ。どうしてこんなに彼のことが気になるのか不思議だった。彼のほうにも屈託があったから……なかなか打ち明けてくれなかったんだ。でも、なあ、蕗子？」

「ええ。打ち明けてくれたのよね」

夫人はやさしく言った。そうだったのか、よかったなと野呂は言った。

「よかった。そうなんだ。息子だったんだ。蕗子が産んだんだ」

と碇谷は繰り返した。

あれは、秋の朝だった。

早朝だ。午前五時過ぎ。ハシゴして朝まで飲んで、酒を出してくれる店がもう見つからなかったから、タクシーで帰ってきたのだった。ドアを開けると、涼子がリビングのソファに座っていた。赤ん坊を抱いていた。

わざとではなかった。酔っていたので動作が雑になって、ドアを閉めるときに大きな音をたててしまった。赤ん坊が泣き出した。野呂を責めるような泣きかただった。その泣き声の中を泳ぐように、野呂は妻子のほうへ近づいた。泳ぎは得意なほうだったのに、近づくにつれ息苦しくなった。

「何やってるんだ、こんな時間に、そんなとこで」

単純な質問のつもりだったが、言葉が口から出ると涼子を、それにギャアギャア泣いている赤ん坊をも、責めるように響いた。

「やっと眠ったところだったのよ」

涼子のほうは、非難する口調ではなく、事実を伝えるというふうにそう言った。

「それは申し訳ございませんでした」

いやみったらしく、野呂は言った。実際のところ申し訳ないと思っていた――眠ったばかりの息子を起こしてしまったことというより、連日飲んだくれて、家に寄りつかないことを。しかしそういうふるまいを自分が止められる自信はなかったから、いやみったらしくなることで防御したのだ。

「朝、この家に帰ってくるというのは、何か理由があるの？」

涼子は淡々と聞いた。どういう意味だと野呂は言った。

「夕方出かけて、毎朝帰ってきてくれるけど。本当は、帰って来たくないんじゃない？帰ってきても夕方まで寝てたり、書斎から出てこなかったりするわけだから、帰ってくる意味もあまりないんじゃない？　義務だと思ってるなら、いいのよ、無理しなくても」

「つまり、帰ってくるなってことか。俺が帰ってくると、赤ん坊も泣くからな」

「帰ってくるなとは言ってないわ。素朴な疑問よ。あなたにとってこの家ってどういう意味があるの？　というか、意味があるの？　私とこの子はあなたにとって必要なものなの？」

涼子の穏やかな口調が野呂は怖かった。これまで何度か繰り返した諍いとはあきらかにべつな気配があった。必要だよ。必要に決まっている。そう答えるべきだとわかっていたが、本当にそうなのか自信がなかった。

野呂はその時期、小説を書きあぐねていた。何を書いても書き出したとたんに自分の言葉ではないような気持ちになり、どんなテーマを思いついても嘘くさく、自分が本当に書きたいことではないように思えた。そうなってしまうのは涼子や息子のせいだと考えてみることもあった。いや、正直言えば、スランプの理由はそれだとしか思えなかった。結婚なんてものをしたのが間違いだったのだと。自分のようなタイプの小説家は、家庭を持つべきではなかったのだと。

「あんたと青一にとって、俺は適切な人間じゃないのかもしれない」

結局、野呂はそう答えた。穏やかだった涼子の顔が険しくなった。その眼の中に憎しみが灯るのを野呂は見たような気がした。赤ん坊は泣き続けていた。

「そういうひとなのよね。あなたって」

「そういうひとなんだ。申し訳ない」

再びいやみな口調になった。つめたい口調でもあった。その口調に自分自身がダメージを受けて、野呂は踵《きびす》を返し、帰ってきたばかりの家を出ていった。そのあと、離婚手続きや何やかやで涼子と会うことはあったし、必要なものを持ち出すために家に入ったこともあったが、最後の日として記憶しているのはあの日だった。

野呂が息子に会う権利を、涼子は奪ったりはしなかった。

野呂が実質的に放棄したのだ。入園のときや入学のとき——息子の成長の折に触れて涼子から葉書が届き、毎月送っている養育費への礼とともに、「たまには息子に会ってやってください」という一言が添えられていたが、野呂は黙殺し続けていた。会いたくなかったわけではなかった。自分には会う資格がないと思っていたのだ。あんなふうに家族を捨てた自分が、どの面下《つら》げて息子と対すればいいのかと。正直言えば、こわかった。成長した息子の姿を想像するたび、あの決裂の日の、憎しみを浮かべた涼子の瞳がよみがえった。

それでも一度だけ、会いに行ったことがあった。青一が十六歳のときだった。出版社から送られてきた雑誌の中に、野呂は偶然、息子の名前を見つけたのだ。仙崎青一、十六歳、高校一年。その雑誌主催の、学生を応募対象とした映像作品のコンテストに、息子は入賞していた。その記事に記されていた授賞式の日取りと場所を野呂はメモに控えたのだ。

あれは夏だった。八月のはじめ。アロハコレクションの中の一着ではなく、ポロシャツにチノパンという、「父親らしい」服を選び、当日、野呂は家を出た。授賞式に行くことを涼子に知らせていなかったが、会場で会うことになるかもしれないなと考えていた。そうしたら、少し話そう。できれば長く話そう。そして授賞式が終わったあとは、涼子と息子と俺、三人で話そう。少しじゃない、長くだ。なんなら一緒に食事してもいい。そんなことまで考えていた。

なぜかその日はそれができる気がしたのだ。何の目的もなくぱらぱらとめくった雑誌に息子の名前が掲載されていたという偶然に、我にもなく啓示みたいなものを感じていた。息子の受賞作品はまだ見る方法がなかったが、その十五分のフィルムに付けられた「川と男」というタイトルを大いに気に入っていたし、何より息子が「審査員特別賞」に選ばれたことが――その審査員は有名な写真家で、野呂は彼の写真にも人柄にも、好感を持っていたということもあり――嬉しく、誇らしかった。ようするに、父親らしい気分が突発的に湧き上がってきていて、そのことにうかれていたのだ。

当時すでに、碇谷夫妻と同じマンションに住んでいた。アプローチから続く通りを駅に向かって左折すると、春には花が美しい桜の並木道があって、その舗道を早足で歩いているときだった。行く手の建物から、突然、虫の卵でも孵《かえ》ったみたいに、制服姿の子供たちがわらわらと出てきたのだった。

四歳。せいぜい五歳くらいか。就学前であることは間違いないだろう、動いたり喋ったりしていることが不思議になるくらい、ちっぽけな子供たち。紺色の揃いの帽子を被り、白い丸襟のシャツに、女の子は紺色のプリーツスカート、男の子は紺色の半ズボン。そういう出で立ちの子供たちが十数人、甲高い声で囀《さえず》りながら野呂のほうへ向かってきた。野呂が見るかぎり引率者の姿はなくて、子供たちは自分の意思で野呂を目指しているかのようだった。野呂はなぜかひどく動揺して、道の端に避《よ》けることも思いつかず突っ立っていた。

子供たちはみんな嬉しそうに笑っていた。小さな顔のひとつひとつがちゃんと人間の笑顔になっていることが、野呂にはおそろしく感じられた。その顔の奔流が野呂を取り囲み、見上げていっそう笑い、笑いながら流れ去っていった。それもまた啓示だった。野呂は子供たちに何かを持ち去られた気がした。

そうして、その日、野呂は息子にも涼子にも会わなかったのだった。駅までは行ったが、それはたんに子供たちと同じ方向へ行きたくなかったからで、電車には乗ったが、授賞式の会場へは向かわなかった。いつも降りる駅で降り、いつもしけこむ、昼間から飲める店へ逃げ込んだ。そこから何軒かハシゴして朝まで飲みながら、自分が息子や元妻に会いに行こうとしていたことを、忘れる努力をしていた。

碇谷夫妻の服を持ってみゆかがやってきて、着替えたふたりをタクシーに乗せて帰っていった。雨はいつの間にか止んでいた。

野呂は診療所に残った。そこに小夜がいたからだ。部屋には二体の剝製と、野呂と、小夜がいた。小夜は椅子に腰掛け、野呂は少し離れたところに立っていた。医師は奥の部屋から出てこなかった。気を遣ってくれているのかもしれないし、聞き耳を立てているのかもしれない。彼の存在はとりあえず無視することに野呂は決めた。

「あの山羊はアンドレっていう名前」

小夜が言った。そうなのか。野呂は受け流した。

「会えてよかったよ」

「あの犬はヨウイチロウっていう名前」

「まだ考えは変わってないのか？」

「考えって？」

「俺と別れようと思っていたんだろう」

「思ってたけど」

「考え直してくれよ。頼む」

「私の書いたエッセイ、読む気になったの？」

「もう読んだよ。海から来た……」

きゃあ、と小夜は叫んだ。

「声に出さないで。恥ずかしいから」

「わかったよ。でもあの文章は全部、俺の頭の中に入ってるんだ。何度も読んだんだ。だから話したい」

「本当？」

「本当だ」

野呂は小夜の前に跪いた。膝の上に顔を乗せる。紺地に白い小花が散ったワンピースの柄が、夜空みたいに目に映った。小夜の体温を感じる。

「俺は息子を死なせたんだ。俺のせいだった。息子を助けるチャンスは何度もあった。そうだ、何度もあったのに、全部俺はふいにしてしまった……」

野呂は泣きだした。人前で泣くのは、成人してからははじめてだった。息子の通夜ですら泣かなかったのだから。俺は今泣いているな。野呂は驚きながら、小夜の手が頭を撫でるのを感じた。

8

野呂晴夫

この島の赤トンボの色は濃い。

女の口紅みたいにくっきりと鮮やかな真紅の線が、二本、三本と空を横切っていく。空や空気の色のせいでそう見えるのかもしれない。九月。気温はまだ高いが、空気はからりとしていて、気持ちがいい。

エッセイ教室の講義を終えて、野呂は建物の外に出たところだった。コミュニティーセンターの門を小夜が出て行こうとしている。振り返ってちらりと野呂のほうを見た。野呂は片手を上げて応える。三十分後にｙｏｃｉｄａで待ち合わせをしている。連れ立って行きたいところだが、ほかの受講者の手前、多少自重している。

まあ、バレバレだろうがな。苦笑したタイミングで、ポンと肩を叩かれた。振り向くまでもなく、蕨田だなとわかる。

「アロハ先生！　今日のアロハも素敵ですね。この季節にぴったりの、風流な柄ですねえ」

今日のアロハはトンボ柄だった。赤トンボではなく、黒地に銀色の線で巨大なトンボが三四、写実的に描かれている。パンクな柄だと野呂は思っている。

「アロハじゃなくてたまには講義を褒めてくれよ」

精一杯の愛想で野呂はそう答えた。つまりは、「どうでもいいことを言うために声をかけるな」という意味なのだが。

しかし今日、蕨田にはアロハの柄のほかにも言うことがあるらしかった。腰の横でチラチラと手を動かして、野呂を建物の横のほうに促した。帰路につく受講生たちには聞かれないように、という配慮のつもりらしい。その態度で、何を言われるのかだいたい予想がついた。

「ラブラブですよね」

切り出しかたはなかなか斬新ではあった。

「諸田小夜のことか」

野呂はあっさり認めた。このことについては、自分の基本方針をすでに決めてある。蕨田は、出鼻を挫《くじ》かれたような顔になった。

「さすが先生、男らしくお認めになるんですね。ていうか、よろしいんですね、先生と諸田さんはラブラブ、という認識で」

「ああ、いいよ」

どういうつもりか蕨田は鼻の穴を膨らませ、右、左と顔を動かした。建物の陰とは言っても、通行人が首を伸ばせば見える場所で、実際ほとんどの受講者たちはふたりを振り返り、ニヤニヤ笑ったり頷き合ったりしながら歩いていく。

「よろしいんでしょうか、本当に。つまりその、講師と受講者とがラブラブになるというのは、道徳的に正しいのでしょうか」

「俺の道徳では、問題ないよ」

「受講者の皆さんの道徳ではどうでしょう」

蕨田はこれ見よがしに腕を組んだ。眼鏡は銀縁の日と金縁の日があって、今日は金縁だ。黒い半袖のポロシャツを着ているが、腕が驚くほど白い。

「誰かが何か言ってきたのか」

「いえ、今のところは」

「じゃあ誰かが何か言ってきたときに俺に言えよ。俺が、そいつと話すから」

むしろそのときを待ち望む気持ちで野呂は言った。講師と受講者が恋愛すること——そうだ恋愛だ、「ラブラブ」などという気色悪いものではない——のどこが悪いのだと、受講者たちに問いかけたいと思っている。それは道徳というものについてひとりひとりがあらためて考える機会になるだろうし、創作するうえでも役立つはずだ。

「先生」

蕨田はあらたまった口調になった。

「お伝えしていいものかどうか、迷っていましたが、やはりお伝えすることにいたします」

「なんだ。やっぱりクレームがあったのか」

「いえ……諸田小夜さん、そのひとのことです」

蕨田は得意げとも取れる表情で野呂を見た。こいつは既婚者なのかな。そうでない場合、恋人とかはいるんだろうか。いないような気がする。いずれにしても私生活が想像しづらい男だなと野呂は考える。

「諸田さんには、意外な一面がありますよ」

「どういう意味だ」

「諸田さん、ああ見えていけいけですよ」

「いけいけ」

思わずリピートしてしまった。ラブラブの次はいけいけか。

「男性関係、お盛んですよ。この島の中だけでもこれだけいますよ」

蕨田は指を三本突き出した。

「離婚する前も、あとも、すごかったですよ」

「あっそう。で、その三人の中に君は入っているのか」

「まさか！」

「よかった。安心したよ。話はそれだけか？」

じゃあなと言って野呂は蕨田から離れた。講師じゃなければ、いや周囲に受講者たちがいなければ、一発殴ってやったのになと残念に思いながら。ここへ来たばかりの頃なら、同じ条件下でも殴っていただろうが、今はエッセイ教室で教えることをやめたくないと思っているから、仕方がない。

浜辺を、子供連れの夫婦がこちらに向かって歩いてくる。揃いのマドラスチェックのシャツに、片方はスカート、片方は半ズボンを穿いた双子には既視感がある。子供というより小型犬でも連れているように見えるのは、夫婦がふたり揃って妙に大柄であるせいだ。白い開襟シャツにチノパンツという姿の男と、黒の袖なしのワンピースを着た女。イタリア人みたいだな、という感想を野呂は持ったが、近づくにつれ、あらたな事実が判明した。ワンピースを着ているほうも男なのだ。

すれ違うとき、ふたりはニッコリ笑って野呂に会釈した。愛想がいいというより自分たちの幸せを誰彼に吹聴している、というふうだ。それぞれの手を父と母――というか、父と父と言うべきなのか――に繋がれた子供たちもそっくり返るようにして野呂を見上げて、おそらくは挨拶のつもりであろう、意味のわからない言葉を発した。

「どうも」

野呂も手を振って別れた。彼らの人生も事情も想像する以外にないし、見たままの幸福を生きているのかどうかももちろんわからないが、なんとなく気分が良くなった。サンキューと礼を言いたい気持ちだった。彼らのおかげで、蕨田からもたらされたものがかなり払拭された。

行く手にまた人影があらわれた。岩場のほうからひょいと浜へ出てきた。こちらへは来ない。その場で海を見ながら、立ち止まって何か話している。ピンク地に黄色い水玉模様のシャツを着た男はショーン過足で、黒いTシャツが碇谷だ。

嵐が収まったあと、ショーンは監督やほかのスタッフたちと一緒に飛行機で本土に戻ったが、一週間もしないうちにひとりでまた戻ってきた。今は港のそばの古家を買って、自分で直しながら住んでいるらしい。

そうして、大工仕事の合間に野呂たちの家にやってくる。最初は島のことを教えてほしいとか、食材を買いすぎたからお裾分けするとか、あれこれ理由をつけていたが、そのうち碇谷の世話を手伝うようになって、最近は通いのヘルパーみたいな存在になっている。力仕事も率先して引き受けるらしいし、今日のように碇谷を散歩に連れ出したりもして、夫人はありがたがっているようだ。

仕事はどうしているんだと、野呂は聞いてみたのだが、微笑して問題ないですと答えた。問題ないはずもないが、その問題は当面考えないことにしているのだろう。出版社から送られてくる雑誌に載っていた芸能コラムによれば、ショーン過足は次作に向けて充電中ということになっていた。いつまで充電しているのか、本当に次作に向けての充電なのかは知る由もないが、俺がどうこう言うことではないだろうと野呂は思う。

人生というものを、誰もがもれなく持っているのだ。忘れても忘れたことにしても、意識的にあるいは無意識的に記憶が上書きされても改ざんされても、それはどうしようもなくそこにあり続ける——命が尽きるときまで。

野呂はそう考え、それから何か眩《まぶ》しいような感じがして目をパチパチさせると、碇谷とショーン過足は、こちらではなく野呂の行く手に向かってゆるゆると歩き出していた。二人の背中を眺めながら、野呂の思いは小夜に飛んだ。今頃はもうyocidaの椅子に座って、グレープフルーツのジュースかなんかを飲んでいるだろう。蕨田によれば、いけいけだという女。島だけで三人の男遍歴があるという女。結構じゃないか、と野呂は思う。彼女がそのことについてどんなふうに語るのか、あるいは語らないのかを俺は知りたい。それにそんな情報は、彼女のほんの一部だ。俺が心を砕くべきことは、これから先、彼女のどのくらいを知り得るのか、知らせてもらえるのかということではないのか。

碇谷芳朗

さっき大きな男がこちらを見ていた。

トンボの柄の入った黒いシャツをズボンの上に出して着ていて、ヤクザみたいな風体の男だった。

誰だろう——と芳朗は考える。絡まれたら面倒だと思ってすぐ目を逸らしたのだが、その一方で、何か親しみのような、懐かしさのようなものを覚えている。

東京で会ったことがあるのだろうか。店に来ていた客かもしれない。古物の収集家には、ある時期は骨董店に日参しくるったように買い求めても、ある日を境にぱたりと音沙汰がなくなるようなひとがよくいる。もちろん、亡くなった場合もあるが、経済状態の悪化とか、あるいは理由もなく古物への関心を失うということもあるようだ。そういう客のひとりだったのかもしれない。

たぶん若い頃にうちの店に来ていたのだろう。その頃はあんなやさぐれた服装ではなく、背広にネクタイというふうな出で立ちだったのかもしれない。次に会ったら、思い切って声をかけてみようか。いや、昔を知る人間とはかかわりたくないかもしれないな。

「疲れたんじゃないですか？」

夏彦が言う。いや、と芳朗は答えたが、夏彦は散歩の予定を切り上げることにしたようだった。

実際のところ、少し疲れてはきたのだった。否定したにもかかわらずそれを察して、戻りましょうと明言はせずに戻る道を選んでくれる。やさしい男に育ってくれたものだと芳朗はひそかに感動する。この島へ来て良かったとあらためて思う。この島で、息子と会えた。元いた場所から離れようと決めたとき、次の行き先として僕も夏彦もこの島を選んだという事実には、偶然というよりは親子の縁を感じてしまうのだが。

赤トンボがすいと芳朗の鼻先を掠めた。次々に来る。夏彦がひゅっと手を伸ばして捕まえようとしたが、トンボは易々《やすやす》と逃れて、嘲《あざけ》るように夏彦の頭の上を飛んだ。

「日本の赤トンボとは、やっぱりちょっと違うな」

芳朗は息子に話しかけた。え？　と夏彦は戸惑う表情になる。トンボなど眺めることもない生活を長く送ってきたのかもしれない。

「日本の……ですか」

「そうだよ。日本の赤トンボは、もうちょっと奥ゆかしいというか、地味な感じだったと思うよ」

「ここは日本じゃないんですね」

「日本人が多いからって、日本とは言えないだろう。僕らが住んでいる辺りは、チャイナタウンならぬジャパニーズタウンと呼ばれているのかもしれないがね」

「そうなんですねえ」

夏彦は感慨深そうに空を仰ぐ。日本に居たくなくてここへ来たのに違いないのに、来てしまえばここもある意味日本だと自分に言い聞かせたくなるものなのだろうか。僕にはまったくそういう屈託はないけどな、と芳朗は思う。

もちろん年齢の違いによるところは大きいだろう。自分の人生と折り合いをつけた者と、まだ期待や希望を捨てきれない者。夏彦がこの島へ来た理由はまだ聞いていない。本人が話し出すまでは聞かないことにしようと決めている。夏彦は二十八歳。僕からすればたったの二十八歳だが、二十八歳の者からすれば、うんざりするほどいろんなことが自分の身を過ぎていったという感慨があることだろう。自分がその歳だった頃を思い出せばわかる。それに僕にしたって、夏彦にはまだ何も話していないんだからな。芳朗はそう思い、すると頭の中で綿が膨らんでくるような感じがした。僕はなぜここへ来たのだったかな。どうしてもそうしなければならなかったことだけは覚えている。だが何があったのか。店はどうしたのだったか。親父に任せてきたのか……。

芳朗は綿を振り切るように前方に目をやった。青い乳母車を押した女性が歩いてくる。ああいう乳母車を見たことがある、と思う。ああ、そうだ。

「あれとそっくりなのに、夏彦も乗ってたよ。覚えてない？」

「覚えてないなあ」

穏やかに笑いながら、夏彦は答える。

「外国製の、上等なやつだった。お母さんがほしがったから、奮発したんだ。お前よりお母さんのほうが気に入っていたよ。海にまで……」

そこで芳朗の声は途切れた。綿の中に吸い込まれたのだ。その綿の向こうに、青い乳母車を覗き込む踏子の姿があらわれる。まだ二十代の妻は山吹色のワンピースを着ている。背景は浜辺だ。海にまで乳母車を持っていったのか？　どこの海だろう？　もちろんこの島じゃない——日本の、どこかの島の海。

「海にまで……？」

夏彦が先を促した。

「お母さんの墓参りに行きたいかい？」

芳朗は話題を変えた。夏彦はまた空を仰ぐ。

「お母さんはいつ、どんなふうに亡くなったんですか」

「死ぬにはまだ若かったよ。心臓発作だったんだ。突然胸を押さえて倒れて……病院へ運んだが、助からなかった」

「そうだったんですね。そのとき僕は？」

「夏彦は……どうだったかな」

また綿だ。その中を芳朗は懸命に探った。ラベンダー色の飾り枠。ラッパを吹く天使。

「ベビーベッドの中だったと思うよ。あのベッドも洒落ていたな。ラベンダー色の柵で、ラッパを吹く天使の模様が彫り込まれていて。覚えてない？」

「なんとなく……覚えてるような気もします」

「やだ。ショーン？」

甲高い声は、乳母車を押す女性が発したものだった。乳母車はもうふたりの目の前まで来ていて、中には赤ん坊ではなく、缶詰やワインの瓶が詰め込まれていた。

「ショーン過足さんでしょう？」

「はい」

と夏彦は頷いた。

「わあすごい。嘘みたい。なんで？　すごい」

映画がどうとか、ロケのときはどうだったとか、女性はひとしきり騒いで、最後に夏彦に握手を求めて、ようやく離れていった。

「東京では役者をやってたんだったね」

ばつが悪そうな様子の息子を気遣うように、芳朗は言った。役者といっても小さな劇団の舞台にときどき上がるくらいのものだったのだろうと思っていたのだが、あんなに熱心なファンがいるというのは驚きだった。小さな劇団だからこそ、そういうファンがつくのかもしれない。

「ええ。そうなんです」

夏彦は答えて、肩をすくめた。

「ショーン……なんと呼んだんだ、彼女は？　また凝った芸名をつけたものだな」

「ほんとにね。夏彦のほうがよっぽどいい」

「そりゃそうだよ」

「いい名前をつけてくださって、ありがとうございます」

そのときふたりはすでに家の前まで来ていた。軽く汗ばんだ額を芳朗は拭う。夏彦がドアを開けてくれ、続いて中に入ろうとするとき、はめ殺しのガラスを飾る鉄柵が目に入った。ラベンダー色で、ラッパを吹く天使の連続模様が浮き彫りになっている。

こんなものが嵌《はま》っていたかな、と芳朗は考える。気になるのは、甘い気持ちと苦い気持ちが同時に膨らんでくるせいだ。ついさっき見たような気がするし、この鉄柵にまつわる何かが起きたような気もする。

考えすぎると疲れてくるので、もう考えないことにして、家の中に入る。お帰りなさい。微笑んで出迎えるのは、見知らぬ女だ。

碇谷蕗子

「こんにちは」

「こんにちは」

と蕗子は夫に返した――彼の礼儀正しさに見合うように。

「いつお着きですか」

「ほんの少し前に」

蕗子は答えた。ショーン過足が、自分がこの場にいていいのか悪いのか決めかねた様子で、少し離れた場所から見ている。

「どうぞよろしく。碇谷芳朗と申します」

芳朗が差し出した手を、蕗子は握った。夫の手は乾いていて、軽かった——記憶とともに彼の血肉もすこしずつ失われているかのように。

「蕗子です」

そう答えると、芳朗は眉を寄せた。

「亡くなった妻と同じ名前だ。蕗の薹《とう》の蕗子。あなたも？」

「はい、同じ字ですわ」

芳朗は遠くを見る顔になった。何かおかしい、と感じているのだろう。この頃、よくこういう表情になる。完全に忘れ去ったわけではなく、僅かな記憶の残照が、彼を落ち着かなくさせるのだろう。

「逃げてきたんですか、あなたもここへ」

結局、芳朗はそう言った。

「はい」

と蕗子は答えた。

芳朗はテラスで海を眺めている。

一緒に二階に上がり、同じ部屋に蕗子も入ったことを、とくに不審には思っていないようだ。「ここはそういう場所だ」という理解をしているのかもしれないし、そもそも不審なことと不審ではないことの判断が、もうつかなくなっているのかもしれない。いずれにしても、「ここはあなたの部屋ではありませんよ」と追い出されなかったのは幸いだった。ションと散歩に出かける前までは、芳朗は蕗子を自分の妻だと認識していた。帰ってきたら、彼の妻は死んだことになっていた。とうとうね、と蕗子は思う。自分でも驚くほど落ち着いていた。幾らかの兆しはあったから、心の準備はできていた。むしろいつ来るかいつ来るかと怯えていた事態がとうとうやってきて、心が救われた部分もあるような気がした。

芳朗が振り返り、蕗子をじっと見た。記憶が戻ってきたのかもしれない。手招きされ、蕗子は夫のそばへ行った。

「ほら、あれ」

テラスの柵から、芳朗は下の道路を指差した。自分の家へ戻るのだろう、ショーン過足の後ろ姿が見えた。

「息子なんですよ、僕の」

今朝まではショーンは僕らの息子だと言っていた。蕗子はやはり、妻ではなくあたらしい知り合いとして呼ばれたらしい。

「ずっと子供ができなくて、やっと授かった子供なんですよ」

ショーンの背中から蕗子へと目を移して、芳朗は言う。教えるのではなく、問いかける顔だと蕗子は思う。自分の言っていることが事実であると、蕗子に証明してほしがっている顔。病気になる前も、こういう顔をすることがあった。

「大事な息子さんなんですね」

蕗子は微笑んでみせた。芳朗はほっとしたように頷く。

「奥様も喜ばれたでしょう」

「ええ。それはもう」

芳朗はそう答えるが、また少し不安そうな顔になる。私のことをまだ、百パーセント他人と感じているわけではないのかもしれない、と蕗子は思う。

そうだとして、芳朗の頭の中の「亡くなった妻」はどんな女なのだろう。そんなことは考えたって仕方がないと思いながら、蕗子はやはり考えてしまう。蕗子という名前だけはかろうじてまだ彼の中に残っている。その名を持つ女は彼の中でどんな姿形なのか。私に似ているのか。あの女に似ているのか。それともどちらにも似ていない、あらたな女の姿なのか……。

蕗子はそれを夫に訊ねたいと思った。でも、夫を混乱させてしまうかもしれない。いや――こわいのは、答えを知ることだ。

「奥様をお好きでした?」

それで蕗子はそう聞いた。

「どうしてそんなことを聞くんです?」

「ごめんなさい……。碇谷《こしら》さんは少し、私の夫に似ているんです」

「夫が私のことをどう思っていたのか、碇谷さんのお答えに賭けてみたくて」

蕗子は急いで答えを拵《こしら》えた。

「ご主人は……」

「今はここにいないんです」

「どちらに?」

「今は、よその島におります」

「ああ、そうなんですね」

芳朗はほっとしたように頷いた。

「もちろん、好きでしたよ、妻を。とても好きでした」

「本当に？」

「ええ。あなたのご主人も、きっとあなたをとても好きですよ」

その言葉を保証するように、芳朗はにっこり笑った。


夕食のテーブルは大人数で囲むことになった。ショーン過足が戻ってきたし、野呂とともに諸田小夜も参加したからだ。

みゆかは少し心配していた。蕗子のことがわからなくなってしまったタイミングで小夜が食事に加わると、芳朗をいっそう混乱させてしまうのではないかと。かまわないと蕗子は答えた。混乱を恐れる時期はもはや過ぎてしまったように思えた。次に恐れるべきはなんだろう？　蕗子はそう考え、自分がもう何も恐れていないことに気がついた。

豚スペアリブのグリルをメインに、鰺を小さな鮨に握ったものや、茄子やかぼちゃやインゲンなど、夏の名残の野菜の煮物などが大皿に盛りつけられている。いつものことながら、みゆかの手際はたいしたものだ。めずらしいオクラの花と海老をあしらった彩りのきれいな寒天だけは、蕗子が昼のうちに作って冷やしておいた。野呂が小夜をはじめてこの家に連れてきた今夜は、それを記念するちょっとしたパーティということでもあるのだろう。みゆかと宙太も、座に加わるようだった。

「何を飲む？」

いつものように蕗子は夫に聞いた。芳朗はちょっと身を引く。今日会ったばかりなのに馴れ馴れしい口を利く女だと思われたかもしれない。

「シャンパンにしようかな」

「じゃあ私も」

泡立つ金色の酒を注いだグラスを渡してくれたのは小夜だった。恥ずかしそうに、会釈する。蕗子も会釈を返した。野呂さんったら、食事の前に小夜さんのことを何かみんなに言えばいいのに――もちろんここにいるひとたちは宙太も含めて、野呂と小夜の関係はもう了解済みだけれど、小夜からすれば今日という機会に正式に紹介してほしいだろうに――と蕗子は思う。

蕗子が小夜のために自分が何か言おうと決心したとき、ちょっといいかなと芳朗が言った。この頃は彼が発言するときにはいつもそうなるように、全員がくるりと首を回して芳朗を注視した。

「……自己紹介が必要じゃないのかな。これからここで、一緒に暮らしていく者たちとして」

蕗子は野呂と目を見交わした。みゆかとも、ショーンとも、宙太とも。野呂が頷く。それは彼からはじめる、という意味だったのかもしれないけれど、蕗子はぱっと立ち上がった。

「それじゃあまずは私からはじめます。食べながら聞いてください。お肉が冷めちゃうとだいなしだから。私の名前は碇谷蕗子と申します」

蕗子はちらりと芳朗を見た。当惑している様子はなく、興味深そうに蕗子のことを見上げている。自分の妻と同姓同名であることは気にならないのか、あるいはもはや気がつかないのか。

「私は東京の、西荻窪という町から来ました。生まれも育ちも東京です。もともとは、教師でした。結婚後しばらくしてやめました。高校生に国語を教えることに飽きてきて、骨董品屋の妻になろうと思ったからです。そう——夫は骨董店を営んでいました。古物を鑑定するテレビに出ていたこともあります。夫には、テレビの世界は向いていないみたいでした。そういう夫のことを私は好きでした。とても……」

私が喋っているのは本当のことだろうか、と蕗子は思う。わからない。今は嘘でも、何年か経つうちに、本当のことになるのかもしれない。記憶というのは誰の頭の中でだって、若いひとの正常な頭の中ですら、つねに更新される宿命を持っているのだ、きっと。十年後、もしも私がまだ生きていたとしたら、今日のことをどんなふうに思い出すだろう。

「私が島へ来たのは……」

蕗子は続けた。野呂もみゆかも、ショーンも小夜も、それに芳朗も、お話を聞く子供みたいな顔で蕗子を見ていた。

解説

伊藤ちひろ

井上荒野作品の数々の登場人物たちが「島流し」を選択するのは、「出来事からどれほどの時間とどれほどの距離を離れても、過去はいつだって自分のなかにあるのだ」ということをどこまでも実感するためではないだろうか。

しかし今回の登場人物、芳朗は、その自分のなかにある過去がつぎつぎと変形していく。この小説を読んでいくと、蕗子、芳朗、野呂、この三人の視点から語られることから、わたしのなかで記憶が形成されていき、それは、色付けられている。キューブリックの『シャイニング』のように魅惑的な色で。印象的な「色合わせ」で。

描写があまりにも鮮烈であるために、深く刻まれて、再度同じ場面が出てくると、自分の記憶が蘇ってくるような仕組みで、まるでこの目で見たものであるかのように浮かんでくるのだ。

だけどそのなかで、自分の記憶を疑うような不思議なことが度々起こる。だから何度もページを戻る。それを繰り返していくうちに、様々な予感がわたしの脳を惑わせて、夢中で真実を追いかけた。ひとつもこぼしたくなかった。ひとつひとつの景色を、疑ったり、慎重に確かめたりしながら読んでいた。

そして、これが芳朗のなかで起こりはじめた変化によるものだとわかったとき、自分が芳朗の脳内をほんの少し、追体験させてもらっていたことによる混乱だったのだと知る。だからこそ、蕗子の覚悟がより身近に感じられて、思ってもみなかった感動がじわじわと押し寄せてくる。

当初、この小説をミステリーだと感じていたわたしは、脳を刺激されているのだと思っていたら、胸にくるものだった。官能が感動に変わっていた。愛を描いた小説だった。大袈裟に着飾ったものではなくて、「見放さない」という覚悟で繋がった人たちの本当の愛。「がばりと」抱きしめて、それが互いを温め合う。相手のためにと抱きしめたはずが、伝わってくる体温に自分の方がすがっているような気分になる愛。

あの家に集まる人々の関係が濃くなっていくのを感じると胸がいっぱいになっていく。わたしはこの読後感に、小説が持てる力の全てがここにはあるのだと興奮しながら、ふたたび蕗子の章を全て読み返していた。読み返さずにはいられない小説だった。それは、わたしが憧れていることで、読み返さずにはいられない小説、観返さずにはいられない映画、そういうものを描ける作り手になりたいと常々思っている。この『よその島』はきっとこれから先、わたしが創作していく際に自分に打ちつけるための鞭《むち》として、何度も読む小説になった気がしている。

『つやのよる』や『切羽へ』などでも島に流れ着くものたちを描いてきた作者は、この作品で、よその島である九州の無人島で若かりし頃に、「青い乳母車」を見たことで呪いにかけられた夫婦を描いた。蕗子は、「見なければよかったと、今でも思う。たぶんあのとき、呪いをかけられたのだ。あの島に行かなければよかった。あの乳母車を見つけなければよかった」と感じているが、あの青い乳母車のなかを見たときから、この夫婦が東京から三十分とかからずに辿り着ける島を終《つい》の棲家《すみか》にすることが無意識のなかに刷り込まれたのではないだろうか。だけどこの「島流し」は、呪いではなく、穏やかな終わりをこの夫婦に与えてくれようとしているのだと感じられて、わたしはこの物語を愛した。

はじめこそ蕗子は「微《かす》かに動揺」し、この島に、とんでもない南の果ての島にいるような感じを持ち、「ここが行き止まりだ」と心のなかで思っているけれど、芳朗の変化が進むにつれて蕗子のなかで、本人が最初に感じていたように「順応」していく。蕗子本人は自分のことを「図太い」と評価するが、覚悟を持った女なのだと思う。野呂も感じているが蕗子は、「夫以外の人間に対するときにふっとあらわれる無防備さ」「その無防備さはいっそ無関心と言うべきかもしれないもの」で、芳朗の生涯の伴侶であることに覚悟を持っている。だから、蕗子にとっては、まるでこの島が芳朗の脳のなかそのものであるかのように「順応」していく。

「ただ、芳朗の記憶と同じなのは、女が死んだ、ということだけだ」と蕗子は思っているけれど、しっかりと蕗子と芳朗ふたりのなかに共通して残っている記憶として、自転車のふたり乗りがある。自転車を漕ぐ自分の背中に息を吹きかける蕗子のことを芳朗は覚えている。

夫婦それぞれの視点から何度も印象的に出てくる、天使がラッパを吹く模様が浮き彫りになったラベンダー色の鉄のフェンス。

夫を助けようと海へ、まるで彼の脳内に全身で入り込もうとしているかのように飛び込み、意識が混濁しているなか蕗子が見たものは、ふたりが結婚したばかりの頃の記憶だった。自転車でふたり乗りをした蕗子と芳朗は初夏の陽気に誘われて十数キロ先の湖を目指す。「もっと走って。もっともっと」若い芳朗は、はしゃぐ蕗子に応《こた》えて雄叫びを上げてぐんぐん漕いでいく。そしてふたりの自転車は橋の欄干を軽々と飛び越える。まさかその記憶のなかにあのラベンダー色の天使が出てくるなんて……。

胸が詰まるほどの切なさの正体は、ロマンチックと感じているからなのか、残酷と感じているからなのか、自分でもわからなくなる。とにかく胸が痛くなった。あの場面で、痛烈に。

「死ぬのなら妻より先に逝きたいとひそかに願っている。蕗子に先に死なれてそのあと数年、いや数ヶ月でも、彼女なしで生きるなど、考えただけでぞっとする」そう思っていた芳朗が、その脳のなかで、ついには妻を先に逝かせてしまっているのだから。

（いとう ちひろ／脚本家・映画監督）

『よその島』二〇二〇年三月　中央公論新社刊
〈初出〉「読売新聞」二〇一七年一一月二〇日〜
二〇一八年八月二四日（夕刊）連載

中公文庫

よその島《しま》

2023年3月25日　初版発行

著　者　井《いの》上《うえ》荒《あれ》野《の》

発行者　安部順一

発行所　中央公論新社

〒100-8152　東京都千代田区大手町1-7-1
電話　販売 03-5299-1730　編集 03-5299-1890
URL https://www.chuko.co.jp/

ＤＴＰ　ハンズ・ミケ
印　刷　三晃印刷
製　本　小泉製本

Published by CHUOKORON-SHINSHA, INC.
Printed in Japan　ISBN978-4-12-207334-0 C1193

中公文庫既刊より

各書目の下段の数字はＩＳＢＮコードです。978－4－12が省略してあります。

い-115-1
静子の日常　井上荒野
おばあちゃんは、あなどれない――果敢、痛快、エレガント。75歳の行動力に孫娘も舌を巻く！　ユーモラスで心ほぐれる家族小説。〈解説〉中島京子
205650-3

い-115-2
それを愛とまちがえるから　井上荒野
愛しているなら、できるはず？　結婚十五年、セックスレス。妻と夫の思惑はどうしようもなくすれ違って……。切実でやるせない、大人のコメディ。
206239-9

あ-80-1
あかりの湖畔　青山七恵
湖畔に暮らす三姉妹の前に不意に現れた青年。運命の出会いが、封じられた家族の「記憶」を揺さぶって――人生の小さな分岐点を丹念に描く傑作長編小説。
206035-7

あ-80-2
踊る星座　青山七恵
ダンス用品会社のセールスレディは、ヘンな顧客や不倫上司に絡まれぶちギレ寸前。踊り出したら止まらない〈笑劇〉の連作短編集。〈解説〉小山田浩子
206904-6

お-51-8
完璧な病室　小川洋子
病に冒された弟と姉との時間を描く表題作他、デビュー短篇を含む最初期の四作収録。みずみずしい輝きを放ち、作家小川洋子の出現を告げる作品集。新装改版。
207319-7

お-51-1
シュガータイム　小川洋子
わたしは奇妙な日記をつけ始めた――とめどない食欲に憑かれた女子学生のスタティックな日常、青春最後の日々を流れる透明な時間をデリケートに描く。
202086-3

お-51-2
寡黙な死骸　みだらな弔い　小川洋子
鞄職人は心臓を採寸し、内科医の白衣から秘密がこぼれ落ちる…時計塔のある街で紡がれる密やかで残酷な弔いの儀式。清冽な迷宮へと誘う連作短篇集。
204178-3

お-51-3
余白の愛　小川洋子
耳を病んだわたしの前に現れた速記者Y、その特別な指に惹かれたわたしが彼に求めたものは。記憶と現実の危ういはざまを行き来する、美しく幻想的な長編。
204379-4

お-51-5
ミーナの行進　小川洋子
美しくて、かよわくて、本を愛したミーナ。あなたとの思い出は、損なわれることがない――懐かしい時代に育まれた、ふたりの少女と、家族の物語。谷崎潤一郎賞受賞作。
205158-4

お-51-6
人質の朗読会　小川洋子
慎み深い拍手で始まる朗読会。耳を澄ませるのは人質たちと見張り役の犯人、そして……。しみじみと深く胸を打つ、祈りにも似た小説世界。〈解説〉佐藤隆太
205912-2

お-51-7
あとは切手を、一枚貼るだけ　小川洋子　堀江敏幸
交わす言葉、愛し合った記憶、離ればなれの二人の哀しい秘密――互いの声に耳を澄まして編み上げたのは、純水のように豊かな小説世界。著者特別対談収録。
207215-2

か-61-2
夜をゆく飛行機　角田光代
谷島酒店の四女里々子には「ぴょん吉」と名付けた弟がいて……うとましいけれど憎めない、古ぼけてるから懐かしい家族の日々を温かに描く長篇小説。
205146-1

か-61-3
八日目の蟬《せみ》　角田光代
逃げて、逃げて、逃げのびたら、私はあなたの母になれるだろうか……。心ゆさぶるラストまで息もつがせぬ傑作長編。第二回中央公論文芸賞受賞作。〈解説〉池澤夏樹
205425-7

か-61-4
月と雷　角田光代
幼い頃暮らしをともにした見知らぬ女と男の子。再び現れたふたりを前に、泰子の今のしあわせが揺らいで……偶然がもたらす人生の変転を描く長編小説。
206120-0

か-57-1
物語が、始まる　川上弘美
砂場で拾った〈雛型〉との不思議なラブ・ストーリーを描く表題作ほか、奇妙で、ユーモラスで、どこか哀しい四つの幻想譚。芥川賞作家の処女短篇集。
203495-2

各書目の下段の数字はISBNコードです。978－4－12が省略してあります。

か-57-2
神様
川上弘美
四季おりおりに現れる不思議な生き物たちとのふれあいと別れを描く、うららでせつない九つの物語。ドゥ・マゴ文学賞、紫式部文学賞受賞。
203905-6

か-57-4
光ってみえるもの、あれは
川上弘美
いつだって〈ふつう〉なのに、なんだか不自由……。生きることへの小さな違和感を抱えた、江戸翠、十六歳の夏。みずみずしい青春と家族の物語。
204759-4

か-57-5
夜の公園
川上弘美
わたしいま、しあわせなのかな。寄り添っているのに、届かないのはなぜ。たゆたい、変わりゆく男女の関係をそれぞれの視点で描き、恋愛の現実に深く分け入る長篇。
205137-9

か-57-6
これでよろしくて？
川上弘美
主婦の菜月は女たちの奇妙な会合に誘われて……夫婦、嫁姑、同僚。人との関わりに戸惑いを覚える貴女に好適。コミカルで奥深いガールズトーク小説。
205703-6

な-64-1
花桃実桃
中島京子
会社員からアパート管理人に転身した茜。昭和の香り漂う「花桃館」の住人は揃いも揃ってへんてこで……。40代シングル女子の転機をユーモラスに描く長編小説。
205973-3

な-64-2
彼女に関する十二章
中島京子
五十歳になっても、人生はいちいち、驚くことばっかり——パート勤務の宇藤聖子に思わぬ出会いが次々と。ミドルエイジを元気にする上質の長編小説。
206714-1

ま-51-1
おばちゃんたちのいるところ Where The Wild Ladies Are
松田青子
追いつめられた現代人のもとへ、八百屋お七や皿屋敷のお菊が一肌ぬぎにやってくる。お化けの妖気が心のしこりを解きほぐす、ワイルドで愉快な連作短篇集。
206769-1

ま-51-2
女が死ぬ
松田青子
「女らしさ」が、全部だるい。天使、小悪魔、お人形……〝あなたの好きな少女〟を演じる暇はない。シャーリイ・ジャクスン賞候補作を含む五十三の掌篇集。
207070-7